解码四分厂

马海轶 陶锋 杨玉婷 庞子麟 著

青海人民出版社

图书在版编目（CIP）数据

解码四分厂 / 马海轶等著. -- 西宁：青海人民出版社，2022.4（2022.5重印）
ISBN 978-7-225-06128-3

Ⅰ.①解… Ⅱ.①马… Ⅲ.①报告文学—中国—当代 Ⅳ.①I25

中国版本图书馆CIP数据核字（2022）第070087号

解码四分厂

马海轶　陶　锋　杨玉婷　庞子麟　著

出 版 人	樊原成
出版发行	青海人民出版社有限责任公司
	西宁市五四西路71号　邮政编码：810023　电话：（0971）6143426（总编室）
发行热线	（0971）6143516 / 6137730
网　　址	http://www.qhrmcbs.com
印　　刷	陕西龙山海天艺术印务有限公司
经　　销	新华书店
开　　本	720 mm × 1010 mm　1/16
印　　张	16.25
字　　数	220千
版　　次	2022年4月第1版　2022年5月第2次印刷
印　　数	3001-28000
书　　号	ISBN 978-7-225-06128-3
定　　价	58.00元

版权所有　侵权必究

编委会

主　任　杨　勇　钱庆林

副主任　毛玉金　毕红卫　林以东

委　员　杨道勋　张海旺　牛燕雄
　　　　　李银生　张节潭　张　焱

采写组　马海轶　史　瑛　苏汉斌
　　　　　陶　锋　杨玉婷　庞子麟
　　　　　樊清山　吴程强

传承信仰之光　守护精神家园

高峻广袤的青藏高原流淌着中华民族绵延不绝的生命之源，积蓄着华夏儿女接续奋斗的生命密码，孕育在这片热土上的"两弹一星"精神，点燃了中华民族自强与力量的火种，铸就了共和国的坚实丰碑，书写了伟大建党精神的光辉篇章。"两弹一星"精神是爱国主义、集体主义、社会主义精神和科学精神的生动体现，是党领导人民开展全面大规模社会主义建设取得的光辉成就，是20世纪中华民族自强不息、艰苦奋斗的可贵民族精神。党的十八大以来，习近平总书记先后多次对践行"两弹一星"精神作出重要指示，要求大力弘扬"两弹一星"精神，主动肩负历史重任。2021年10月1日出版的第19期《求是》杂志发表的习近平总书记《用好红色资源、赓续红色血脉，努力创造无愧于历史和人民的新业绩》重要文章，再次强调红色血脉是新时代中国共产党人的精神力量源泉。"两弹一星"精神作为伟大的红色精神深深厚植在人民群众心里，激励、鼓舞着中华儿女砥砺强国之志、力践报国之行，为祖国发展繁荣而不懈奋斗。

青海作为"两弹一星"精神的孕育诞生地，义不容辞承担着传承弘扬"两弹一星"精神的光荣使命。当年，青海各族干部群众以祖国利益高于一切的无私奉献，在基础设施建设、生活和物资保障等方面全力支持新中国第一颗原子弹、氢弹的研制。几十年来，青海各族儿女把"两弹一星"精神中的爱国主义思想和情感转化成为开发建设新青海的不竭动力，与恶劣自然条件作斗争，不断战胜艰难险阻，用勤劳的双手和坚韧的毅力，努力改变青海贫穷落后的旧面貌，创造出富裕美丽和谐新家园。在伟大建党精神指引下，高原儿女艰苦奋斗、奋勇拼搏，不断丰富拓展"两弹一星"精神内涵，先后塑造出"两路"精神、玉树抗震救灾精神、柴达木精神……一座座精神丰碑，记录着时代脉搏、反映着时代特征，印刻着鲜明的"爱国"底色、"奉献"原色和"实干"成色，不断赋新着这片热土的精神海拔，并成为建设富裕文明和谐美丽新青海的重要力量源泉。进入新时代，"登高望远、自信开放、团结奉献、不懈奋斗"的新青海精神，正是"两弹一星"精神绽放在大美高原、壮丽山川间的传承之花、奋斗之花、时代之花。

正是有"两弹一星"精神为引领的高原宝贵精神财富，我们才能更加坚定擘画更美好蓝图的发展自信，也只有不断赋予这些宝贵的精神财富与时俱进的时代内涵，持续深入地让精神之"泉"活水涌流，才能令今日之青海、生态之青海、文明之青海焕发更加鲜活的时代生机。在艰苦卓绝的岁月中，"两弹一星"英雄群体用汗水、青春、热血乃至生命，筑起新中国的安全屏障，他们创造了历史，却低调得像一粒粒尘埃。原子城平均海拔3500米，最低气温接近零下30摄氏度，他们远离故土、远离亲人，风餐露宿、日夜奋战，刻苦钻研、艰苦探索，以惊人的革命毅力创造了惊天动地的伟业，他们隐姓埋名，默默坚守，只为家国安危、只为人民安康……

伟大的精神穿越时空、触及心灵，伟大的精神见证初心、砥砺使命。我们经常缅怀，我们时常怀念，不断地重温和讲述，就是要守护这生生不息的信仰火种，就是要从这百折不挠的崇高精神中持续获取精神力量。我们建立遗址档案，重树精神丰碑，讲好动人故事，依托青海原子城纪念馆、"两弹一星"精神宣讲团，全力抓好"两弹一星"精神的宣传弘扬。我们坚守信仰、铸魂育人，将弥足珍贵的红色资源转化为教育资源，打造"看、听、思、悟、行"为一体的"两弹一星"精神理想信念教育阵地。我们成立"两弹一星"精神研究院，通过"一院一馆一剧"红色教育平台，深入挖掘"两弹一星"历史遗存与文化基因。我们举办传承"两弹一星"精神中国青年英才论坛，教育引导广大青年人才不断坚定"四个自信"，树立为祖国为人民永久奋斗、赤诚奉献的坚定理想。从三江源头到湟水河畔，从柴达木盆地到祁连山下，坚定的传承者高擎"两弹一星"精神火炬前行，伟大精神在高原大地焕发勃勃生机。

美丽的金银滩草原，第一个核武器研制基地旧址，一座高耸的"精神地标"。建设在这里的二二一厂（"两弹一星"研制基地代称）共有十八个分厂，其中四分厂（火电发电厂）是最早建设、最晚退役的"拓荒牛"，当时负责整个二二一厂的生产生活用电，是目前十八个分厂中保存最完整的文物遗迹。电力工人作为产业工人队伍的重要组成部分，是"两弹一星"精神背后的创造者之一，代表着最普通最广大的一线工作者。四分厂老一辈电力人无私奉献、舍家卫国的精神情怀是"两弹一星"精神中最贴近广大普通人群工作生活实际，引发共鸣共情的鲜活教材。

立足继承好红色基因精神遗产，聚焦"两弹一星"精神中一线产业工人群体，国网青海省电力公司厚植传承沃土，扛起精神传人的时代担当，开"两弹一星"精神行业传承、央企传承先河，深入联系红色精神中与电力行业相关的元素和历史，将四分厂与青海电力事业、国家电力事业发展结合起来，和电力行业的时代重任联系起来，建成"两弹一星·电力传承"党性暨理想信念教育基地，创作完成四分厂电力故事讲述体系，开展讲解讲述，生动展示红色资源的精神内涵和时代价值。

用史实说话、用事实讲述、用感动诉说……他们将最真挚的情感、最执着的信念、最深沉的感动、最崇高的敬意，融入了这部《解码四分厂》报告文学作品。他们组织专业队伍，先后历时近半年，辗转多个省市，深入采访目前仍然健在的四分厂退休老同志，形成近 2000 分钟的音视频资料，系统整理挖掘了老一辈电力人为"两弹一星"事业奋斗的光辉历程，全景展现了电力人许党许国的精彩故事，用全新的视角解读了"两弹一星"精神形成的红色密码，特别是"两弹一星"英雄元勋背后普通一线工作者身上的精神密码，重现了一个个可亲可敬可学的鲜活人物，重现了那段激情燃烧的光辉岁月，再次唤醒我们的记忆，为红色基因的传承融入央企使命和时代内涵，为我们运用好高原红色资源，用红色精神引领党员干部奋勇前行提供了启迪和经验。

伟大事业需要伟大精神，伟大精神托举伟大梦想。回首过去，青海各族儿女在党的坚强领导下，走过了波澜壮阔的奋斗历程，谱写了气吞山河的壮丽史诗。展望未来，我们已经站在开启新征程，向第二个百年奋斗目标进军的起跑线上。今日之青海，经济总量迈上3000亿元台阶，脱贫攻坚取得决定性成就，民生支出占财政总支出持续稳定在75%以上，率先实现所有市州建成全国民族团结进步示范区，高原儿女与全国人民同步迈进小康社会。

立足新发展阶段，面向新发展格局，新的机遇和挑战更需要深入挖掘红色文化中的精神力量，弘扬红色革命精神，从红色文化中汲取精神养分。这是塑造社会主义核心价值观、确保坚持社会主义航向的重要保证，是激励广大党员群众创新发展的精神动力，也是汇聚共识、凝聚人心的精神纽带。今天，"两弹一星"精神并没有因为时间的流逝而失去其时代意义，相反，在实现中华民族伟大复兴中国梦的时代语境中，"两弹一星"精神是改造我们主观世界和客观世界的重要精神力量。学党史、悟思想、办实事、开新局，需要我们读懂中国共产党人接续奋斗的精神密码，汲取百年党史中形成的优良传统和精神力量，激发新时代奋斗前行的内生动力。

唯有不忘初心，方可告慰历史、告慰先辈，方可赢得民心、赢得时代，方可善作善成、一往无前。今天，我们仍要以这伟大精神为激励，做好精神的传承人、守护者、践行者，始终保持锐意进取、永不懈怠的精神状态和敢闯敢干、一往无前的奋斗姿态，脚踏实地、苦干实干，在实现碳达峰、碳中和方面先行先试，在铸牢中华民族共同体意识上探索实践，在增进民生福祉推进共同富裕上主动作为，让"两弹一星"精神在新时代、新青海更加熠熠生辉，在昆仑之巅、三江之源书写更加动人的传承故事。

中共青海省委组织部副部长，两弹一星理想信念教育学院党委书记、院长

精神领航　铸梦高原

一切向前走，都不能忘记走过的路。红色血脉是中国共产党政治本色的集中体现，是新时代中国共产党人的力量源泉。党的十八大以来，习近平总书记多次提到"两弹一星"精神及其时代价值，强调指出，"两弹一星"精神激励和鼓舞了几代人，是中华民族的宝贵精神财富。"两弹一星"精神之所以伟大，之所以动人，之所以震撼，就在于它已成为中华民族伟大复兴的强大精神引擎。

青海是海拔高地，更是精神高地。位于青海省海北藏族自治州的金银滩草原，曾是六十多年前代号"221"的我国第一个核武器研制基地，是"中华民族挺起脊梁的地方"。"热爱祖国、无私奉献，自力更生、艰苦奋斗，大力协同、勇于登攀"的"两弹一星"精神孕育诞生在这片土地。

精神所在就是血脉所在，就是力量所在。生长在这片热土，我们是责无旁贷的接班人，传承弘扬好"两弹一星"精神是我们义不容辞的使命和责任。充分运用好红色资源，赓续好红色血脉，是践行电力事业"人民电业为人民"的宗旨初心，服务党和国家发展大局的时代重任。

凡树有根，方能生发；凡水有源，方能奔涌。我们将"两弹一星"精神作为红色航标，立足行业特点，坚决扛起"传承"旗帜，依托停运退役的221基地热电厂——"四分厂"，聚焦为国防事业做好电力先行保障的产工人群体，全力解读"两弹一星"精神红色电力密码，教育引导广大干部职工始终心怀"国之大者"，始终保持姓党为民、矢志报国政治本色，全力续写好新时代电力人的精彩实践。

一代人有一代人的长征，一代人有一代人的担当。我们厚植传承沃土，扛起时代担当，将"两弹一星"精神作为助力地方经济社会发展、服务人民群众美好生活的"源"动力，在缅怀中传承，激励中奋斗，推动世界首条以输送新能源为主的特高压线路全面投运，海西、海南两个千万千瓦级可再生能源基地全面建成，连续5年刷新并保持着全清洁能源供电世界纪录，国内首家开展共享储能市场化交易，新能源工业互联网平台实现率先引领，世界最大规模分布式调相机群落地青海…不断赋予红色基因新的时代养分。

征途漫漫、唯有奋斗。在新的百年开篇，我们将新型电力系统建设坚定地作为新时代电力"两弹一星"工程，汲取百年党史中形成的优良传统和精神力量，坚决做好"两弹一星"精神的传承人、守护者、践行者，以尽职履责的铁担当、开阔高远的宽视野、善作善成的真本领、攻坚克难的硬作风，埋头苦干、勇毅前行，充分汇聚"两弹一星"精神中大力协同、勇于登攀的强大动能，主动投身电力事业，敢于蹚前人没有走过的路，勇于在能源转型的新征途上破浪前行，为构建以新能源为主体的新型电力系统提供青海方案，为落实"四个革命、一个合作"能源安全新战略，助力实现国家"双碳"目标做出青海贡献。

国网青海省电力公司董事长、党委书记

西宁篇

张瑞林	身体不过皮囊罢了	003
徐贵新	集中力量干大事	009
孙怀宝	以秒计算的抢修	017
杨幼军	坚守的云	024
赵伟利	师傅吕云帆点滴	031
李瑞普	远去的岁月永远铭记	034
赵顺德	受益终生的四天四夜	038

上海篇

谢仲铨	医灯续焰话当年	043
徐爱侬	昆仑山上一棵草	052
索桂芝	在美丽的草原上	063
陆玲芳	金子般耀眼的光芒	073
殷应赓	二二一厂里的"孙少平"	081
朱贵福	男儿是为国家养的	088
袁宝福	我就是一个钳工	099

张家港篇

| 钱玉英 | 道路艰辛可我不曾掉队 | 105 |
| 张亚静 | 拜师记 | 118 |

江阴篇

韩一平 唯有风穿过回忆	129
吕钦祥 革命时代的讲述	136
胡玉宝 科技大会代表	142
张志强 我与历史的瞬间	147
姚玉芬 完成使命是我最大的幸福	154

南京篇

| 王大华 连睡觉时也抱着电话机 | 161 |

合肥篇

| 臧美珍 生命中一份满意的答卷 | 173 |
| 徐守仁 大电厂开始发电的那一刻 | 176 |

采访者说

陶　锋 种风景的人们	187
杨玉婷 我和四分厂	190
庞子麟 穿越时空的那一束光	206
樊清山 一段难忘的日子	217
马海轶 精神解码	221

| 后　记 | 245 |

张瑞林
身体不过皮囊罢了

人物简介：张瑞林，男，群众，河南省清丰县柳格乡五成村人。1959 年 4 月随支边队伍来到 221 基地参加工作，1991 年退休。现居青海省西宁市杨家庄 221 基地小区。

采访时间：2021 年 5 月 19 日下午

采访地点：杨家庄 221 基地小区张瑞林家中

几乎不需要任何犹疑，就能判断出乡音未改的张瑞林老人出生以及成长的地方在河南省。尽管已经离开家乡六十多年，他依旧很清楚地记得自己十九岁时离开河南省清丰县柳格乡五成村的情景，以及家乡的一切。村落里生活着祖祖辈辈在土里刨食吃的淳朴至极的几户村民，几条看着像路的土路如不规则的网格一样罩在村落里，每一位行走在路上的村民，无不一脸的疲惫和深沉。张瑞林的身体就在这个村落里疯长着，与他的身体一起疯长的，是他内心的压抑，一如绿油油的麦田不断地向外扩散。从小，他看着父母和乡邻，本本分分勤勤恳恳，日出而作日落而息，将一生的汗水洒落到庄稼地里后，最后肉体也被埋进这片土里，继续滋养那些泛着清香的土壤。就这样，前赴后继了不知道多少代人。张瑞林自小就很懂事，早早地就帮衬着父母下地干活，累了就看看眉头紧锁的父亲，饿了就看看单薄清瘦的母亲。他经常坐在田埂上做梦，梦里家中的谷仓不再是干瘪的，母亲在厨房烙不完的白饼，父亲歪在爷爷曾经坐过的竹椅上悠闲地抽烟，两条腿交叠在一起不停地抖动，如果能够以一己之力换回这一切那该有多好。

又一个冬天来了，张瑞林已经到了说亲的年纪，怎奈家中实在清贫，父亲的长吁短叹犹如一颗颗子弹击中张瑞林敏感的心。接着，某一天，一个陌生男人忽然来到这个村子，平静很快被他打破，只见这个自称姓魏、工人模样的男人一户户探访，在村口吆喝："现在招人，去西北搞农业，希望大家踊跃报名。"大西北？那不是以前流放犯人的地方，那能是好去处？不去，不去，俺们这里虽然日子苦点，到底守着庄稼地，春播秋收，怎么着都有口饭吃，不去不去，俺们不去。大家出奇一致的保守怯懦并没有按捺住张瑞林蠢蠢欲动的心，他太想出去闯了，太想看一看外面的世界。赢了，或许梦里那一幕就能实现；败了又能怎样？自己一身的力气，还能饿死在外面不成？家人的阻挠让张瑞林无比心疼，因为他真的不是嫌弃这个家才想去远方闯荡。临走的前一夜，他蹲在墙角搂抱着双膝，满腔的热血汇成两行热泪滑落到胸口。

那是1959年的4月。4月的河南，柳树都抽芽了，野草丛里都能看到各种颜色的小花了，果树的花骨朵都隆起来了，一派欣欣向荣的模样。张瑞林和一百多名支边青年汇聚在一起从洛阳出发，坐了四天四夜的绿皮车到了兰州，休整一天后，又乘汽车到了西宁。这一路，他第一次见到那么多陌生人，第一次坐火车，第一次坐汽车，第一次发现，西宁的四月竟然还是冬天。冬天，竟然可以这样冷。这样恶劣的环境，种子还能如期发芽吗？放眼望去，到处都是起伏的山，与老家的一马平川相比，在这里劳作，是要翻山越岭的，自己能行吗？之后，他们又被带到一片大草原，草原上有稀稀落落的牲口圈。正疑惑之际，带队的同志招呼大家吃饭，第一顿吃的是精粮馒头和面条。大家在老家吃糠咽菜，到草原却有馒头面条吃，可把张瑞林他们高兴坏了。只不过张瑞林心里有一件事儿已经非常笃定了：这儿根本搞不了农业生产。看着那些头头脑脑讳莫如深的样子，他心里大概猜到了几分，也做足了充分的心理准备。从现在开始，他不再是农民了，与祖祖辈辈侍弄的庄稼要分道扬镳了，他现在，是一名光荣的工人。

很快，和张瑞林一同前来的数千人被分到了不同的厂。他被分到了221

基地①四分厂，也就是热电厂。到了四分厂之后，他们又被分了组。之后，周一到周六他跟着班组挖地基、架设线路，周日修铁路。张瑞林后来回忆，那时候草原上几乎不见任何动力设备，没有拉电线杆子的车，没有吊装设备，所有工作全靠人拉肩扛，寒冷在高强度的劳作之下是可以被击退的，汗水照样往外冒，只是风沙四起时，大家都睁不开眼睛，所有人都被吹得摇摇晃晃。好不容易被抬起来的电线杆又怕有人跌倒而被砸到，要被迫放下等风沙过去。手里的劳动工具只有一对柳条筐、一把铁锹、一把洋镐，草原的土层下是黏土和石头，又黏又硬，高压线杆的规定坑深是1.2米，一天光挖埋电线杆的坑，都要费不少力气。高压线杆是12米长，一根树干有150多公斤。大草原上没有路，坑坑洼洼，抬电线杆时走在高处的人被压得直不起腰来；走在低处的人使不上劲。高原缺氧，深一脚浅一脚的。8个人抬一根杆，异常艰难，有时一天只能抬两根杆。他们还要去修铁路，从加工厂到四分厂那一段铁路，分配给了张瑞林的班，他们要把大约1000平方米的大沟填平，放在现在即便是使用推土机也是一项大工程，可那时分配给他们的只有人手一个土筐。没有分工，只有合作，什么活都干，短短三四年时间，张瑞林挖过地基、架过电线、修过铁路、卸过水泥和煤、当过钢筋工，在打造基地的同时，他也在打造着自己。

那段时间，接受锤炼的不仅仅是张瑞林的肉体，还有他的意志。随着工程的推进，他逐渐了解了工程的一些背景。工地要求他们对自己所做的事情保密，每次家信除了报一下平安就是将自己积攒的工资邮寄回家。他骄傲地跟家里说这里管吃管住，还能学到不少技术，他可以自由地想象那些工资被父母兑换成粮食和新瓦房的模样。日子虽然艰苦，但是他明白，这些厂房、这些设备，还有他见都没见过的电机，将组成一个庞然大物，这里将发挥出他难以想象的作用。具体能做出哪些影响，他不敢想，他只知道，这里被党

---

① 1958年7月，邓小平批复同意建西北核武器研制基地，代号02工程，也称221基地；1959年1月，221基地成立了"第二机械实验筹备处"，掩护名称"青海省第五建筑工程公司"，李觉兼任筹备处临时党委书记并兼青海省委常委；1965年9月9日—20日，成立二二一厂，吴际霖兼任厂党委书记；1984年10月5日，国营二二一厂实行厂长负责制，王菁珩任厂长，张秀恒任党委书记；1987年6月，国办发【1987】40号文件下达，决定撤销二二一厂；1995年5月15日，新华社向全世界宣布，我国第一个核武器研制基地全面退役；2001年，被国务院列为第五批全国重点文物保护单位；2005年，被列为国家级爱国主义教育示范基地。

和中央密切关注着。在驻地,所有的工人都亲如兄弟,他们出工时一起喊着嘹亮的号子,归来时勾肩搭背相互勉励,人累心不累,日复一日,他们统统将思乡之情置换成了大国情怀,张瑞林也从一个十九岁的小毛头长成了一个精壮的有志青年。

湟鱼是裸鲤的俗称,是美丽的青海湖特有的,现在是国家二级保护动物。它在鱼类中属鲤科,学名叫作"青海湖裸鲤"。从前,湖周围人烟稀少,当地的藏族牧民没有吃鱼的习惯,外地人很少到这里捕鱼,因此,湟鱼得以大量繁殖,鱼的密度很大。每到鱼泛季节,"骑马涉水踩死鱼"。退休后留在西宁的张瑞林,每次看到新闻上播报政府对青海湖湟鱼的保护他都倍感欣慰,想当年,青海湖湟鱼曾经救过基地多少人的命啊。

时间回到1959年9月,张瑞林刚到基地不久,明显感觉日均口粮不断减少。此时,全中国都在饿肚子,残酷的现实令整个草原被饥饿的阴霾笼罩着。连老百姓都知道"要想马儿跑得让马吃草"的道理,基地领导怎么不知道?巧妇难为无米之炊,所有人都心急如焚。怎么办?一支由不惯水性的工人组成的打鱼队成立了,李觉将军亲自上阵,他号召大家要自力更生,周总理都能亲自织布,他们这群旱鸭子也能下湖网鱼。

没有船,他们就自己利用工地上可利用的一切硬是建造了两条二十多米长的机帆船,最初几次下湖捕鱼李觉将军亲自率队,从出去打鱼到返航为期一周。李觉将军和大家一起在船上吃、一起在船上住。大家在湖边扎起了帐篷,帐篷里垫上一层厚厚的干草,几个人共用一床薄被御寒。现在七八月的天气去青海旅游的游客们都知道要带上棉衣,天气稍变气温就会骤降,昼夜的温差大得吓人。夜里,在湖边的他们,看着满天星斗和平静的湖面,忘却了身体的寒冷和疲惫。满天星斗也遥望着这群本不属于草原的人类,他们将捡拾的牛粪丢在一个铁皮桶里,点燃,围着铁皮桶将珍贵的窝窝头烤热,小心翼翼地一点点捏碎了填到干裂的嘴巴里。在火光映照下,每张泛黄的脸上都有一双坚毅的眼睛死死地盯着湖面,他们想的不是自己,他们从来不会先去碰触那些自己冒着生命危险打捞上来的鱼,他们想到的是那些饿着肚子还在拼命工作的兄弟,他们想到的是基地建设的重任。

那是1962年入冬后最后一次下湖的第五天,张瑞林慢慢回忆着,那天天色朦胧,天空开始飘起雪花,目之所视,湖面很多地方都已经结上了冰,可大家对这些预警都不太在意,他们都沉浸在满舱鱼儿带给他们的惊喜之中。这个冬天,大家至少不会怎么挨饿了啊!该返航了,部分队员不甘心,想再多捞一次,大家就能再吃饱好几顿啊!一想到这些,渐暗下来的天色他们也顾不上了,当他们顶着凛冽的寒风,把渔网慢慢拉上甲板时,危险也悄然而至,骤降的气温,将宽阔的湖面快速地凝结封冻。一般大风一吹,湖水就像糨糊一样越搅拌越黏稠,封湖也就是一夜之间的事情。冰碴子和船底机器边绞网融为了一体,船越走越慢,大家都趴在船边,拿着木棒、铁锹,往湖里的冰砸去,锋利的冰凌犹如刀尖,猛烈并且持续地切割着船底。在冰冷刺骨的湖水中,人最多能维持10分钟,何况他们都不会水。船一旦破裂,那就是灭顶之灾,无人可以生还。眼看着冰就要割通船底了,那是一场人类和大自然的较量。寒风此时卖力地吹,湖面以肉眼可见的速度在结冰,而死神就虎视眈眈地等在一旁。凿冰的速度和封湖的速度在赛跑……岸,岸,看到了,大家加把劲儿啊,只有一公里了,那一公里,是打鱼队这辈子走过最艰难的一公里。最终,大家安全抵岸了,那是千钧一发的虎口脱险,所有人惊魂未定地呆坐在湖边,不敢相信自己竟然还活着。

  1964年后,基地的生活条件有所改善,大家不再为吃不上饭而发愁。打鱼队也撤回来了。大电厂建成投运之后,火车开始不断地往厂里运输燃煤。随着工作的需要,张瑞林又来到了卸煤队。通常卸煤时,根据车皮吨位大小安排卸煤人员,三十吨的煤由三十多个人卸,五十吨的煤由五六十个人卸。将体力较弱的职工安排在车皮的中间,而像张瑞林一样体力好的职工,便很自觉地站在了车厢的两头卸煤。卸煤工作,没有时间规律,车来了就得立即卸,火车停靠的时间有限,每次卸煤都像打仗一样。长期的卸煤工作,张瑞林的手一直都是黑乎乎的,虎口处裂着深深的血口,从来都没有好过。后来,厂里环境好了一些,用上了推土机,张瑞林很快学会了驾驶推土机开展运煤工作。劳动力解放了,生产效率提高了,那种筋疲力尽的岁月似乎一去不复返了,而就在这时,命运这个时常捉弄人的小丑又来捣乱了。

  1968年,基地进了一台龙门吊车,卸煤队员只负责清理车皮即可,劳动力又一次被解放了出来,张瑞林第一时间学会了驾驶龙门吊车。一直都相安无事,直到1974年12月的一天。那天下着大雪,正赶上换班,张瑞林在吊车上卸煤,同事李海寿去吃晚饭回来。当时张瑞林几乎已经将车皮里的煤卸完了，临走他一看车皮里还有残留，就上到吊车来准备再清理一下。因为卸煤时煤撒在轨道上不少，道上堆的煤有一人多高，吊车走不了了，张瑞林就下去清道。因为是晚上，那时候照明设备很差，李海寿坐在龙门吊上，距离很远，看不清地上的情况，只顾着清理车皮里的残留煤，结果吊车开过来时把张瑞林的左腿压住了。吊车齿轮如猛兽的牙齿一样死死地咬住他的左腿，鲜血立即喷涌而出，张瑞林凄厉的惨叫声立即将附近的工友们召唤而来。来到张瑞林面前的人都被这惨烈的一幕吓傻了，迟疑片刻迅速投入救援。张瑞林在这次事故中失去了左腿，这本是一场不幸，事后却被张瑞林理解为一次万幸，因为齿轮本来可以轻而易举地将他整个人吞噬，多亏当时张瑞林穿的皮裤，皮裤被绞进去后卡死了吊车的齿轮，吊车及时停顿了下来。左腿的伤痛很快就被新岗位繁忙的工作所取代，直到退休，张瑞林始终都在自己的岗位上尽职尽责，无怨无悔。

经历了那么多苦难，张瑞林始终保持着高昂的斗志和旺盛的生命力，身体在他看来就是一副皮囊而已，灵魂才是人这一生最宝贵的，需要时时抚慰和补给的。如今，张瑞林已经82岁，退休以后定居在西宁，他早已习惯并且深深地爱上了这片土地。每每回忆过去，他都讲得神采飞扬。那是一个斗志昂扬的年代，那是一个热血沸腾的年代，经过那个年代的淬炼，经过那片土地的甄选，圣洁的灵魂将永远翱翔在雪山、草原、蓝天和大地之间。

徐贵新
集中力量干大事

人物简介:徐贵新,男,群众。锅炉工。1945年6月15日生于河南省濮阳市清丰县瓦屋头村。1963年3月在221基地参加工作,1993年退休。现居青海省西宁市杨家庄221基地小区。

采访时间:2021年5月19日上午

采访地点:杨家庄221基地小区徐贵新家中

五十四年前的6月17日上午8时20分,徐克江机组驾驶"轰6"进入空投区罗布泊沙漠腹地。一声惊天巨响,万里无云的天空中升腾起炽烈耀眼的巨大火光,一朵蘑菇云顶天立地,横亘天宇之间!

中国第一颗氢弹在西部地区上空爆炸成功!三年前的1964年10月16日15时,中国第一颗原子弹也在这里爆炸成功!这对帝国主义核垄断、核讹诈是一个有力的打击,让西方列强不得不正视中国的实力。原子弹和氢弹的爆炸也彻底改变了中国在世界上的地位,甚至立即改变了当时世界战略格局,其深远影响直达今天。

一

1967年6月18日。

徐贵新在403锅炉车间是17时10分的光景,也就是刚刚接班一个小时又十分钟的样子。他本来就应该在这里的,这里有他的工作岗位。

师傅杨传业坐在连椅上,看着眼前的仪表盘,好几次瞅着徐贵新似乎想说什么。班上二十多个人,都忙活自己那一亩三分地的活儿。不过,这么多人,杨师傅就跟徐贵新好唠嗑,五个指头伸出来都有个长短嘛。

徐贵新给杨师傅沏好了茶,又给师傅让了一根烟,杨师傅咳嗽着拒绝了。"你在旁边也监看一会儿盘吧。"杨师傅对徐贵新说道。杨师傅说话的工夫,用手揉着膝盖,敲打着胯骨的部位。杨师傅毕竟是五十多岁的人了,再加上高原的海拔高、氧气少、寒气重,膝盖和胯关节都落下了风湿的毛病。

锅炉设备运行的声音十分均匀。杨师傅扭头看着徐贵新,张了张嘴巴,用手挠了挠鼻子。徐贵新和师傅四目相视,将近五年的交往,几乎让他们心有灵犀一点通。

"什么事情啊?"徐贵新理理头发,这个向来不苟言笑的22岁的小伙子,脸上透着一丝凝重和疑虑。

"没有啥事情。"杨师傅喝了口茶水,又舔舔嘴唇。

"肯定有啥重大的事情!"徐贵新还是不太放心,眼睛直直地瞅着杨师傅。

"嗯。哪有什么重大事情!"杨师傅站起来扭扭腰说。

"师傅今天怎么啦?"

杨师傅没有搭话,弯腰坐在连椅上,他瞟了一眼远处的西北方向,又监看起眼前的仪表盘来。

二

1967年6月,西方世界的媒体报道。

美国:中国的氢弹爆炸成功超出了美国的预料,国务院拒绝对此事发表评论,显然是感到非常意外,美议员惊呼要建立反导弹系统,这是"一种胜

过我们所预料的成就"。（合众国际社 19 日）

英国：这次爆炸的时间非常巧妙（联合国大会辩论开始前），而且速度快得异乎寻常，如果"四大国"继续假装中国弱，这是在发疯，赶紧让他们进安理会吧。（《泰晤士报》18 日）

法国：在第一版头条，以极醒目的篇幅报道中国第一颗氢弹成功爆炸，中国的威望在阿拉伯人的心目中得到大大提升，中国的核成就将鼓舞亚非人民进行反帝斗争。（法新社 17 日）

日本：加速发展，打击美国。（共同社 18 日）

苏联：中国在它的西部地区，成功地爆炸了第一颗氢弹（塔斯社 18 日）。

意大利：中国明显走在法国的前面，已经是一个超级强国，这会对我们的未来带来最严重的后果。（《晚邮报》）

……

如此等等，不一而足。

徐贵新后来听到了中国第一颗氢弹爆炸成功的消息，他突然明白了杨师傅那一天奇怪的动作和神态。原来这样啊！

三

徐贵新的父亲叫徐书明，是第二批来 221 基地的，也算是前辈级的人物了。徐书明当时在兰州七里河一个厂子里工作。当时 221 基地正值大建设时期，需要大批工作人员。但进厂的审查非常严格，徐书明是部队转业的，又是战斗英雄，直接调到了 221 基地，当炊事员，一直干到退休。

1963 年 3 月的一天，有个司机开车来到徐贵新老家，给他母亲说，徐书明给孩子找了份活儿，让他上青海省国营综合机械厂（也就是 221 基地）工作去。徐贵新听说后特别高兴——有工作了嘛。一刻也不耽误，把行李一绑，往车上一摆，坐上车就走了。到了基地的第二天就上班了，那年他 18 岁，分到四分厂 403 车间干锅炉运行。

徐贵新工作的地方几十年后才得以解密。这缘于严格的安全保密纪律要求——不准打听和自己工作无关的事情，不准乱窜车间。221 基地周边地区有高炮部队守卫基地，周围的山上都有观察哨所。有一年过年，徐贵新的一个徒弟跑到四分厂的烟筒上放鞭炮。这边一放鞭炮，山上马上就发现了，部队给基地保卫科打电话，保卫科开车过来问怎么回事。也正是在这种氛围中，培育着每个人的警惕性。虽然和许多人接触，但见面从来不问你从哪里来、你是干啥的、你到哪里去这些问题。因为大家入厂教育的第一课就是保密课，即使是一个锅炉工，也概莫能外。

四

当时工人的最高级别是8级。师傅的级别是7级。徐贵新跟着师傅学技术，学能力，还学做人。师傅是怎样的人呢？地下掉个再小的螺丝帽他都能看见，一定会捡起来研究它是从什么地方掉下来的。师傅也捡牙膏皮，一个牙膏皮3分钱，就这点钱他都要交到工会。那时候有一句话叫作"狠斗私字一念闪"，还有一句话，就是毛主席说的"六亿神州尽舜尧"。上运行班后，师傅领着大家熟悉设备，学习锅炉运行知识，师傅不厌其烦地教，徒弟如饥似渴地学，没多长时间，徐贵新就能独立工作了。

出师不久，一个从七分厂来的电话，打破了403车间难得的宁静。

厂长说七分厂的水泵打不上去水，他们的电气值班员病了，在总厂的医院打吊瓶，没有人，只好麻烦咱们的人了。厂长让徐贵新带人过去看看。

七分厂距离四分厂不远。虽然不远，但徐贵新从没有去过。原来是他们把水泵的线接反了，水泵倒转，自然打不上去水。简单呐，徐贵新几改锥就拾掇好了。

但在检查吸风机时，徐贵新一进机房就断定有问题。机器和人的呼吸一样，健康人的呼吸是匀速的、舒缓的，病人的呼吸或急促，或慢得让人一看就知道事儿大了的那种。徐贵新赶紧过去一看，用手一摸，设备表面烫手呢！于是当机立断，将机子叫停！这边一摁按钮，那边的所有设备都跳闸了，避免了一场大事故的发生。那次月度评奖，徐贵新拿了个一等奖，有10元奖金。当时一张电影票才一毛多。

五

全国一盘棋，发挥社会主义大协作作用，集中力量干大事。当时221基地的设备、物资、人员，都是全国一流的。职工都是从内地调来的各行各业的精英和翘楚，都是有能耐的人。徐贵新说，221基地什么样的能人都有，养花的、钉鞋的，包括缝补衣服的，都是全国的能工巧匠。徐贵新还讲到当时的一个传闻，当年221基地有个搞外调的，在外地一家单位看到一个小火车头，心说这东西要是弄到221基地可以解决不少问题呢，就直接开口向人家要，人家自然不给。他就给周总理打电话，周总理直接就批示了。那个小火车头没有多长时间就到了221基地。就是说当时倾全国之力，一切以满足221基地的需要为前提。据说当时全国有两台最先进的车床，其中一台就在221基地。

徐贵新来221基地是1963年，大电厂1号炉已开始运行，2号炉正在建设。2号炉投产以后，接着建设3号炉、4号炉和5号炉。还准备建设6号炉和7号炉。锅炉的容量均为45吨，通常至少有两台运行，其他处于备用或者检修状态。三个班为一个运行单元，首先是煤队的，把煤供应给徐贵新他们，然后烧煤，煤燃烧后发出热气，热气供应汽机，汽机运转后发电，然后把电气送到其他地方。这是一个统一而又完整的系统。

一个班最多有二十多人，最少也有十几个人。上班是8小时制，接班时提前半小时来车间，先检查设备，包括环境卫生。如果有问题，上一班处理完毕，下一班才能接班。从0米、9米，一直到12米，都要全部检查。检查一遍需要半个小时，这就是下一班提前半小时到的原因。准备接班的职工检查完设备后，统一到办公室开碰头会，各自汇报有无发现问题。当时工作纪律非常严格，差一分钟都不接班的。交班之后，也到办公室开会，班长点评今天工作谁干得好谁干得不好，对发现的问题及时处理。这相当于现在的班前会和班后会。

六

徐贵新不喜欢参加集体活动。他的理由是上运行的时候得保证良好的身体状态和清醒的大脑，注意力也得高度集中。而参加活动以后，运动量大，上班人一发困就容易出事情。锅炉运行水温误差在 10 度左右，掌握不好，立刻就会出事。当时大干 80 天时，为了防止值班时打瞌睡，犯迷糊，徐贵新就让自己始终处于"动态"，一会儿看温度，一会儿看气压，一会儿看水温，总之，他不让自己闲着。还有一个措施，就是靠抽烟、喝茶提神。若锅炉干烧，爆炸也就是分分钟的事情。技术好的，一个多小时都不用动，温度是一条线匀速上去的。有一次，因压力过高，锅炉开始放气，声音特别大，全 221 基地的人都能听得到，跟现在的警报一样。好多次，他在梦中都被这跑气的声音吓醒。

徐贵新一直在干锅炉运行的工作。当时监盘是一个人负责，其他人就围着设备巡查。设备有几十米高，上下两层。烧煤烧得好的炉渣就少，机组出力也好，工作效益大；烧得不好，炉渣就多，机组出力差，工作效益低，还浪费燃煤。没有休息天，逢年过节也不休息，轮着你上班就得上班。有的职工轮到加班不让加班，还会发脾气。有个同事评了三等奖，他认为这是自己的耻辱，下定决心争取一等奖。大家争的完全不是那几块钱的奖金，而是荣誉。得了荣誉，再苦再累也高兴。

那时候 221 基地基本上是一个小社会，各种机能都很齐全，也很热闹。每天晚上都有电影看，电影票便宜得很，一毛多钱一张。看电影时，徐贵新披着母亲做的小蓝短大衣。冬天当大衣，夏天当坐垫，下雪当披肩，下雨当雨衣，有时候在草滩上睡觉当被子。那个小大衣上补了多少补丁，他也舍不得扔。后来结婚了，爱人一看小大衣太寒碜，"刺啦"几下给撕了。她扔的时候，徐贵新还是心疼不已。

徐贵新和他父亲一样，平时都不爱说话，也没啥轰轰烈烈的事情，他有一句口头禅，就是"运行工人嘛，首先得把本职工作干好"。有时 9 点钟下班，他一看太阳挺好的，就拿着小蓝大衣，夹着饭盒，到草地里睡觉。外面的空气清新，也没有人捣乱，睡觉真舒服呢。似睡非睡之间，徐贵新还能看到羊群像云朵一样飘曳在天尽头的草地上。这是当时留在厂里的牧民，他们的编制叫农事队,放养牛、羊、马,保障221基地的肉食供应及畜力使用,也开荒种植青稞、油菜、洋芋等。

七

"大干80天",是指1964年7月下旬至1964年10月16日第一颗原子弹成功爆炸之间的80天时间。这80天,整个221基地,处于特殊阶段,安全生产的弦绷得紧紧的。总厂领导给徐贵新他们下了死命令,无论如何,一定要保障锅炉设备安全运行,不能出半点岔子。徐贵新至今还记得,当时有四个班在生产线上运行。机器都是机械化的,手动的很少。他们目不转睛,死死盯着监控盘仪表上的温度、气温、压力数值。80天以后,第一颗原子弹成功爆炸。厂里为了表彰有功之臣,凡没有出过事故的班组人员,每人奖励一个饭盒、一个洋瓷缸子。那洋瓷缸子现在还在。令徐贵新遗憾的是,这件纪念品上没有写字,可能也是出于保密的需要。徐贵新在谈到自己的工作与国家的关系时说,"国家和人一样,手里没有硬家伙,人家就欺负你。我所经历的时代,人民的精气神那可了不得,在那么困难的情况下,都把原子弹、氢弹搞出来了。我虽然不是直接搞科研的,但想到国家重器中也有自己的微薄之力在其中,就感到无比自豪。我们的和平就是千百万人的艰苦奋斗、无私奉献争取来的。221基地就是一个缩影。现在虽然是和平时期,但'两弹一星'的精神却不能丢啊。"

八

徐贵新老人还如数家珍,向我们介绍了四分厂的前世今生。四分厂是221基地的自备发电厂,于1959年正式动工建设,是当时的第一个建设单位,1963年年初开始发电。在那样一个特殊的年代,为了安全起见,西海地区有一个师的驻军部队,包括高炮部队、警卫团等。四分厂由一个警卫连驻军保卫,电厂的水厂由一个警卫排驻军保卫。四分厂人员最多时达1500人左右,分 401 电气车间、402 汽机车间、403 锅炉车间、404 机修车间、405 三供车间、406 燃运车间、407 化学仪表车间,还另设机关等后勤部门。辖区两个变电所、一座水厂,承担着甲区的供电、供暖、供水,以及乙区的供电任务。甲区就是现在的保护单位——西海镇,乙区是海晏县。

四分厂 40 多年的安全平稳运行,不仅为 221 基地科研工作者、驻军和居民的工作学习、生产提供了有力的后勤保障,而且为成功研制"两弹"奠定了坚实的电力基础,圆满完成了所肩负的历史使命。根据国家战略部署调整,1987 年 6 月,二二一厂撤厂销号,1993 年 5 月移交海北州政府。四分厂也是二二一厂退役后,唯一被海北州政府整体接收利用的分厂。被地方接管后,除了维持电力生产外,继续承担着向海北州政府所在地各类办公、生活设施,职工群众及工业项目的供水、供热任务。2004 年被西部矿业整体接管利用,企业改制为青海西海煤电有限责任公司西海热电厂。为响应国家政策的调整,西海热电厂于 2007 年 5 月关闭两台高耗能机组,扩建四台 20 吨、一台 30 吨的高温热水锅炉。2013 年 6 月 4 日,资产重组,青海省投资公司所属唐湖电力分公司由西部矿业股份有限公司正式转入青海省投资集团有限公司,公司热电联产项目于 2015 年 8 月底完工并交付使用。

随着岁月推移,徐贵新已然是一位古稀老人了。但老人谈起过去的岁月,精神矍铄,神采飞扬,好像瞬间又回到了给杨传业做徒弟的岁月。你能感觉到,除了慈祥和坦然,老人言语中还流露出一种沉稳的底气。这种底气,来自岁月的淬炼,来自日日夜夜的工作积累,来自虽然普通却充满传奇的时光。徐贵新从毛头小伙熬成了古稀老人,大徒弟一班人从初涉世事的小青年熬成了成熟稳重的行家里手。他们默默无闻的辛勤付出和无怨无悔的工作,是祖国日益强大和繁荣昌盛的基石,他们献了年华献子孙,虽然没有正面和敌人战斗、搏杀,却用微不足道的一滴水、一度电、一个螺丝帽,为国家和民族屹立于世界民族之林建立了丰功伟绩。他们经历的点点滴滴、他们曾经的悲欢离合、他们为之骄傲和自豪的事业,值得历史铭记。

孙怀宝
以秒计算的抢修

人物简介：孙怀宝，汉族。出生于1935年，原籍山东，现年86岁。1959年2月入党。1959年6月北京工业学校化工专业毕业，分配到浙江省化工研究所工作。1959年8月调至青海221基地西宁办事处从事图纸绘制工作。1959年年底开始，在221基地四分厂任化验室化验员，做车间水处理、油处理化验工作。1964年调入技术科做资料管理、青工培训工作。后调入221基地教育科。1985年退休。现居住于青海省西宁市杨家庄221基地小区。

采访时间：2021年5月19日下午

采访地点：杨家庄221基地小区党员活动室

我们无法延长生命的长度，但我们可以延伸生命的宽度。

——托马斯·布朗

一个不平常的日子

曙光开启,东方的天空泛着微紫的光芒。2021年5月19日,天气晴朗。这一天于我们"两弹一星·电力传承"摄制采访组来说,是一个不平常的日子。我们即将走近入选"中国工业遗产保护名录"之一的二二一厂,走近"两弹一星"的高地,和曾经的建设者、亲历者进行首次近距离的接触与交流。和他们一起穿越时光隧道,翻开尘封的岁月,解密共和国强盛、强国、强军史册辉煌璀璨之路上,平凡普通的电力劳动者们鲜为人知的故事。

西宁市城东区杨家庄221基地小区。上午,我们走访了原四分厂老职工徐贵新、张瑞林两位老人,看望了卧病在床的"两弹一星"全国劳模杨新民老人。走出老人家门时,同行的采访组成员綦易衫、樊清山两个年轻姑娘,再也绷不住憋了一上午的难过,眼泪夺眶而出。小蔡红着眼睛说:"听爷爷们的讲述,心里太难过了。"我知道,触动着年轻的她俩和我们大家的,是一早晨的时间里,这些质朴老人们饱经沧桑的经历,以及在神秘的221基地,曾经热血沸腾、青春激扬的他们与共和国命运息息相关的不平凡往事。

点滴的记忆,历经漫漫岁月长河,已是青丝变白发的他们,回忆往事时恍若昨日般清晰、鲜活。时间不曾停留,在他们的身上烙下沧桑厚重的印记。铁马金戈,金银滩草原上曾有的喧嚣与呐喊魂牵梦绕、振聋发聩。一次回忆就是一次震撼。

"最长的莫过于时间,因为它永远无穷尽,最短的也莫过于时间,因为我们所有的计划都还来不及完成。"伏尔泰的这句话,就是对20世纪50年代末,从全国各地奔赴221基地,几十年如一日,把青春和生命奉献给祖国核事业的建设者们最真切的写照。

刀刻般的痕迹

半个世纪前,怀揣着理想信念、芳华正茂的一批批青年,从全国各地来到221基地。在这片高峻的土地上,开启了他们的人生之旅。几十年的岁月变迁流转，在回忆刹那之间，昔日劳作的号角犹在耳畔，来不及仔细品味人生更多的美好与浪漫，他们已近暮年。弹指挥手间，时光已是沧海桑田。来自浙江杭州的孙怀宝老人，曾经就是他们当中的一员。我们见到他时，已是耄耋老人了。

走进杨家庄221基地小区党员活动室时，孙怀宝老人已经在屋子里等候着我们。一枚鲜红的党徽别在老人的胸前，后面的墙壁上"一个党员，一面旗帜。一个支部，一座堡垒""永远跟党走"的标语格外醒目。86岁的孙怀宝老人，精神矍铄。只是岁月无情，留在老人脸上的是刀刻般的痕迹。一双饱经岁月磨砺的手上也布满褶皱。

在做过简短的沟通和说明后，老人打开了话匣子，如数家珍般，向我们讲述起那段激情燃烧的岁月。

孙怀宝生于1935年，原籍山东。北京工业学校毕业后，被分配到浙江省化工研究所工作。1959年与爱人一起调至西北工作。接到调令后，孙怀宝和爱人霍爱英把不到三岁的女儿放到了山东老家父母的身边，毅然踏上西去的列车。几经辗转，来到偏远的青海西宁。对于人生初次启程远足的这段经历，带给老人所有的感受，就是西北的荒凉与艰苦。

老人回忆说，当时青海的省会城市西宁，只有不多的几处建筑。所到之处都是土路，看不到几个人。火车站办公的地点，是两顶被风吹动着左右摇晃的帐篷。从火车站到办事处报到的那段路，足足走了两个多小时。除了碰到几个打牛奶的人之外，再没遇到更多的行人。西宁的偏远和寂寥，远远超出了孙怀宝的想象。自己要去工作的221基地，究竟还要走多远的路，才能到达呢？省会城市如此，那里又是怎样的荒凉呢？

和孙怀宝一起从全国各地来的青年们，抵达青海以后，首先要过的是饮食关。当时，贫瘠的青海食物以土豆、燕麦饼子为主。生活水平稍好的内地青年，燕麦面饼子在嘴里越嚼越粗糙，难以下咽。但三年困难时期就在眼前，他们很快发现，即使青稞面、燕麦面等粗粮，也难以保证供给。那几年，孙怀宝他们一面与饥饿斗争，一面和高海拔抗衡。为解决粮食问题，基地还组织大家捕鱼、挖野菜。孙怀宝记得，当时购买食物需要粮票，而全国粮票兑换难度大，年轻人三年一次探亲假，为了保证路途上的口粮，还能给家中亲人带一些食品，每次回家时，他们就把粮本上积攒了三年的口粮购买出来，一路背着回家。路途遥远，一路辛劳，却依旧抵挡不住他们回家的喜悦之情。

在茫茫草原深处

最初的221基地，对外叫作"青海省第五建筑工程公司"，后更名为"青海省综合机械厂"。孙怀宝到单位报到以后，被留在了第二机械制造厂西宁办事处。他在办事处一边绘制图纸，一边接受政治思想教育学习。这期间，爱人霍爱英先去金银滩草原上的221基地报到了。

苍野空旷，雪山蔓延。一条弯弯曲曲、扬沙蔽日的公路通往遥远的天际，通往金银滩草原深处的221基地。四十多公里的路途，没有客车，只有敞篷的大货车不定期地去往金银滩。半年后，孙怀宝也踏上了到221基地的路途。同行的还有来自上海、杭州、济南等地方调来的青年。伴着孙怀宝从西宁到茫茫草原的是一路呼啸的大风和车轮扬起的尘土，海拔在不断升高，搓板路上不断颠簸，让很多人出现了高山反应。被风刮得凌乱不堪的头发里钻满了灰尘，身上也沾满了灰尘。

年轻的他们遥望故乡，悄悄抹去眼角思乡的泪，开启了自己的青春旅程。到基地后，孙怀宝和同行的伙伴们领取了饭盒、脸盆，十几个人挤一间宿舍，拥挤而简陋的宿舍里是一张很大的通铺，被褥挨着被褥。这是孙怀宝到基地第一天的印象。他一生最为艰辛也最为不平凡的生活从此拉开序幕。

1961年，221基地总厂及其他分厂逐渐建起，原有的200千瓦柴油机，已经满足不了生产和研制供电的需求。一年后，经周总理批准建设的装机1500千瓦的小电厂终于投运了。回忆起这段时光，老人饱经沧桑的眼睛里闪烁着明亮的光芒。小电厂的发电解决了生产用电，基地的生活区也开始有了持续的照明电。偶得的空闲里，他们还能到厂部看一场电影，那曾是让他们感到无比开心快乐的一种享受。孙怀宝和工友们的生活质量，因为有了电的保障，也逐步得到了提升。

小电厂筹备期间，四分厂成立了化验室。化工专业的孙怀宝，担任了化验员工作。主要的工作是化验水质、煤、炉渣等，提取分析煤炭、炉渣灰烬参数，在规定的数值范围内，确定司炉燃烧煤的干净程度、可燃物的残留程度等。指标达标与否，是对燃煤车间各班组工作的一项考验。孙怀宝化验得来的数据，曾作为全厂评先评优工作的一项衡量标准。

四分厂在221基地其他车间开始筹建或开展生产之间，实实在在担负起了推进工作"电力先行"的保障作用。孙怀宝感受到作为四分厂职工肩负的沉甸甸责任，工作上一丝不苟，从来不敢有半点马虎。作为一名党员，他不叫苦、不叫累，始终冲在工作的最前沿、第一线。

以秒计算的抢修

1963年起，设计部、试验部抽调专家，开始为原子弹试爆做各项试验工作。这对电压的指标有了更高要求，试验精密度要求高，即便是微小的电压波动也会引起巨大事故。消除电压波动、保证电压稳定，是当时发电工作中的重中之重。化验车间也不例外，所有指标都高度精准。而各分厂之间配合紧密、全力以赴，一切工作都围绕研制工作全方位展开。

为防止电压波动给试验造成数据上的误差，一方面国家有关部门给四分厂调来与小电厂容量相当的列车发电站，作为备用电源，保证生产供电在异常情况下的紧急投运；另一方面，大电厂续建工作也紧锣密鼓展开。孙怀宝还记得，为保证锅炉内水质的干净，防止因为水质洁净度参数不达标，钙镁离子结成水垢，引起锅炉爆炸，电厂还启动了前期水处理设备工程。这项工程由山东调来的军工队伍承建。先后安装了三台水处理氢离子交换器、三台钠离子交换器，为接入锅炉的水做净化处理。

为保证二二一厂科研生产电压的稳定性，四分厂对煤的发热量标准提出了要求。孙怀宝和工友们经常对周边省市的煤炭进行取样化验。最终选定达标的有甘肃窑街煤、宁夏石嘴山煤等，这些地区的煤炭，发热量高、灰粉采样合格。心如发丝的孙怀宝每一次化验，都认真仔细完成，对每一处细小的微差，都进行认真比对分析。及时把数据反馈给司炉车间和厂部，按化验数据调整煤炭摄入和燃烧温度等数据。投入工作时，他常常在工位上几个小时都不喝一口水。他所在的化验室在锅炉安全运行的技术方面进行良性改造，用盐酸加防腐剂福尔马林按比例勾兑，常态性组织对小电厂进行循环性清洗工作。

在国家建设初期那个艰难困苦的年代里，孙怀宝和工友们用最原始、最简陋，但最实用的方法，攻克了一项又一项技术上出现的难题。孙怀宝说，引爆原子弹爆炸的高能炸药球，也是221基地技术人员在自主研发而成的特殊铁锅里熬制而成的。在《代号二二一》纪录片里，还有这样一段惊心动魄的记载：当年，在氢弹吊装的过程中，因电缆故障出现了片刻意外停电。氢弹吊装车间行车突然静止不动了。在场的所有人都极度紧张，担心行车失控下滑。大伙儿即刻启动预防保护措施，火速拉开防护网，防止氢弹核心技术产品釉部件可能下滑而导致的风险。与此同时，在四分厂里，当值的孙怀宝他们，面对千钧一发的紧急情况，第一时间做出果断处理。迅速将电源切换到西宁方向的转供电，几秒内恢复了送电，化解了风险。这段生死攸关、始料未及的抢修记忆，始终让孙怀宝刻骨铭心。

用青春书写的历史

肩负原子弹科研建设基础保障工作的四分厂里藏龙卧虎，诸多和孙怀宝一样的技术骨干从上海杨树浦电厂、西安灞桥电厂，以及常州、青岛、抚顺、郑州等全国各地的发电厂、电力设备厂，集结于四分厂。他们大力协同，勇于登攀，攻坚克难，保障供电。1964年，孙怀宝和部分工友被选派到北京西郊石景山电厂参加了为期半年的培训学习，学习水处理、油处理分析。如饥似渴的孙怀宝，在那里学到了很多知识和技术，包括离子交换器的工作原理等。石景山电厂的师傅们毫无保留地将他们的工作经验都教给了孙怀宝他们。据孙怀宝回忆，当时四分厂遇到锅炉大修、小修、汽轮机叶片的腐蚀等，也得到过离基地最近、具有专业技术水平的青海省桥头电厂的帮助和支持。正是孙怀宝们饮风啮雪，以及无数热血儿女凝心聚力，以誓死效国的忠贞坚毅和铮铮铁骨，为共和国铸造起了钢铁的脊梁、不朽的丰碑。

大电厂建设过程中，孙怀宝和工友们自己动手，安装了上海汽轮机厂制造的第一台锅炉机组。随后继续探索研究，安装了苏联进口的第二台机组及汽轮机。两台容量为 12000 千瓦的锅炉，为基地科研提供了坚强的电力保障。当时，从苏联进口具备抽气功能的机组，解决了基地的供水取暖。新电厂的安装投运，也标志着四分厂实现了对整个 221 基地供水、供电、供热的基础保障工作。

一幕幕往事，镌刻在老人的脑海里无法挥去。讲述的过程中，孙怀宝数次停顿陷入沉思。饱经沧桑的双眼投向窗外，似乎又闪回到金银滩草原，闪回到他历时几十年洒遍汗水、留遍足迹的 221 基地四分厂。回忆的翅膀掠过吃不饱饭，野地里挖芨芨草、苦苦菜、野葱等用来充饥的时光；掠过没有饮用水，从山崖上取来冰块消融之后，漂去悬浮在水面上的杂草、枝叶，沉淀之后饮用的时光；掠过寒风凛冽、工程受冻，用帐篷盖着施工的基建部分推进工程的时光。掠过思念家乡，在工地上播放家乡的曲调，解思乡之苦的时光；掠过总理关注基地工人的生活，从山东调来花生米，从东北调来黄豆，改善建设者生活的时光，幕幕清晰、历历在目。

1985 年，工作 26 年的孙怀宝光荣退休。这位二二一厂的化验员，和老伴霍爱英一生的职业生涯和美好时光，都献给了金银滩草原和二二一厂。

阳光透过窗外的树影，洒进一片金色的光芒。采访结束时，老人家拿出保存已久、为数不多的几张老照片给我们看。泛黄的照片上，孙怀宝穿着整洁的中山装英姿勃勃。他久久地看着照片上的工友们，有些泪眼模糊。和老人家并肩战斗过的工友们，有的回到久别的故乡，有的已经过世……六十多年，弹指挥手之间，曾经风华正茂的他们，用青春、责任，用燃烧着的激情，书写了共和国史册上最为光辉的一页。暮年回首，那些难忘的流金岁月，绽放出了灿若星空的永恒光芒。

杨幼军
坚守的云

人物简介：杨幼军，男，中共党员，出生于1972年6月14日，入党时间2009年7月。1993年7月进入原四分厂参加工作，岗位在仪表车间。2007年原四分厂停运后，进入青海宁北发电有限责任公司工作，目前岗位为党群工作部党务工作者。

采访时间：2021年5月18日

采访地点：青海宁北发电有限责任公司办公楼

这里平均海拔3200米，位于青海海晏县境内，东接西宁市，南临青海湖，西邻柴达木，北靠祁连山，1957年之前的这里有一个吉祥的名字，叫金银滩，谁也说不清这名字的由来，就像这名字是随着天然的美景从天空中直接落下来一样。直到1957年的某一天，"金银滩"这三个字似乎是被上天收了回去，而这片一千多平方公里的水草丰茂的草原，迎来了一群新的主人。这里，高寒缺氧，水烧到80℃就沸腾，四季离不开棉衣，连那些迁徙的牧民和成千上万的牛羊也非常诧异，这片草原自从天空降落以来都没有接待过定居的人群，自古以来人迹罕至，不是这里不欢迎，而是太不适宜，可这里被选中的原因，就是因为这个人迹罕至的"不适宜"。当我从一百多公里以外的西宁赶到这里时，刚下车就看到一条鲜艳的红围巾挂在路边。红围巾在湛蓝的天空下，在白云映衬下，像一团红色的火焰。而我要寻找的，不就是这样一团红色的火焰吗？！这团火焰就是1957年陆陆续续迎来的这群自称"草原人"的异乡人用无悔的青春在这里构筑的书写的，撼动了全世界、感动了全中国的"两弹一星"精神。

以红围巾为中心，我将视野朝四周扩散，这里的天空没有变，地面的草原变成了宽敞的马路往天边流淌，这里有了一个新的名字叫原子城。辗转，我们找到了今天的受访者——中共党员杨幼军。70后的他在家排行第四，上面三个哥哥底下一个弟弟，杨幼军身量不高，皮肤黝黑，父亲早年毕业于青海大学，在门源兽医站工作，靠着父亲微薄的薪水和母亲的精打细算，五兄弟都顺利长大成人。据杨幼军回忆，自己小时候对二二一厂几乎没有印象，就算半解密之后这里被世界瞩目，但本地人油然而生的一种保护欲，依然使这里处在半遮掩的状态中。二哥高中毕业后，曾在二二一厂学习无线电技术，从聊天中得知出入那里需要特别正规的检查，所以二二一厂对他来说一直是一个神秘的地方。

杨幼军，1991年高中毕业后在家待业，跟着后来去电视台工作的二哥在电视台打工，当时的他内心对未来充满了畏惧，不知道自己的将来怎么办。两年后，州政府出了一个告示，浩门电厂招工，条件是本地高中毕业身体健康的待业青年，政审筛选以后，幸运的杨幼军和一百多名本地青年被招进浩门电厂。进入浩门电厂以后才知道，他们工作的地方是二二一厂的四分厂，也是热电厂。当时他们对四分厂一无所知，没有人特意跟他们讲过四分厂的光荣历史，就连四分厂的二三十位老职工也讳莫如深。四分厂的运行机组与浩门电厂不一样，在1993年撤厂销号后，有一批老职工以返聘的形式留了下来。虽然参与过可以载入史册的辉煌的工作，但是他们从来没有在青年员工面前洋洋得意以功臣自居。

杨幼军被安排到仪表维修车间，他的师傅虽然不是原四分厂的老师傅，但是杨幼军他们很快就将原二二一厂的师傅与其他人区别开来。他们身上有一种孤傲，这种孤傲不是来自曾经的荣耀，而是来自几十年如一日的坚守岗位和保守秘密，他们就像武侠小说里的隐士一般。他们身上有一种从容，这种从容不是来自现实境遇的优越，而是来自发自内心的自信和坦然，因为他们蹚过生死的河流,因为他们对自己的一生无悔无怨。他们身上有一种圣洁,这种圣洁不是任何外界可以赋予的,那是心照不宣的气场令厂院里的白杨都为之侧目。他们操持的明明是清晰的山南海北的口音,却硬生生地把这群本土的青年映照得更像外乡人,很久以后杨幼军才知道,他们有一个共同的名字——草原人。

这批老二二一厂人有着非凡的过往和不同常人的气场,令杨幼军感到陌生和疏离,可是每当和他们一起出现在工作场合,杨幼军的心里就会出现两种自相矛盾到极致的心理活动,一种是极致的踏实,一种是极致的忐忑。热电发电,设备的运行状态不但要看仪器仪表和信号灯的显示盘,还要靠人眼去观测,听设备运行的声音,做到眼观六路、耳听八方。有一次杨幼军就跟着一位老二二一厂师傅一起值班,进入值班室,不仅与工作无关的东西不能带进来,与工作无关的情绪和思想也不能带进来。当时的四分厂已经转为民用,说白了就是给老百姓供电,早已不是停电两三秒就能引起不可估量的国家损失和人员伤亡的时候了,但是老师傅们的工作态度始终停留在那个高度专注的时期。

有一次老师傅喊他:"不对,小杨,去设备区查看锅炉设备,看有无发热。"杨幼军已经掌握了表盘测量标准,他凑到表盘跟前并没有看见显示的数字有什么异常,表盘指针都在标准范围内。他虽然不敢质疑师傅,但是还是忍不住嘀咕了一句,可老师傅眉头紧锁紧盯表盘的样子又让他敬畏起来,赶紧按照师傅的指示向设备区跑去。来到设备区,目测一切良好,他再一次质疑起师傅的判断,接着按照师傅教给他的方式,拿手去探设备表面。好家伙,发热严重。杨幼军拔腿就去监控室汇报,设备发热说明设备里面出现了机械故障,持续运行下去必然出现不可逆的损伤。设备因为停运及时,故障得到有效排除,避免了国有资产的损失。事后,杨幼军对师傅的佩服简直达到了无以复加的地步。他小心翼翼地问师傅怎么就判断出来设备出了问题,老师傅说:"靠耳朵听的,噪音和平时的不太一样。"杨幼军瞬间明白,在监控室里,为什么不让聊天,为什么没有多余的话,因为耳朵也在工作。也在那一刻杨幼军明白了,老师傅们不是刻意的少言寡语,不是故意的故作高深,而是他们真的没有精力,他们真的是全心全意在工作。

大家都回到属地去了,过了退休的年龄,他们为什么还留在这里?这里海拔3200米，一年四季不脱棉袄，动不动就飞沙走石，缺水缺氧，本地人有点门路的都纷纷去内地养老，他们在内地有亲人有归属，却自愿选择留下，这也是杨幼军一直困惑不解的地方。一个普通的工作日，大家像往常一样在车间里紧张有序地工作着，一个身着便装的陌生年轻人突兀地出现在车间里，大家都有点儿诧异，免不了停下手里的工作侧目去看。年轻人面色凝重地走到一位老师傅跟前，浓重的山东口音让这个小伙子显得更加硬气和倔强："你到底为啥还不回家，几十年了，你还没干够吗？"

　　是啊，不仅杨幼军想知道答案，全车间的人都和这个山东青年人一样静静地等待一个答案。这里的工作并不轻松，倒起班来昼夜不分，没有多余的娱乐活动，没有多余的闲暇时间。杨幼军还可以回家看看父母，还可以和同学朋友下下小馆子吃吃喝喝。而师傅们却保持着刻板的生活节奏，还把仅有的时间用来读书钻研，哪怕他们这辈子都接触不到更加先进的设备，他们还是痴迷那些新鲜的科技理论，永远都是一副正在学习的模样，不停地写写画画。当年他们手绘的二次电路图比今时今日电脑里绘出来的还要漂亮，至今它们还躺在四分厂的厂房里。令杨幼军惊诧的还有他们那神鬼莫测的维修技能，任何一个完整的配件在他们眼里似乎都是可拆的积木，甚至可以是泥塑的玩偶。每一次因故需要淘汰或者更新的零部件换下来，都被他们截留下来，经过一番根本找到不理论出处的鼓捣，等零部件再出现的时候，甚至和本来的样子都大相径庭，可是搁在修理的位置上，却能像什么都没发生过一样正常工作。本来填报一个废旧物资申报表，到物资部领一个新的就可以了，他们却要利用珍贵的休息时间，甚至熬上一个通宵去修理一个于他们自己没有任何回报的零部件，没有任何人以他们为工厂节约了大批成本而申报一毛钱绩效。与其说这是一种工作习惯，不如说这是一种本能，习惯或许还可以改，本能改不掉。是啊，氢弹从无到有都能造出来，还有什么是老221人干不出来的？

　　儿子的突然出现令这位内心本就充满愧疚的父亲躲无可躲、藏无可藏，儿子期待的眼神和屏住呼吸的所有人似乎令机器的轰鸣都安静了下来。这位父亲一改昔日的沉稳与从容，他手足无措的样子就像个做错事的小孩，可是周围没人愿意搭救他，因为所有人都更加同情那个早已成年的儿子，所有人都能读出那一声质问下埋藏着多少童年的委屈和对父亲的眷恋。在那个特殊的年代里，父亲在社会的角色就是孩子在玩伴儿里的角色。农民，好，毛主席家里就是农民，农民光荣。工人，好，工人是革命的先锋队，工人光荣。军人，好，军人保家卫国流血牺牲，军人光荣。你的爸爸是做什么呢？不知道。草原人？什么是草原人，草原人是干什么的？你的爸爸不会是犯了什么错误吧，不然怎么会不知道他是干什么的。你倒是说话啊，你爸爸到底是干什么的啊？你的爸爸去哪了？说话啊？有什么见不得人的啊，不会是特务吧，不会是劳改犯吧，要不然怎么好好的山东不待，跑到那鸟不拉屎的地方……多少次，幼小的他躲在树坑里呜呜咽咽地哭泣，每次见到父亲想说的话又咽了下去，从父亲那威严的双目中他或许还读不到什么慈爱，却能读到一种清晰的指令，不许问。家里家外，没有任何蛛丝马迹可以用来佐证父亲的工作，这份静默是全家人的默契，只要还是这个家里的一分子，就必须遵守这份凌驾于所有亲情的，甚至高于生命的契约。

儿子的委屈，大家懂，可是父亲的委屈就有出处吗？告别双亲远离故土，在与世隔绝的世界里埋头苦干，却不知道自己供的电给谁用，电流的那一端又是一个怎样的世界，这片高原之外的世界又发生着怎样翻天覆地的巨变？这一切的一切，都与自己息息相关又与自己无关，在他的心里只有党和国家交给的任务，一心一意一丝不苟。一个发电厂在非必要时期使用的都是煤油灯，就为了给电流那端多省出一点电、多供出一份暖。至于有没人会为之发出一声感激，历史会不会为之留下只字片语，他才不会去想。眼前的设备，就是他的全部世界，高于生命的使命，知道和不知道，又有什么关系，当接受任务的那一刻，就没想过逃避和放弃。

经过九死一生才建立起来的新中国，就像个嗷嗷待哺的婴儿一样，肌肤吹弹可破，所有的骨骼都脆弱无比，全身的脏器都靠着细微的血管供应珍贵的营养和能量，一个小疮口都有可能引发致命危机。她得活下来，必须得活下来啊，这是中华民族全部的希望啊。列强们还在虎视眈眈，国家却满目疮痍、百业待兴，能依靠的只有我们自己。想想过去，我们怎能不肝肠寸断胆战心惊，难道还要回到那种仰人鼻息、受制于人、任人宰割、朝不保夕的时候去吗？为了建立新中国而牺牲的万千同胞泉下会甘心吗？重被丢弃到水深火热之中的子子孙孙能答应吗？不，不能，绝对不能。从四分厂出去的每一度电都有可能是救命的血液，从手中游走的每一步操作都牢牢控制着新中国的生死，就这么简单。

孩子啊，父亲也想选择成为一位父亲，可是父亲更希望你和你的孩子，还有千千万万的中国人能堂堂正正地活着，平平安安地活着。

可是父亲，您的使命已经完成了。您看，美丽的金银滩又恢复了她的名字，蔚蓝的天空下又迎来了昔日迁走的牛羊，那微弱的血管因为很多人的悉心供养早就焕发出勃勃生机，坚强的电网遍布国家各个角落，经济在腾飞，国防在进步，国家掷地有声，百姓安居乐业。可唯独，咱家，缺了您啊！

自知理亏的父亲，在儿子的逼问之下，在众目睽睽的追讨之下一步一步地退缩，直到退无可退，直到他触摸到了沾满机油的发电设备，脏兮兮的颜色，呛鼻的气味，刺耳的轰鸣，怎么都不算一个温柔可人的存在。一个是令他魂牵梦绕对他翘首以盼的家，一个是他手扶着的原则上早已与他无关的机器，任谁都能拎得清这中间分量的差距，可是偏偏，他的选择再一次令人瞠目结舌："把这些宝贝交给这群毛头小子手里，俺不放心啊，俺怎么也得把他们带熟再走啊！孩儿啊，再给俺两年中不中？"

两年的传帮带，两年的言传身教，两年的孜孜不倦，两年的循循善诱，两年的苦口婆心，杨幼军和他的伙伴们，在这两年里和四分厂的老师傅们不像师徒，倒像是倒插门的女婿和老丈人，他们要继承的不是一个小小的热电厂，而是整个家族的血脉流转。他们要守护的也不是没有生命的铁疙瘩，而是老人们的心肝宝贝。他们走了，心却永远留在了这片土地上。据杨幼军回忆，老人们撤离的时候，似乎都有千言万语和百般不舍，与那些在"两弹一星"研制工作过程中成长为参天大树的精英比，他们能够退身的地方只有家庭。他们当年守护的机组在二十世纪五六十年代可谓全国顶级配置，现在早已更新换代。在他们的信念中，是要至死报效祖国的，可是自己还有一口气在啊，我还活着啊，怎么能退休呢，怎么能吃国家的闲饭呢？什么是历史使命，什么是功成身退？这些设备还能供电啊，供给老百姓啊，供给上学的孩子和救人的医院啊，我还能守啊，我还能干啊！

这一切的一切，血与泪的奏鸣曲，确实走到了曲终人散的时刻。杨幼军和所有的伙伴们不辱使命、时时刻刻将老师傅们的嘱托铭记于心。他本人，作为四分厂最终的守护者一直坚持到最后一刻。现在，四分厂人去楼空，成了一座博物馆，静悄悄地坐落在那里似乎在等待着什么人，诉说在那遥远的地方一群人的故事。杨幼军本人根据组织需要成为一名党务工作者，在距离老四分厂不远的地方遥望着那个笔直的红色烟囱。时不时地有参观人员来到这里，向这里膜拜致敬。杨幼军每每接到带领参观人员解读四分厂的任务都心潮澎湃，他没有华丽的语言，也没有精致的辞藻，更没有惊心动魄的故事，只有一点一滴影响他一生的记忆片段，却是他一生都取之不竭、用之不尽的力量源泉。

什么是"两弹一星"精神？他经常被陌生的游客或者学员问这样的问题。"你遇到过困难吗？困难是形形色色的，但是总体来说困难无非有两种，一种是能解决的，一种是不能解决的。"杨幼军说，"在老221人的眼里，困难只有一种，那就是必须解决且一定能解决的。必须解决因为背后有党和国家，一定能解决也因为背后有党和国家。'两弹一星'精神就这么简单，套用当下的新词汇，甚至还有点粗暴。"

合上笔记本，关闭录音笔，我的太阳穴因为3200米海拔的关系隐隐作痛，耳朵里还有耳鸣，周身都很疲惫．我狠狠地鄙视着自己不中用的身体，觉得自己敏感的神经亵渎了这次神圣的任务以及这片神圣的土地。走到窗边，遥望着这一片广袤的土地，被风沙席卷走的蘑菇云早已无影无踪，分散在各地的当年那些热血沸腾的草原人，不管他们是否耄耋，还是化为了尘土，午夜梦回，这片神奇的草原和那条鲜艳的红围巾，依旧是草原人时刻依恋的故乡吧。

赵伟利
师傅吕云帆点滴

人物简介：赵伟利，男，山东滨州人，中共党员。从事过锅炉运行工、锅炉班班长和运行值长。1971年4月出生。2007年毕业于西安科技大学（大专）。2009年加入中国共产党。1990年12月参加工作。1993年调入221厂403锅炉车间。现任唐湖热电厂生产二车间党支部书记。

采访时间：2021年5月18日

采访地点：唐湖热电厂生产二车间三楼会议室

  赵伟利的讲述朴实而平淡，总是说别人的多，讲自己的少，特别是讲到的几个故事，听来使人肃然起敬，令人十分怀念那个激情澎湃的岁月。

  1993年，四分厂已移交地方管理。赵伟利从海北热电厂调到四分厂后，吕云帆做了他的师傅。吕云帆是四分厂的老人，河南人，当时已经六十多岁了，是地方电厂为了顺利完成过渡。返聘的技术顾问。赵伟利回忆说，四分厂这些老人，将设备交到我们年轻一代手上，说实话，他们一点也不放心。于是，吕云帆带着赵伟利他们干了两年多，看着这帮小青年可以胜任工作了，才放心地离开了四分厂。至此并非是音信两绝，而是经常写信联络，直到吕师傅去世为止。赵伟利说到这里的时候，眼圈有些发红，沉吟半晌。

他说吕师傅是非常敬业的人。机组运行每一小时，他都会亲自去观察机组运行状况，仔细检查锅炉运行工况、温度、压力、供煤、供热以及热负荷等机组设备运行参数。有一次上夜班，锅炉炉排发出轻微的刺啦声，这个声音非常有规律性，吕师傅在机组旁边待了好长时间，最后断定是一个炉排变速箱皮带磨损过度，必须及时更换，不然会酿成减负荷甚至停机的大事故。他把几个值班的人叫过来，填写工作票，按规定流程减负荷停止炉排电机，手把手教他们更换了变速器皮带。赵伟利说，这是他第一次在现场学习处理故障。还有一次，输送燃煤的皮带断裂，吕师傅一边讲解一边示范，手把手教他们如何操作，不到十分钟就更换完毕。

有几个细节让赵伟利终生难忘。吕师傅有捡拾"垃圾"的习惯。所谓"垃圾"就是遗落在车间里的螺丝帽、电线头之类的，吕师傅会把它们捡起来放在专门的箱子里，说这些东西以后会有大用场的，浪费不得。

吕师傅平时的脾气出奇地好，犹如春天的徐徐和风，但工作中谁要是违规，那可是冷酷无情。一次运行值班，一个小青年两眼盯着仪表盘，双脚搁在工作桌子，四仰八叉地躺在椅子上。吕师傅看见后气不打一处来，把小青年一顿臭骂。事后的一天下午，赵伟利看到吕师傅和那个小青年在院子里散步。原来是吕师傅找他谈心呢。

有这么一个故事流传甚广，似乎像是某些电影、电视剧常用的一个桥段。因为221基地的特殊性和传奇性，人们将这个故事的原版设置在221基地。说是有一对小两口同在221基地上班，这距离可以说是近在咫尺又远在天涯。两人的思念之情只能通过书信表达。由于当时保密需要，他们的信件要转到北京后，再邮寄到青海"矿区"。青海"矿区"是221基地的通俗叫法，当时221基地的汽车门徽上印着一个大大的五角星，上面是两个醒目的大字"矿区"。飞鸿传书一写就是七年，在1964年中国第一颗原子弹成功爆炸的庆功会上，两人执手相看泪眼，竟无语凝噎！这是世界上最长的爱情路程，也是最短的相思距离，几乎让每年鹊桥相会的牛郎、织女都自叹弗如。我问赵伟利，你认为这个故事是否是真的？赵伟利说，是否真实已经不再重要，重要的是其中的艰难曲折和牺牲精神。而每个221人所经历的都有过之而无不及。221人完全能担得起这样一个传奇。

赵伟利对221基地怀有一种难以割舍的情怀,作为四分厂电力工人的传人,他从1993年至今,在这里工作、生活,成家立业,虽然没有领略过"两弹"爆炸成功时刻最为辉煌、最为耀眼的灿烂光芒,但见证了二二一厂今天绚丽的晚霞。

李瑞普
远去的岁月永远铭记

人物简介：李瑞普，男，四川南充人，中共党员，1939年出生。1955年参加工作，先后从事过用电管理和高压实验工作。1977年加入中国共产党，1997年退休。现居青海省西宁市。

采访时间：2021年5月18日上午

采访地点：西宁市城北区西宁供电公司家属院

2021年5月18日上午，国网青海省电力公司"两弹一星·电力传承"党性教育项目采访组兵分两路分头采访，在西宁市城北区西宁供电公司家属院，我们采访了省电力公司中实所退休职工李瑞普老人。

李瑞普，个子很高，面色红润、精神矍铄，花白的头发没有一丝凌乱，神采奕奕的样子，一双温和的眼睛闪烁着慈祥的光芒。老人家1939年出生于四川南充。1955年参加工作，1977年加入中国共产党，1997年正式退休。李瑞普老人已经82岁了，可他说话声音洪亮，思路清晰，看上去根本不像八十多岁的人。我们在场的几位采访老师都感叹老人家的身体状况，像年轻人一样，充满着活力。

得知我们的来意，李瑞普老人给我们娓娓讲述了尘封而又难忘的往事。

1955年，李瑞普只有16岁，还是少年的他在四川当地供销社参加了工作。1957年刚满18岁的李瑞普，机缘巧合从四川来到青海，通过考试，成为西宁供电所用电管理班的一名新员工。

"我到青海参加工作不久，桥头发电厂1250千瓦汽轮发电机组开始着手投运，全省境内第一条35千伏线路——桥头至西宁送变电线路开始建设。很荣幸我参加了省内第一条35千伏线路的建设任务，那会儿刚参加工作不久，对于我而言，能参加这样一项工作真的感到无比自豪。青海自然环境恶劣、工作条件特别艰苦，线路建设期间，每天我们都是早上5点钟就起床，晚上9点半才收工，每天工作将近17个小时。现场作业的时候，人力背瓷瓶、人力拉线，施工人员都很辛苦。可没有一个人叫过苦、叫过累，就这样完全靠着人力，经过几个月加班加点、挥汗如雨地工作，我们完成了青海境内第一条35千伏线路的建设任务。省内仅有的两座发电厂开始并列起来运行了，青海有了全省最早的电网——西宁电网，它是现在飞速发展的青海电网最初的雏形。

1973年，因为工作调整，我从西宁供电所调至中实所工作，主要从事高压试验工作。想起那时的工作感慨万千，当时工器具极端紧缺，可大伙儿的工作责任心都很强。我在单位主要负责高压安装，工作中遇到任何困难，总是想着各种办法解决，不抱怨、不埋怨。大伙儿也是动脑筋想尽办法，很尽心地把工作任务完成好。"

李瑞普老人回忆，当时建高压大厅的时候，遇到的困难真的很多。"青海发展滞后，连好点的钢材都买不上，要跑到山西太原进行钢材采购。其他材料也要到全国各地去采购，这儿选购一部分材料，那儿选购一部分材料，才可以把高压大厅建起来。这些年经济发展得快，现在看到的高压大厅，比原来我们那么费劲建设起来的大厅，要大几十倍、好几十倍呢。现在基础建设速度比那会儿快多了。唉！风风雨雨几十年，虽然吃了不少苦，但想起以前工作的时候，记忆深刻的都是难忘美好的。"

听着老人的讲述，想象跟李瑞普老人一样从中华人民共和国成立之初走过来的电力建设者们，他们吃苦耐劳、脚踏实地，把自己最好的青春年华奉献给了电力事业。见证了青海电网由弱到强、由小到大的变化，也见证了青海从中华人民共和国成立初期贫穷落后到今天紧跟时代步伐翻天覆地的变化。从20世纪60年代，从西南地区到青海高原，曾经风华正茂的李瑞普老人，辛勤劳作几十年，如今已是两鬓斑白的耄耋老人了。

有那么多的故事值得回忆,有那么多的记忆值得珍藏,有那么多的场景难以忘怀。回首过往时老人家激情飞扬,点滴的记忆感染着李瑞普老人,也感染着现场的每一个人。老人说,最难忘记的是1968年的一天。

"1968年仲夏的一天,我接到上级的通知,对221基地的一次用电检查任务。我和用电班班长赵福利,是组织通过资格审查之后才确定的人选。在221基地办事处和省公安厅办理了相关手续之后,两个部门的工作人员分别给我们几个人交代了保密事项。随后我们几个人乘坐吉普车前往221基地。

"当时只知道221基地是保密性很强的一个单位。组织在安排这项工作时,只在我们党、团员里面选择合适的人选。我和赵福利班长通过了组织的审核,开展了一次组织信任托付的神圣工作。我俩感到激动而又光荣。来到二二一厂之后,我们经过了两道岗卡的例行检查。第一道检查是保卫署,第二道检查是在变电所门前,每一次检查都要详细查看我们的工作任务单、公安厅出具的身份证明等。经过这些检查后,我们才进入变电所开展工作。主要任务是安全用电方面的一些检查,重点检查了变电所进、出线以及变电所室内设备的一些基本情况。那次检查工作,我和赵福利就住在211基地招待所。"

李瑞普老人说："在基地检查工作的过程中，有很多的地方禁止进入。我和班长赵福利牢记进厂开展工作前办事处及公安厅同志对我们交代过的注意事项。不让问的坚决不问，不让去的地方坚决不去。除了正常涉及工作的交流以外，两天的时间里，我们和基地人员没有其他方面的交流。

后来，知道221基地是咱们国家制造原子弹的地方，就离我们那么近，又是我曾经接受任务参与用电检查的地方，既神圣又庄严的感觉油然而生。感觉我们电力人无论在什么地方，在任何或普通或重要的工作中，都走在前沿阵地为国家做贡献。这种务实的态度和精神值得我们每一个电力人传承发扬。"

李瑞普老人严谨务实的工作态度和朴实善良的处世风格，深深影响了他的两个子女。女儿说："父亲严于律己，严格要求我们。所以我们自小就知道努力。现在哥哥和我，包括侄子，都在电力部门工作，一家三代，与电都有难解的渊源。父亲平时工作认真踏实，一丝不苟，这些都是我们学习和传承的宝贵财富。我们在工作上学习像父亲一样老一辈电力人的精神，包括二二一厂四分厂电力职工们的精神。这些奋斗在不同地区的前辈们，他们身上的精神值得我们不断地学习、传承和发扬。"

赵顺德
受益终生的四天四夜

人物简介：赵顺德，男，青海西宁人，中共党员，1953年9月15日出生。1970年参加工作，先后干过变压器检修员、通讯员、机床加工、档案资料管理、新闻宣传、总务后勤、电厂建设、光伏实验等工作。1995年加入中国共产党，2013年退休。现居青海省西宁市。

采访时间：2021年5月17日下午

采访地点：西宁市城西区电科院家属院

2021年5月17日下午，我们在青海省西宁市城西区电科院家属院，采访了青海省电科院退休职工赵德顺。

赵顺德师傅于1953年9月15日出生于青海省西宁市。1970年参加工作，先后在西宁市供电局、电科院等单位工作，从事过变电所变压器检修员、办公室通讯员、机床加工、档案资料管理、新闻宣传、总务后勤、光伏实验等诸多工作。1995年加入中国共产党，2013年光荣退休。

在电科院家属院的单元楼里，赵师傅满脸微笑欢迎我们的到来。气色和精神状态俱佳的赵顺德老人，看上去一点不像将近70岁的人。赵师傅说，1970年他年仅16岁。刚到单位，什么都是新鲜的。不懂的知识也特别多，就经常问身边的师傅们,师傅们也手把手地教他。就这样在工作实际中,一点一滴的积累和经验,让他逐渐成为不同专业的行家里手。每到一个新的工作岗位,赵顺德就从头开始学习,几乎所有的业余时间都是在学习中度过的。通过上电大、夜校等方式,用七年的时间,先后学习了文秘、汉语言文学等专业。赵顺德师傅白天上班,晚上去上学,先后骑坏了3辆自行车。功夫不负有心人,勤奋的赵顺德顺利完成了各项学习任务,顺利拿到了本科文凭。不断汲取的知识,为他以后的工作打下了坚实基础,尤其对后来从事的新闻工作帮助很大。几年以后,赵顺德就能独立完成单位任何一项工作了,渐渐成为单位的业务骨干。

提起学习的过程,赵顺德师傅说:"生活工作中如果没有吃苦精神,就不会有知识的沉淀积累,也无法胜任本职工作。想想自己,辛苦奋斗一辈子,没有虚度光阴,退休后的生活依旧踏实。现在又赶上这样一个好时代,感觉到生活就是满满的幸福。"

说到工作,很多往事赵顺德师傅至今记忆犹新。尤其在二二一厂度过的四天,更让赵顺德刻骨铭心。赵顺德师傅说,在43年的工作生涯中,这是最让他引以为豪的一件事。

1984年,二二一厂自备电厂汽轮机在检修过程中出现了故障,需要地方支援维修。四分厂联系到青海省电力局,省电力局接到请求,立即组织技术力量全力以赴予以支持。工作落实到了当时赵顺德所在的中心实验所汽机专业。经过严格的调档、审查、批准,赵顺德和同事王世延、李振兴三人肩负起了这项维修任务。这项特殊的任务令他们三人激动不已。他们拿着特别通行证,早早准备好仪器仪表和备件,前往二二一厂四分厂了。

赵顺德师傅回忆说:"从西宁出发到达海晏县后,我们又从海晏县出发至四分厂。从海晏到四分厂路程大约有13公里,路况特别平坦,我感觉那是我行车多年,走过的最好的一段路。13公里的路途中,我们先后经过了四道哨岗的例行检查。当时觉得二二一厂戒备森严,管理密不透风,内心也特别紧张。

到达厂房后,工作人员对我们宣读了注意事项,交代了保密工作要求,然后带领我们到了汽轮机车间。我们初步了解了汽轮机故障的原因,接下来的四天时间,我们基本上都是在汽轮机车间度过的。和厂子里的师傅们共同讨论分析，一点点排除了故障。这期间，我们和厂子里的师傅除了机械故障处理的话题外，几乎没有其他方面的交流。每天检修到很晚，晚上住在二二一厂招待所。故障排除后，我们做了汽轮机动平衡和电机实验，没有发现异常，顺利完成了工作任务。"

赵顺德师傅说，那次的检修任务，不仅让他感受到了二二一厂不同于普通机构的神圣和庄严，也被厂子里的师傅们几十年如一日，默默无言的奉献精神所感动和折服。

岁月匆匆，一起都在向着更好、更美处不断迈步。结束采访时，赵顺德老人说："我相信，今天的青年一代，必将沿着二二一厂电力建设者们的足迹，在人民电业为人民的征程上，越走越辽远，越走越开阔！"

上海篇

谢仲铨
医灯续焰话当年

人物简介：谢仲铨，男，中共党员，医师。1941年10月15日出生于上海。1958年10月开始就读于青海卫生学校。1962年3月分到了二二一厂综合医院工作，1964年8月分到四分厂医务室。1978年又回到了总厂医院。1992年2月16日退休。现居上海浦东。

采访时间：2021年5月27日上午

采访地点：上海浦东新区西营路114弄

《医灯续焰》是明朝王绍隆的一部脉学著作。医灯续焰是说医学事业犹如不息的灯火，永远有人传承下去，医乃仁术，只有仁爱之德，才能修炼成仁爱之术。谢仲铨在长达45年的行医生涯中，没有什么豪言壮语，这平凡的人，做着平凡的事，却用行动将"医乃仁术，医者仁心"做了最好的诠释。他将为人民服务落实在每一次的抢救当中，把践行党的根本宗旨化为每一次出诊的自觉行动，为"两弹一星"精神赋予了历史和现实的内涵，在新时代的征程中既沧桑又庄重，在中华民族的伟大复兴中显得弥足珍贵。

相约新浦东

2021年5月27日这天，手机上关于上海的天气预报是这样的——白天不太冷也不太热，风力不大。人在这样的天气条件下，自然会感到比较清凉和舒适。初夏的阳光洒满这座城市的每一个角落，颇有温暖、舒适之感。就是在这种黄金般的季节，我们在浦东新区西营路114弄，拜访了原221基地四分厂的谢仲铨、徐爱侬、殷应赓、索桂芝、陆玲芳等几位老人。

我们的采访名单上没有谢仲铨老人。但我们到西营路114弄时，他已等在那里。原来他曾经在221基地医院和四分厂医院任职，负责联络工作的殷应赓老人说，既然是采访四分厂的人，怎么能少了他呢！他可是地地道道的四分厂人啊。于是专门到他家，将他请到了采访现场。

谢仲铨体格高大，面色红润，思路清晰，说话声音洪亮，一点也没有80岁老人的龙钟老态，更没有垂暮之年的情绪。他快人快语，开门见山介绍了自己："我是在卫生学校毕业的，学的是医师。1958年10月到了青海，1962年3月到了221基地综合医院儿科诊室。1962年底被分到了杨家庄。1964年大电厂搞建设，当年的8月5日又被分到四分厂医务室，虽然负责儿科，其实是个全科大夫。1978年又回到了总厂医院，一直到1992年退休。"按常理说，退休的老人应该颐养天年，他可不，在上海又返聘到一家医院发挥余热，这一干又是14年，真是青山依旧在，几度夕阳红。

我对他说："您的气色真不错啊！"他笑呵呵地回道："这个啊——我是我们班上最幸运的一个人！"说着用手指拢了拢头发。一句话说得大家笑了起来，拘谨被一扫而光，欢快的气氛一下子溢满了房间。

他笑起来的时候，刚好窗外一阵风吹了进来，满头的银发小蜜蜂一样飞出几十年前的往事。随后的话题自然是从谢仲铨老人的工作和生活谈起。

邂逅二二一厂

1958年7月的一天，当时还在读中学的谢仲铨，被教务主任叫到办公室："你马上毕业了，给你一个'艰巨'的任务，你审查合格，到青海的保密厂去工作吧。"班上的同学只有谢仲铨一个人分到了工厂，而其他人都分到了农村。这就是他说的"我是我们班上最幸运的一个人"的意思。入厂的第一堂课是保密。领导讲："虽然你们是后勤的，是医生，但同样要有保密意识，不知道的不问，知道的不说。"这句话就像一句格言，贯穿于他工作、生活的始终。

他先在西宁待了三年多。他虽然是一名医生，但还要搞接待工作——当时规定每位报到的职工先在西宁办事处报到，人员在西宁适应两三个月，待身体方面基本适应高原气候后，才可以安排进221基地工作。对那些不适应气候条件的，谢仲铨负责对这些职工进行医疗护理和适应高原气候的医疗知识普及。据他回忆，1958年东北、天津过来的技术工人特别多，还有许多从河南来的支边青年。1959年和1963年部队先后转业过来不少人，一般把他们叫军工。1964年招了不少学徒工，接收了大专院校分配来的一批学生。221基地最早主要由这些人构成。职工在221基地上班，家属集中居住在西宁杨家庄以及胜利路原青海地质局附近的"小楼"，有八百多户人家。在西宁三年，谢仲铨和医护人员主要负责这一批人的医疗护理。而这些人的主要特点是"一老一小"，一"老"是成人多，一"小"是小孩（大多是五岁以下）多。

1962年3月，他首次踏上221基地，在厂综合医院儿科诊室上班。谢仲铨忘不了初次去金银滩草原的情景，虽然几十年过去了，但回想起来，一幕幕往事像电影一样浮现在他的眼前。3月的西北高原，寒风刺骨，滴水成冰，一路风沙漫天。谢仲铨和十几位同事在西宁搭上西行的列车，四个多小时后抵达青海湖旁的海晏站。在车站等了一个多小时，终于坐上了医院人事科张科长开来的一辆解放牌大货车。汽车沿着沙路前进，从车上向外望去，四周群山中有一块荒凉平坦的大草地，再向前望去，在一个山坡上隐约有几座房子。

汽车开得挺快，不一会儿就在一幢楼房前停下，"这就是医院？"一看这里只有几幢楼房，其他什么都没有，大家的心里不禁有些失望起来。楼道门口站着几个人，张科长一一做了介绍后，把他们领到一楼一间六人合用的宿舍兼办公室。谢仲铨心里说："这里就是我们以后生活工作的场所了。"

晚饭时，给新来的职工每人发了两个牛眼睛大小的青稞馒头和一勺羊肉排骨、胡萝卜、黄豆一起烧的菜，这就算是"接风"晚宴了。第二天开会宣布每个人的工作岗位。科长领着他们参观了医院。一楼是门诊、挂号、药房，二楼是外科、手术室、妇产科，三楼是内科和儿科。谢仲铨被分到了小儿科。科室有十几个医护人员，除了谢仲铨和另外一名男同志外，其他的都是女的。医疗器械也很简单。谢仲铨心想，这哪里像医院，简直就是一个简陋的旅馆。

生活环境也是异常艰苦，每天除了上下班，没有什么娱乐活动，连看电影都是露天的，和上海没有办法比。每个星期日的夜晚还停电，病房经常点蜡烛。碰到抢救、动手术时，全体出动，手拿蜡烛照明。这在现在是不可想象的，当时却是司空见惯的事情。谢仲铨一个20来岁的小伙子，一米八的个子，一月只有22斤粮食，一天8两，根本不够吃，整天肚子饿得咕咕叫，有时饿得头晕眼花。当时有句顺口溜"每天四个牛眼睛，生活艰苦有干劲"。停电时食堂不做饭，就给大家发面粉，让自己做吃的。他们刚到金银滩草原，人生地不熟，连做饭的地方都没有，没有炉子，自己不会做，急得直想哭。有些老同志看到他们的狼狈样，就帮他们做一点。有一次食堂发面粉，他们想包饺子，可什么家什都没有，也不好老麻烦别人，于是自己动手学着包。没有擀面棍，就用酒瓶、醋瓶来代替，没有面板就用桌子，不会擀饺子皮就擀一张很大的面皮子，用饭碗当底座，一个一个扣出来，包的饺子，五花八门，什么样的都有，一下锅全都散开，即使成了糨糊，但大家吃得也很开心。唯食忘忧，当时的情景再次浮现在老人的眼前。

为了改善自己的生活，谢仲铨和同事一起开荒种地，搞起了生产自救。儿科的同事在距离医院一里外的地方找了一块荒地种菜，在草原上只能种卷心菜、胡萝卜、土豆。每天除了值班就去翻地、除草，没有肥料，就用土块搭一个窑，做烧肥。女的捡牛粪，男的挖土块垒土窑，把牛粪放进去烧，然后敲碎当肥料用。风里来雨里去，通过辛勤劳动、细心管理，秋天获得了大丰收，一个土豆有的居然有一斤左右。除上交食堂一定数量外，其余分给大家。谢仲铨还托探亲朋友把自己的劳动果实带到上海，让爸爸、妈妈一起共享丰收的喜悦。

家庭的熏陶对谢仲铨的影响很大。母亲经常告诫谢仲铨参加工作一定好好工作，可不能因为干不好工作人家不要你了！谢仲铨说，你的儿子你还不了解嘛，学校的时候就是班长，学习成绩都是靠前的，经常获得学校和地方上的荣誉奖励。到221基地又当了国家干部，更是一个爱工作、勤劳动的人。谢仲铨与他的爱人经老家亲戚介绍，1964年开始相识相恋。1965年，她作为支援国家"三线建设"的知青从上海到西安，在煤电机械厂工作。1966年结婚后，两人开始了长达六年的两地分居。谢仲铨的爱人是搞仪表车工的，1972年221基地里照顾他们两口子，把她从西安调到221基地，根据她的专业，将她分到一分厂，直到1988年退休，这才回到上海。而谢仲铨的孩子都是由上海的岳母带大的。孩子从小缺失父爱和母爱是谢仲铨内心最大的遗憾。

三年困难时期，金银滩大草原的艰苦生活给谢仲铨烙下了深刻的印记。不过，现在回想起来，正是当年艰苦环境和艰难生活的磨练和锤打，才让他的思想迅速成熟，才让他重新认识国家与个人、事业与生活的关系，也让他认识到怎样的人生才是有价值的人生，怎样的人生才是值得经历的人生。在221这个群体中，谢仲铨显然是最为普通的一员，但自从他将自己的普通工作与祖国的伟大事业联系在一起，他的内心充满了自豪与骄傲。

"回忆在221基地的岁月，您记忆最深刻的事情是什么？"我问道。

"这个嘛——好像没有什么大事情。医生嘛，职业就是救死扶伤。不过印象还是有的，一个是接生，一个是抢救、救人。"谢仲铨老人娓娓道来。

艺高人胆大

1963年元旦那天，单位安排谢仲铨到新的家属基地工作。基地在西宁市东郊的杨家庄，它是利用原石油学校校舍改建的，距离市中心两公里左右，当时是很偏僻、荒凉的地方。"三八"妇女节这天，女同志们放假看电影，男同志值班。下午4点多，一位三十多岁的妇女急急忙忙地来到了卫生所，说她家隔壁有一位妇女就要生产了。谢仲铨听后有些吃惊，连忙说："赶紧送医院去！"妇女着急地说道："来不及了，现在也没有车，怎么办呀？"看着她着急的样子，谢仲铨的脑子也是"嗡嗡"的——因为他自己从来没有接生过。可自己是一名医生，不去不行。去吧，真的没有把握，万一出事怎么办？真是进退两难。这位妇女同志也在旁边不停地催促。

谢仲铨深知"人生人，吓死人"的古训，在心里狠斗自己内心深处的胆怯和懦弱，两条命的大事情呢！他深吸一口气，平静地说："赶紧走吧。"他匆忙带上简单的接生工具，赶往家属区。一进门，见那产妇坐在一个大木盆上，她说在农村就是这样生孩子的。谢仲铨一看就急了，根据医生的直觉，在盆里生孩子是有危险的，产妇和孩子都有危险。

谢仲铨凭着在卫生学校学的知识开始工作。其实，在卫校时的学习以书本知识和理论为主，理论和实际联系得少，哪见过这样的阵势！而当时的人们认为你既然是大夫，那就包治百病，接生难道不是医生的活儿吗？没有消毒水，就把钳子、剪子等工具用开水煮一下。没有手套，就用碘酒或酒精洗手消毒。因为他从未接生过，自然就紧张。他在心里默默告诉自己，千万不要紧张，同时也安慰产妇情绪，转移她的注意力。通过交谈使产妇的情绪逐渐稳定下来。时间一分一秒在过去，谢仲铨不断鼓励产妇，也不断鼓励自己。这短短的几十分钟，在谢仲铨的职业生涯中，刻下了深深的印痕。这是他第一次"跨专业"接生，也是他由一个儿科大夫向全科大夫转变的节点。一切都很顺利，婴儿一声响亮的啼哭，打破了屋内沉闷的气氛，产妇和孩子安然无恙。门外聚集了一群邻居，他们为产妇和婴儿深深担忧，听到婴儿顺利降生的消息，不由得鼓起了掌！那掌声响亮而喜悦，响彻高原，响彻云霄，响彻五湖四海。这掌声是礼物，送给辛劳的妈妈，也送给第一次托举起新生命的谢仲铨大夫。

从此"一个男青年会接生"的新闻便在家属院里传开了，谢仲铨没有自我陶醉，反而觉得自己身上的担子更重了。在艰苦和简陋的条件下接生，责任重大，既需要勇气和胆量，还需要精湛的医术。自此之后，他一边学习，一边实践，很快成为一名全科大夫。他还先后接生了十多个小生命，有顺产，也有难产，但都是成功的，从没有失败过。

后来，我们在张家港采访原221基地四分厂退休职工钱玉英老人，当她提起谢仲铨大夫时，也是赞不绝口："你说谢仲铨啊，他当时是我们四分厂厂区的医生。我们都叫他'谢大个子'。他的个子好高呢。那可是一个大好人、大善人。1965年5月，厂里开展'电厂大会战'，我们在一起工作过一个多月，我还当过他的师傅哩。他是什么知识都想学的一个人啊。"钱玉英老人所说的"电厂大会战"，主要工作是将电缆通到各个分厂。当时要求机关干部下放劳动，谢仲铨分在电缆组，和钱玉英一起在电厂挖电缆沟，铺设电缆和接电缆头。一个多月，谢仲铨在第一线对电厂进行了全面的认识，这位医生的有关电力知识也是在大会战中，从钱玉英手里学来的。在一线，谢仲铨更加真切地体会到了工人阶级热爱国家、热爱四分厂的吃苦耐劳和无私奉献精神。也让他充分体会到了电厂是221基地重要的命脉环节。谢仲铨更加深刻地认识到，四分厂的每一位职工，都是221基地伟大事业的柱石，都是光明的使者，他暗下决心，以更悉心的服务和护理，来保证他们的健康。

钱玉英老人深情地回忆道："平时，谁家有个头疼脑热的，就说快找'谢大个子'去。有一年，我们家老二得了突发性心脏病，白天进去，晚上就下了病危通知单。孩子快不行了。四分厂的领导、医院的院长都着急，决定马上转院到西宁。厂里的领导、一帮同事和'谢大个子'也都一起去了。催促说赶紧转院，不然就耽搁了。那时候的人多好啊。有的人请了休假，把孩子换洗的衣服，包括万一孩子在路上没了以后穿的衣服都拾掇好了。到了西宁看了三天，病危通知单又下来了，还是不行，就又转院到北京。又是'谢大个子'，陪送孩子到北京看病。孩子一路上的护理，抱上抱下的，都是'谢大个子'忙前忙后。到了北京的核工业部开介绍信、住院，也是他跑前跑后办的。后来孩子还是没有保住。唉，那年孩子刚刚18岁。我妹妹的孩子得了伤寒病，也是'谢大个子'一把屎一把尿伺候着治疗好的。我们至今还常有联系，我经常给'谢大个子'打电话，嘱咐他控制好血糖，他的血糖好高的。他反倒安慰我要注意身体。"

在谢仲铨的经历中，有两件事让他没齿难忘。当时221基地基础建设的工地多，速度快，用电量大，燃煤需求量也大。为了防止扬尘，完成装车后，要给每节车厢的煤表层浇上水，冬天，车厢里的煤就会冻成一块，卸煤时，安装雷管和炸药，将煤块炸开。1969年4月份，卸煤时因雷管放置不当，煤块爆破时发生事故，一名解放军战士和一名保卫干事当场牺牲。保卫科长吴尊禄身负重伤。谢仲铨紧急赶往现场，抢救伤员，处理善后。1970年，401车间的顾实忠走错操作间隔触电，被380伏电压击伤，又是谢仲铨，紧急赶往现场，对伤员的伤口进行处理。谢仲铨老人回忆至此，说道："我们事业的一部分，也是用生命和鲜血换来的。所幸被炸伤的保卫科长吴尊禄经过抢救，保住了生命，离休后在合肥居住。"他还多次陪同吴尊禄到兰州的医院进行复查。走错间隔的顾实忠后来被截肢,目前也在合肥居住。因疫情原因,我们没能到合肥采访,见到这两位四分厂的老职工。

几度夕阳红

谢仲铨说,1992年办了退休手续那晚上,他翻来覆去睡不着。他留恋这个地方,留恋自己的事业。突然要离开了,内心有不舍,甚至是疼痛。回到上海,作为一名共产党员,作为一名医生,用自己的专长继续服务小区居民。当年10月份,他返聘到上钢地段医院工作,直到2006年6月第二次退休。

坐在旁边的殷应赓有些情不自禁:"工作时,谢大夫是我们的白衣守护者,退休后,还是他,用精湛的医术和贴心的服务守护着小区里的每位工友。谢大夫也是我的救命恩人呢。2010年的一天凌晨,我突发心脏病,送往上海仁济医院救治,做了心脏支架手术出院回到家里的第三天晚上又突然发病。家里人给谢大夫打电话,他接到电话后立即护送我去医院救治,帮助挂号、做检查、护理等,直到第二天后半夜才回到家中。2011年,退休职工缪祥福因心脏病住院,做了心脏瓣膜手术,出院的那天发愁怎么回五楼的家,家属找到谢大夫。谢大夫说不要着急,然后找来木椅子,用绳子、布匹将缪祥福同志绑在椅子上,又叫来了两位老同事,三位七十多岁的老人把缪祥福抬到五楼家中。三个老头子虽然累得满头大汗,但看到缪祥福安全到家,大家心里都挺高兴的。"

谢仲铃说道:"当然不止这些喽!谢大夫还定期、定时设摊为小区居民测血压义诊。从2000年以来,以各种形式为居民测血压义诊达100余次5000余人。经常为社区老人讲座医疗、保健知识,关心独居的孤寡老人,上门为他们服务。你们想想看,邻里和小区居民能不对他竖大拇指吗?"

殷应赓继续说道:"因为经常看病,谢大夫相识的病人比较多,对于他们,谢大夫可是有求必应,随叫随到。2011年盛夏的一天,小区有一名干部病重,家属凌晨4点多敲门求助。谢大夫二话不说,立即赶往患者家中,弄清病情后怀疑是心肌梗死引起的暂时休克,告诉家属赶紧拨打120急救,还陪送到医院救治,病人做心脏支架手术后得救。家属感激救了家人的一条命。而谢

大夫说:"大家都住在一个小区,治病救人是医生的天职,你不要太客气了!"

谢仲铨老人现在仍然是原二二一厂安置在西营路40户退休职工的义务保健员。谁家有人不舒服或有疾病缠身,他都会主动上门探望,帮助想办法、出主意。我问谢仲铨老人有何爱好,谢仲铨说:"老伴过世多年了,自己一个人居家,除做义工之外,平时还喜欢翻翻医学方面的书籍。闲暇之际,有时候会喝点小酒,就是我们老家的'土烧酒'。这酒都是粮食做的,不伤人。一次也就一两杯吧。"

我们被老人乐观、爽朗的性情深深打动和感染。窗外,一个美好的夏天正式拉开序幕。

徐爱侬
昆仑山上一棵草

人物简介：徐爱侬，女，群众，1941年出生于浙江宁波。上海电力技工学校毕业。1964年8月参加工作，在221基地四分厂401车间工作多年。1988年10月份退休。现居上海。

采访时间：2021年5月27日上午

采访地点：上海浦东新区西营路114弄党员活动室

2021年5月27日，在上海浦东新区西营路114弄一间党员活动室，我们见到了徐爱侬老人，年近八旬的她给我们的第一印象是：当年的她一定是一位美人。尤其那一双眼睛，依然深邃明亮。刚坐下来时，老人如少女般娇羞，拘谨的模样让现场所有人忍不住对她多了许多怜爱，任谁也想不到，这样一副看起来柔弱娇小的身躯面对镜头铿锵有力讲出来的第一句竟是："我叫徐爱侬，好儿女志在四方，我愿意做昆仑山上一棵草。"

挡不住的志向

徐爱侬应该算是土生土长的上海人，解放初期，她的父亲便携全家到上海讨生活，但是大上海的繁华和文化氛围还是赋予了徐爱侬高贵的气质和不俗的见识。徐爱侬在家排行老二，有一个姐姐和一个弟弟，姐姐早早出嫁了。外表柔弱骨子里倔强的徐爱侬不甘心像姐姐一样早早地结婚生子，她知道要想撑起自己的"野心"，只有靠自己的努力。唯一靠自己的机会，虽然来得比较晚，但她还是紧紧抓住了。十二岁那一年，她被父母送到夜校读书，其实那充其量就是一个扫盲班。父母大概觉得女孩子认识几个字就足够了，但是徐爱侬格外珍惜上学的机会，读书特别努力上进，后来还考上了上海电力技工学校。

1964年，二十三岁的徐爱侬毕业了。在学校里，她从来不学那些花枝招展的女同学，也不接受那些男同学暧昧的邀约，在她小小的心底，有一个大大理想，那就是要以身许国。她经历了战火频仍、流离失所的日子，看到了父母亲生活的艰难，更加能体会底层人民得到的那分活着的尊严有多么可贵。在学校，她了解到国家的求才若渴，知道有很多地方需要有报国之志的年轻人与国家一起共患难。即便没有宣之于口，但是她早就做好了奔赴远方的打算，当她知道青海一个保密厂在上海招工，她毅然决然地报了名。家人听到她的决定，都大吃一惊。

"不行，绝对不行，青海地域遥远，高寒缺氧，再加上无亲无故，一个小女孩形单影只地跑那么远，吃不惯睡不惯的，你从小即便不是养尊处优长大的，那也是我们的心头肉。家里上上下下老老小小哪一个不疼你，你想读书让你读，你不谈朋友就不谈，一切都随你，上海南京路西式公司在招人，你姐夫已经去了解情况了，我们就算花点钱找找关系，也让你进去，不管怎样，留在家人身边，有个头疼脑热的至少都有人管，青海那么远，咱不去，听话。"父亲严厉地说道。

是啊，父母的话句句在理，可谁不是父母的宝贝疙瘩，如果大家都不去，国家怎么办？国家建设怎么办？"你们都忘了小时候对我讲的话了，没有新中国，哪有咱们家如今的安稳生活？家里三个孩子，舍出一个又能怎样？再说了，我去工作，又不是上前线打仗，有工作有收入有国家干部担保，你们担心什么？吃苦受累我不怕，我学的技术能用到最需要我的地方，我愿意。请你们放心，我一定可以照顾好自己。"面对父亲，徐爱侬义正严辞地说道。

去那遥远的地方

1964年8月，在第一颗原子弹爆炸试验前的两个月，小小的徐爱侬拖着大大的行李箱，告别了繁华的大上海。与她同行的还有上海劳动局技校、上海劳动局艺校、电力技校三个学校的90名同学。由两位老师带队，他们坐绿皮火车、坐汽车，赶了三天三夜的路到了西宁。当天在西宁住了一晚，第二天一早，大家坐着解放牌卡车一路向西。8月份的草原太美了，那是徐爱侬第一次见碧波万顷的大草原。带队的老师指着远方的小黑点说："那就是我们的目的地。"随着车前行，小黑点越来越清晰，徐爱侬的心也越来越激动。一股莫名的亲切感油然而生。

一路上，徐爱侬已经交到了许多志同道合的青年朋友，这让徐爱侬更加笃定自己的选择没有错。当湛蓝的天、洁白的云、连绵的油菜花、起伏的山，还有无边无际的大草原如梦境一般出现在他们的眼前，这群从阁楼、从弄堂里走出来的青年男女尖叫连连，充满了兴奋和喜悦。后来当众人得知，这片草原原来的名字叫金银滩，无数的牛羊因为他们的到来而迁徙出这片肥美的草原，还有一个个神奇的故事在这里口口相传，他们就更加爱这片草原了。

徐爱侬的专业是电，她被分到了四分厂的热电厂，当卸下行李的那一刻，徐爱侬告诉自己，从现在开始，自己不再是父母的娇女儿了，而是一名工人了，一定要做好吃苦耐劳的准备。而实际上，徐爱侬们是被整个基地"娇惯"着的一批。他们住着的是新宿舍，是楼房。而在新宿舍建成之前，大多是科技骨干和领导干部住的是"干打垒"，那是一半地上一半地下的地窝子，而且这些"干打垒"都是自己亲手挖出来的。在"干打垒"没有发明创造出来之前，有些住在帐篷里，有些住在牧民留下的牲口圈里。第二天起来发现鞋子都被冻在地上拔不下来。徐爱侬住进了新宿舍，是厂里对新员工们的特殊照顾，尤其老师傅们发挥了无私奉献的精神，仍旧心甘情愿地住在自己的"干打垒"里。仅这一条，徐爱侬们就对老师傅们感激不尽，日后工作中，更不敢有丝毫的懈怠。

住的地方有了，接下来是就是应对高原反应和水土不服的问题。高海拔导致的心慌气短、嘴唇发紫还能应付，夜不能寐和肠胃不服非常可怕，没什么好的办法，只有熬着，和身体展开拉锯战，让耍不完脾气的身体接受现实，接受海拔升高到了 3200 米，接受甜糯米换成了青稞杂粮，接受风沙蔽日，接受强烈的紫外线迅速把他们娇嫩的皮肤晒成紫红色。将身体强制安抚好之后，徐爱侬开始着手写信安抚家人的担忧，在保密制度的约束下，可以说的不多，不过这更增添了徐爱侬的荣誉感和自豪感，对家乡和亲人的思念在这辽阔的天地之间很快化成了源源不断的勤奋好学的动力，人生又一个新的篇章即将向她开启。

401 车间的好师傅

徐爱侬被分配到了四分厂 401 车间继电保护班。401 车间由主控室、电气试验班、检修班、运行班四个大班组成。主控室分甲、乙、丙、丁四个班，主要做监盘工作；电气试验室分继电保护班、仪表班、高压班三个班，主要做设备保护试验及仪器仪表制作等工作；检修班分高压检修班、低压检修班，主要做检修电缆、耐压试验等工作；运行班分甲、乙、丙三个班，三班倒，主要确保设备正常运行。这里属于技术密集型生产单位，每个岗位都很关键，技能水平要求非常高，几乎每一位都是技术骨干。不仅如此，在二十世纪五六十年代，四分厂的运行设备几乎是全国顶尖的配制，所有的技术难点都没有地方可以借鉴，他们就代表着国内一流水平。为了能够随时应付接踵而至的技术难题，他们每一个人都保持着自学习惯，白天工作，晚上看书自我提高。因为厂里没有外部技术上的支援，一切都靠员工自力更生。零件配备缺少了，自己动手加工制作，设备故障了，查看说明书自己修理……

在这样的大环境下，徐爱侬刚刚隆起的自信很快就被击垮，学校里学到的那点理论知识和技术在这里根本不值一提。还好，在这里她遇到了一位好师傅——李培育。那时候，师傅更像是徒弟的监护人，除了教技术，还要教做人带作风，更难能可贵的是，师傅和师傅的爱人将徐爱侬当作了自己的亲人，生活上也对徐爱侬给予了无微不至的关怀和帮助，这让初来乍到的徐爱侬心里充满了感激。但是在工作中，师傅的要求是极其严格，白天手把手教，晚上徐爱侬要自己在宿舍自学理论，第二天师傅就要考。白天只要得到师傅一个肯定的眼神，宿舍里就都是徐爱侬哼歌的声音，白天里要是被师傅批评了，接下来的三四天里大食堂做红烧肉都不香。在这种高强度的培养之下，一年以后，徐爱侬顺利转正了。

当时电厂对电压的要求特别高，不能有一点波动。每次做试验，要求徐爱侬的试验数据不是要在标准范围，而是在最佳位置，只有通过反复计算保护定值，多次调试，保证线路发生故障时都能确保正常启动保护装置。401车间厂房位于厂区内，住宿的宿舍在三楼，工具包、调压器等仪器都存放在四楼的材料室里。做试验时，徐爱侬和同事们就得把仪器从四楼搬到厂区，做完试验再把仪器从厂区搬到住宿楼四楼材料室。徐爱侬虽然身子弱小，但每次搬工具、材料都抢着干。一群年轻人边干活、边唱歌是常有的劳动场面。那时，他们除了做好自己的本职工作，还要做厂里的一些辅助工作，哪里需要人就要到哪里去，像挖电缆沟、扛电缆、敷设电缆这些活，徐爱侬也不甘落在人后。很快，大家都喜欢上了这个爱笑爱劳动的大眼睛上海姑娘。

104车间的爱人

徐爱侬的爱人叫兰宗骞，浙江衢州人，是上海交大的高材生，毕业之后也被分到了四分厂。当我们见到徐爱侬的时候，很遗憾，兰先生已经故去了。不过，当访谈提到兰先生时，徐爱侬的眼神里全是浓浓的爱意，毫不避讳地谈起当年他们二人从相遇到相知的浪漫过程，谈到丈夫对自己的爱。当年，先去打前站的依旧是徐爱侬的师傅，那时兰宗骞刚毕业分到基层锻炼，恰好经常出现在徐爱侬师徒眼前。兰宗骞个子不高，皮肤白皙，身材瘦弱单薄，总穿着一身不合身且洗得发白的中山装，一看就是典型的南方人。接触过几次，少言寡语却踏实可靠的兰宗骞成了李培育心里理想的徒弟女婿，一个计划悄然在他脑海里诞生了。他刻意制造了几次徐爱侬和兰宗骞单独相处的机会，试探二人是否有眼缘。二人同是南方人，学的都是电专业，共同语言比较多，一来二去，很快就熟悉了起来。李培育看时机成熟，立即趁热打铁，和爱人一起坐下来给二人说媒，水到渠成，一桩幸福的婚姻被促成了。

时下，谁结婚不是锣鼓喧天鞭炮齐鸣的，可当年在 221 基地，结婚就是把两个人的铺盖卷到一起。单位特地给他们分了暖气管道房当新房，发了一张铁床，还送了两个板凳和一本笔记本，这对两个年轻人来说已经是非常隆重的新婚礼物了。尤其是那张铁床，无论经历过什么，始终都陪伴在夫妻二人身边。对他们来说，这张床是他们婚姻的见证，也是四分厂全体职工对他们的关心和爱。直到今天，这张铁床还静静地躺在徐爱侬的卧室里，看到它，徐爱侬就感觉自己的兰先生还在。

成家以后，两人并没有忘记自己老家的亲人，徐爱侬做起了娇妻，也做起了一个贤惠的儿媳。到每个月发工资的日子，徐爱侬早早就去财务填汇款单，把自己的工资全部寄给双方家里，只留着爱人的工资供他俩在厂里开销。谈起这段往事，这位年近八十的老人家，坐在一堆孙子辈分的年轻人面前，轻轻地说："我的爸爸妈妈去世了，我的公公婆婆也去世了。"这份爱，是多么深沉和厚重啊。

四分厂的孩子们

1968 年 7 月，徐爱侬在产前一周赶回了上海老家，在父母的陪伴下第一个孩子平安降生，是一个健康的男婴。产后不到两个月，徐爱侬因为产假有限，需要返回青海，就辗转在衢州农村老家找了一位奶妈。后来，夫妻二人尝试将大儿子接到草原来，但每次来到草原，孩子就出现强烈的高山反应，看着孩子鼻血喷涌的样子实在令人胆战心惊，急忙将孩子送回姥姥姥爷身边。如今，徐爱侬与大儿子在一起相敬如宾，客气得仿佛二人是出了五服的亲戚。

坚决不把有高反的大儿子带在身边，还因为，不愿意厄运重现。那是1969年12月3日，徐爱侬夫妇坐上火车打算回上海老家生第二个孩子。因为种种原因，徐爱侬夫妇二人耽搁了回老家待产的时间。高原气候恶劣，加上工作劳累，再加上突然而至的颠簸，还没到西宁，徐爱侬的羊水突然破了。现场，没有医生，没有保暖措施，没有热水，甚至连一个干净的布片儿都没有。因为高寒缺氧早产，女婴患上了新生儿硬皮症。在西宁只缓了一个多月，容不得孩子完全康复，徐爱侬夫妇不得不把幼小的孩子送回老家。孱弱的孩子没能挺过来，两月后永远地离开了。

1972年，徐爱侬夫妇有了小儿子，这一次，徐爱侬说什么也不愿意再把孩子丢在外地，于是一直小心翼翼将孩子带在身边。孩子几个月大的时候，徐爱侬把儿子哄睡后，轻轻关上房门赶往车间上班，留他一个人在家睡觉，直到下班了才回去。孩子会走路了，还是把孩子锁在家里。再大点了，就把钥匙挂在孩子的脖子上，在筒子楼里和小朋友们一起玩……

写给天堂女儿的一封信

在接受采访的过程当中，徐爱侬老人的语调一直非常平缓，所有的情感都是从那双清澈的眼睛里流露出来的，就像一幕幕电影镜头一样。尤其是当她从容地谈起令人动容的往事，她自己总是赶紧在结尾补充一句："我已经非常满足了，大家对我非常好，我感觉到自己非常幸运。如果说有遗憾的话，那就是对那个早夭的女儿，还有许多的话说，如果天堂有一个邮箱就好了，我会给她写一封信，告诉她，孩子，妈妈想你。"

我最亲爱的女儿：

你好！我叫徐爱侬，我是你上一世的母亲，你是我这一世最爱的孩子，最爱的女儿。现在是2021年，我已经八十二岁了，如果你还活着，也已经五十二岁了。沧海桑田间，你已经永远地离开了我五十二年，可是，我的孩子，妈妈至今还是想你，依然在梦中唤你吻你抱着你。

我亲爱的宝贝，你的离开是我和你父亲一生的痛，现在你的父亲也走了，我不知道你们父女是否已经在另一个世界相认，又或者，你还在耿耿于怀。妈妈本应该在一个舒适、安逸、温馨的地方，和地球上所有待产的母亲一样，什么都不做，安静地等待你的到来就行了。如果那样的话，你完全可以活下来，可以在十二岁读完小学，在十八岁长成一个温婉的大姑娘，在二十五岁成为世间最美的新娘，然后成为一位母亲，生一个像你一样，拥有一双美丽的长着长长睫毛的大眼睛，全身软绵绵肉乎乎粉嫩嫩的孩子，再然后，你五十二岁的某一天，就是今天，你来看我，陪我这个老太婆在楼下吃一碗馄饨，然后带着我遛弯，带我看夹竹桃开出的花，软软地叫一声："姆妈，今年的夹竹桃开得真好啊！"

孩子，如果你长大，你可能不会特别高挑，因为妈妈身量就不高，但是妈妈很要强。妈妈出生在上海，上面一个姐姐，下面一个弟弟，你的姥姥姥爷都是工人。妈妈出生的时候新中国还没有成立，即便是在繁华的大上海，我也没有及时得到良好的教育，十二岁才开始读书，上的还是夜校，全家人都很疼我，可是我总希望早早出去工作为家里减少负担。

1964年，妈妈刚刚二十三岁，当时我还在读技校，虽然读书晚，我的成绩还是很好的。有一天一个青海保密单位来学校招工，我知道青海很远，但当时我们的国家百废待兴，所有的青年人都怀着报效祖国的宏愿，要到最艰苦的地方去，我毫不犹豫地就把自己的名字报上去了。你的姥姥姥爷知道这件事后很难过，我当时不理解他们，只想着奔赴远方去做昆仑山上的一棵草去为祖国做贡献。现在想想，如果我的宝贝你要离开我去大草原，我一定会比你姥姥姥爷难过一千倍一万倍。

接着，我就离开了上海，坐着火车，去往遥远的青海。孩子，那是妈妈第一次坐火车，我和好多年轻人兴高采烈地在车上唱啊聊啊相互鼓励啊，火车不停地摇摇晃晃不停地轰轰隆隆不停地翻山越岭，没有列车员没有小推车，只有一群荷尔蒙爆棚的年轻乘客。我的女儿啊，当时的火车就像妈妈梦想的摇篮一样，怎么都是好的，我真的预想不到，有一天这列送我去大草原实现报国理想的火车会成为我噩梦开始的地方。

那是1969年12月3日，火车在大草原上走走停停，车上依然人满为患，我临窗而坐，抚摸着高高隆起的肚子。你的父亲在一旁小心翼翼地照顾着回上海待产的我。他看我的脸色越来越差，眉头紧锁，不知道我能不能撑到上海，我们希望你像你哥哥一样出生在上海。对，宝贝，你还有一个哥哥，如果你还在，你的哥哥一定会时时刻刻保护你这个妹妹。青海这个地方，气候非常恶劣，我们工作的大草原，海拔3200米，冬天飞沙走石，夏天在户外也要穿棉袄，最可怕的是这里氧气稀薄。我和你父亲有一位医生朋友，也是同一个工作单位的，他叫谢仲铨，我们叫他谢大个儿，他经常建议大家尽量不要在这里生小孩，新生儿在缺氧高寒的环境里出生将面临生死的考验。你的哥哥在他的建议下就平安地出生在上海，虽然妈妈因为工作的原因只能让他喝四十五天的乳汁，整个童年期间都没怎么好好陪过他，但是他毕竟健康地长大了。宝贝，妈妈这次真的也是要回上海等你的，你的姥姥姥爷也眼巴巴地等着盼着我们回去，可是一件事的发生打乱了本来的计划。

我和你的父亲都曾是位于青海省海北州的221基地的职工，现在解密了，全世界都知道这个221基地了，妈妈可以告诉你了。我和你父亲的工作都是为中国"两弹一星"的研发建设服务的，我是四分厂也就是热电厂的工人，这个热电厂承担着整个221基地所有地区的供电、供暖、供水工作。当时的新中国被西方列强虎视眈眈，如果想要摆脱被卡脖子的局面就得拥有自己的核武器。简单来说，我们的工作性质在当时属于绝密，工作条件艰苦异常，我和你父亲以及我们的同事们都蹚过生死的河流，也都经历过难以想象的困难和磨砺。比如我和你父亲结婚的时候，只是把两个人为数不多的个人生活必需品搬到了一起。我们唯一的新婚礼物就是单位送的一张铁床，退休离厂时我和你父亲说啥也要把床从青海背回上海，这张床至今还在咱们家里放着。

1969年，你的父亲就在你快出生的时候得到通知要被派去绵阳，我作为家属也要跟去，家里几乎没什么好收拾的，但是工厂设备的拆装工作量很大，妈妈只好挺着大肚子跑前跑后忙里忙外。不是妈妈狠心不顾及腹中的你，也不是大家伙儿不照顾妈妈，因为我们那时候工作都是相互分担的，谁也不愿意在工作上落在人后，有活儿大家都是抢着干拼命干，再加上我们马上要离开大草原了，心里真的舍不得，那么多好同事好朋友以后都有可能失去联络，妈妈在家里实在坐不住啊。

我现在也真的很后悔，一再拖延回上海生产的日子，忙得差不多了，才慌慌张张地和你父亲登上了火车。为了便于照顾我，我们什么多余的行李都没有拿。做梦也没有想到，我们连一百公里以外的西宁都没有走到，你就要出生了。那一天我记得很清楚，12月3日，青海的草原冬天是真的冷啊，坐在火车里都要穿上厚厚的大衣。车走了没多久我就感觉到了阵痛，说话就要生。火车上没有列车员也没有找到医生，你的父亲慌到脸色铁青，脱下自己的棉衣毛衫给我御寒，生在这样恶劣的环境下怎么办啊，可是撕心裂肺的痛已经让我顾不得想那么多了，我只记得疼痛，记得身边的人慌慌张张说话的声音，记得火车摇得我头昏脑胀，连草原都没有走出去，在一个叫海晏的地方，你出生了。

孩子，我知道你已经变成了天使，所以你一定知道青海的海晏其实是一个很美的地方。那里的天蓝得不像话，夏天的大草原是铺天盖地的淡紫色的马兰花。我们的基地在建成之前更有一个美丽的名字叫金银滩，据传是仙女遗落纱巾的地方。在工作之余，我们就会坐在草原上欣赏这里的美，回到上海之后我和你父亲也会经常怀念那里的美，我们很自豪地给自己取了一个名字叫草原人。如今，那里变成了一座原子城，为了纪念我们的"两弹一星"，为了纪念我们这批在那片土地上挥洒了全部青春的人。当然，我的孩子，也为了纪念你。

因为出生时的仓促以及环境恶劣，虽然得到很多好心人的帮助，住进了当地的医院也得到了特殊的照顾，但是你还是患上了新生儿硬皮症，你本该粉嫩的皮肤开始变硬，这是一种集受寒、早产、感染、窒息等多种原因所致的疾病。我和你父亲的心往死里揪着，妈妈抱着你流泪，你的父亲抱着头流泪，就这样陪着你一夜一夜地哭。

奇迹没有发生，孩子，爸爸妈妈却必须要返回到工作岗位上了。那种生离死别现在想想都犹如刀割，而且是一寸一寸慢慢地割。我该怎么向你描述我对你的不舍，我该怎么向你表述我对你的爱啊我的女儿。在你没有出生的时候，我就抚摸着你，轻轻地哼歌，我知道你一定是女孩，是全家人都在期待的小公主。在你还没有出生的时候，我就想着给你扎小辫子，做花衣服，你蹦蹦跳跳地向我跑来，你的笑容可以融化一切风雪……

我的宝贝女儿，最终，你还是走了，你是在睡梦中走的吗？你梦到妈妈了吗？你是不是还在怪妈妈？宝贝啊宝贝，妈妈多想再看你一眼，多想再为你哼一曲摇篮曲啊，多想再抱抱你啊。可是现实就是那么得残忍，你在芸芸众生中选择了我做你的母亲，而我却没能将全部的爱和责任都给你，五十二年了，现在才告诉你这一切，现在才来跟你忏悔，不知道你是否可以谅解妈妈。

女儿啊，妈妈在你走了以后，还不能沉浸在悲伤中太久，我们还有很多很多的工作要做，我和你父亲最终还是留在了那片大草原。妈妈一直在四分厂工作到最后，一直坚持到退休。现在我们的日子好过了，国家强大了，这都是一代又一代的中国人团结一致无私奉献的结果，妈妈不敢居功，妈妈只是一个普普通通的中国人，妈妈只是做了一个中国人该做的事。只是每到夜深人静的时候，总是特别想你，苦了你了，我的孩子。

妈妈还有好多好多话想跟你说，对你的思念没有一刻停歇过，如果有来生，妈妈真的愿意做出补偿，好好爱你，一生一世！

永远爱你的妈妈：徐爱侬

2021 年 6 月 2 日上海

索桂芝
在美丽的草原上

人物简介：索桂芝，汉族，1942年3月出生于山东。现年79岁。1961年初中毕业参加工作，四分厂403车间工人，任运行班盘表检测工。1972年调入404机修车间，任维修班管道运行工。1991年退休，现定居上海市浦东新区西营路114弄小区。

采访时间：2021年5月28日上午

采访地点：上海浦东新区西营路114弄党员活动室

他们湮没在苍茫人海中，却是人海中闪亮的星星。一颗星星一段故事，汇集在一起，就映亮了银河星空。

——题记

清晨，上海市浦东新区西营路114弄小区门口，梧桐的树荫刚好隐住一边的门楼，投下一片斑驳的树影。

采访依旧在不断深入。

上海篇 | 063

5月25日,采访组飞抵上海。26日,在上海市虹口区的二二一厂管理处,我们见到了对接工作的崔主任。他热情地谈起了上海管理处辖区老人们的基本情况,并安排部室的小王直接负责我们和老人们的对接联系。采访工作顺利展开。

27日清晨,上海市浦东新区西营路114弄小区门口。管理处的工作人员和殷应赓老人做过对接之后,在小区门口等待着我们。老人穿着白色衬衫、黑色长裤,精神矍铄。他也是我们要采访的老人之一。大伙儿带着摄影器材及笔记本等,随着老人往小区走。老人家一边招呼大家去小区党员活动室,一边不无遗憾地说:"你们来得晚了些,有些老人已经过世了。"说到这里,老人神情凝重,我的心情也变得沉重起来。采访任务沉甸甸的分量,再次凸显。做好二二一厂老电力人的采访,听他们讲述过去的故事,用文字的形式,抢救性还原和再现原二二一厂四分厂的历史,不仅仅是我们此行该认真完成的工作任务,更是义不容辞的责任和使命。

在浦东新区西营路114弄小区的党员活动室,我们见到了徐爱侬、索桂芝、陆玲芳,还有厂医谢仲铨。对我们的造访,老人们异常高兴。采访组一行和他们做了简短的沟通,上海与江浙地带的采访工作,正式开始。

向往美丽的草原

索桂芝,初见她时,感受到她梦里江南般的端庄文静。聊天的过程中,才知道她是地地道道的山东人。老人家满头银发,红色碎花上衣,浅灰色长裤,一脸慈祥。她的双手总是习惯性地叠放在腹前,说话声音不大,娓娓而谈。叙述中,尘封的往事像哗哗的溪流,从时间深处向着夏天的方向流来。老人家的谦逊和蔼感染着现场每一个人。随着她的思绪,我们一起跨越万水千山,跨越时空的阻隔,来到青藏高原的金银滩草原。时值初夏,金银滩草原一片碧绿,牧草高过腰膝。索桂芝第一次见到了绿汪汪的大草原,金银滩大草原也把自己最美的一面展示给了这位年轻美丽的山东姑娘。

那是一段无限清纯的青春岁月。

1942年3月1日,索桂芝出生于山东。1961年初中毕业后,正值豆蔻年华的她来到青海，跟随在青海省西宁市公安局刑警大队工作的哥哥生活。1963年，青海机械制造厂招工。因单位的位置在距西宁百余公里的海晏县，哥哥对妹妹索桂芝要去的单位不了解，颇有些不放心。然而，和所有怀揣着梦想的年轻人一样，这位19岁的山东姑娘，对新生活充满着无限向往，渴望这次机会能为她开启一扇追逐梦想的崭新大门。出去闯闯，看看外面不一样的世界，是她最纯真的心愿。

不顾哥哥的阻挠，年轻的索桂芝，毅然在青海机械制造厂驻地杨家庄办理完了入厂的所有手续，和同行的伙伴们一起乘坐解放牌大篷车，一路风尘颠簸，前往草原深处的厂地。

草原的碧绿和辽阔，一直深深地印刻在索桂芝的脑海里，历经岁月的风风雨雨，依旧没有褪色。对生活充满着热情和感激的索桂芝老人，给我们叙述初见草原的模样时，依旧是抑制不住的喜悦和向往。在回忆中，他们那一代人用充满色彩与梦想、清纯激扬的青春，还有无限的热情与活力，开启了人生不一样的新篇章！

特殊的保密事业

到人资部报到后，索桂芝被分配到四分厂403车间做学徒。索桂芝勤快懂事，每天都早早地到单位，在师傅们没来之前，打扫好了车间的卫生。给师傅们烧水倒茶，师傅们对她的印象都很好，都说这山东小丫头挺能吃苦的。一年以后，朝气蓬勃的索桂芝在车间正式入了团。

索桂芝的师傅叫刘子松，是贵州人。刘子松师傅对索桂芝就像对待自己的孩子一样，既关心又严格。索桂芝也很尊重师傅，处处按照师傅的要求去做。随着对工作熟练程度的不断提升，师傅对索桂芝有了更高的要求。师傅严肃地对她说："咱们从事的工作不是一般的工作。上机操作的时候，容不得有半点马虎。"从那时起，索桂芝对自己从事的工作有了新的认识，她知道自己从事工作的单位具有很强的保密性。在车间监盘运行中，如果接到试验任务，车间就要限电。每当这个时候，面对诸多的操作按钮，刘子松师傅生怕姑娘们因紧张而出现误操作，常常站在身后全程监盘。从那时起，索桂芝对自己从事的工作有了新的认识,她知道自己干的是技术性很强的工作。格外用心的她,全神贯注地做好仪表盘、仪表柜监盘工作,索桂芝所在的班组也从未出过一次故障。每次任务结束后,她都感觉到累,那是高度紧张后的累。

"善为师者,既美其道,有慎其行。"如师如父的刘子松师傅,以春风化雨的态度言传身教,成为索桂芝职业生涯中方向标式的引路人。

把厕所腾出来给姑娘们当宿舍

初到四分厂,索桂芝和一起去的姑娘们住进了221基地随处可见的"干打垒"。所谓"干打垒",就是朝地下挖出一米多深的坑,在坑的上部,用土坯垒砌起半截墙。顶部盖上劈柴、茅草、黄土。四个小姑娘分到了一起。

听同事们讲,周边有很多狼和不认识的野兽,他们遇上过,姑娘们听了更加害怕。每次出行都是几个人搭伴,夜里去厕所,周围一片漆黑,有点风吹草动,索桂芝和姑娘们都会吓出一头冷汗。空旷寂寞的草原上,来自五湖四海的姑娘们,就是这样紧密地团结在一起,彼此关照、彼此温暖。生活上,点点滴滴都是困难,但在年轻的她们眼里都不算什么。索桂芝说,假如说困难有一万种,那么解决困难的办法就有一万零一种。"办法总比困难多"在她们身上得到了最为完美的体现。

"干打垒"边上没有自来水,没有水井,吃水要用水桶去厂区抬。洗漱、洗衣服的水,都是这样一桶一桶地抬到"干打垒"的。四分厂的领导看到几个小姑娘生活中确实有困难,也担心她们所住的地方会有狼或者其他野兽出没,就索性将办公楼的厕所腾出来让她们住了。索桂芝记得,她们将厕所打扫干净后,在便池上方搭上木板,比起漏风漏雨又担惊受怕的"干打垒",简直就是一间高级宿舍了。四个小姑娘,一个来自湖南,两个来自上海,还有来自山东的索桂芝,她们有了安全的"厕所"宿舍。由于气候干燥、缺氧,姑娘们都出现鼻子干涩、嘴唇干裂流血的现象。索桂芝说:"那会儿年龄小,从不知道苦,还很贪玩,下班后大伙儿就一起大声唱歌。厂子里的领导就说,这些小姑娘下夜班了也不睡觉,开心得不得了呢。"珍珠在珠蚌里孕育,历经黑暗和困苦。而珍珠从不放大成长过程里的苦难,她只向往光芒和明亮。

一朝破蚌，华美的光芒就是永恒。

不写信就不写信，离开你我也不会打光棍

工作一年之后，索桂芝曾经的老师给她介绍了个对象。小伙子经常给她写信。时间长了，厂领导找索桂芝谈话，问信是谁寄来的。索桂芝当时很紧张，没敢说实话，撒谎说是同学寄来的。厂领导不相信，说你这同学还每周给你写两封信？索桂芝更加紧张，就劝小伙子不要给她写信了。小伙子不理解索桂芝的工作性质，产生了误会。索桂芝因保密要求，也不能给他直说，小伙子回信说："你参加工作以后是不是变心了，不让写信就不写了。"山东人本来就直爽，气呼呼地回信说："我们各走各的吧，离开了你，我也不会打光棍。"

提起这段往事时，索桂芝老人憨憨地笑了。她说："他误会我，我不怪他。那会儿，他不给我写信，就谢天谢地了。要不然，万一不小心违反制度，可能就会被单位开除的。"索桂芝回忆说，"那会儿同事之间，都很少交流。"和索桂芝住在同一个小区的原四分厂401车间的徐爱侬老人说："当时在同一个厂子里工作，其实都是抬头不见低头见的同事，但也没怎么说过话。后来条件好转了一些，职工们大多都住进了筒子楼，她们俩又都住在44号，但除了生活上的交流之外，很少有其他交流。彼此之间不谈工作，这是一种默契和自觉。"

索桂芝骄傲地说，221基地曾经有过很多伟大的工程，太了不起了。因为完善的保密制度，他们自己在厂子里工作了几十年都不知晓。那个年代，大家思想单纯，物质上没有太多的追求，吃饱肚子就很开心，没有更多的奢求。空闲的时候，经常看英雄人物的事迹，学习他们身上优秀的品德和精神。大伙儿都觉得能为国家干事，就很自豪，现在想起来也有英雄的感觉。

苏联专家撤走后，基地的气氛很紧张，经常有防空演习。大家的休息时间都是在挖防空洞、做掩体中度过的。在基地，几乎所有人都在齐心协力做力所能及的事，防止外敌破坏。索桂芝回忆道："锅炉车间男同志多，女同志少，女同志干不了的，男同志就多干些、多分担些。没人叫苦、也没人发牢骚，互相帮助是天经地义的事，同事们之间的感情都很好。有个同事回济南老家，

行李有点多,我就去送他,还被人误解了。说你们关系那么好,干吗不嫁给他呢。"老人呵呵地笑着又说道:"他们无法理解,我们在221基地建立的感情。那种感情,如同兄弟姊妹般情同手足。我还经常给孩子们讲这些事,树立他们的爱国爱家情怀。"因为特殊的工作经历,直到现在,老人依旧喜欢看新闻,关心国家的事情。

少年乐新知,衰暮思故友。浮云一别后,流水数十年。青春的岁月,激情飞扬的年华,该有多少甜美和难忘的回忆。在索桂芝老人暮年独坐窗前的寂寥里、睡梦里,同翦灯语,挥之不去!

到大世界看哈哈镜去

工作几年以后,索桂芝在厂子里认识了男朋友姚银福。生于1938年的姚银福是上海人,索桂芝到221基地时,他已经在这里工作四年多了,也是大龄青年困难户。

索桂芝提起了自己故去的爱人姚银福,她抬手拭去眼角的泪花,依旧笑着对我们缓缓地讲述着。她的婚姻是幸福美满的。

姚银福是402汽机车间的一名钳工,来四分厂之前是上海印染机械厂的职工。认识姚银福时,索桂芝已经28岁了。索桂芝说在那个年代,自己已经算老姑娘了,他们是同事牵线走到一起的。索桂芝回忆道,丈夫从上海到青海时,正是四分厂筹建之初。他们住帐篷、地窝子,没有水洗澡。对从小就在南方长大的姚银福来说,这一切是对他心理、身体上的极大挑战。就像我们在西宁采访张瑞林老人时,他说的话一样,"别人能吃的苦我也能吃"。瘦弱的上海青年姚银福做到了。这也是对当时集结于221基地年轻的创业者们共同的写照。无论他们来自何方,从事的是何种工作,他们都怀着如此坚定的信念,他们都义无反顾全身心投入,钳工姚银福也不例外。建设祖国,就当处处为家,崇高事业,就当以身相许。

不久之后,28岁的索桂芝和32岁的姚银福喜结良缘。没有婚宴、没有仪式,他们用最简单的方式组建了家庭,这也是221基地常见的结婚方式,可他们依旧感到很幸福。性格温和的索桂芝和丈夫感情一直很好,生活中连微小的磕磕碰碰也很少有。1970年,索桂芝和姚银福有了第一个女儿姚文军。索桂芝的工作也有了调整,成了404车间的一名管道工。日常工作就是做好厂子里供暖管道的巡查、保养和修理。当初和伙伴们相互打趣说:"找个上海的嫁了,就能到大上海去看哈哈镜。我和我的伙伴都找了上海人。我也真到大世界里看到哈哈镜了。"回忆至此,索桂芝像个孩子一样笑了,笑得那样质朴、甜美……没有纸醉金迷、没有物质追求的爱情立住了脚,在承载崇高理想的土地上,一个时代的爱情复苏了,让我们感受到这份情感的纯真至美。

缺失父母的爱您不理解

"我对儿女们没有要求,因为我对孩子们几乎没有尽过一个母亲应尽的义务。那是因为工作,凡事都有轻重缓急。事业与孩子之间,理所当然,事业第一。年轻时我这样想,现在我还是这么想。现在只有一个愿望,就是只要他们过得好,我就很开心了。"女儿姚文军两岁时,儿子姚伟明出生了。环境和条件所限,索桂芝分身乏术,对两个孩子疏于照顾。女儿3岁时,索桂芝流着泪狠着心,把她放到了上海奶奶的身边。索桂芝将自己回山东看父母、回西宁看哥哥的假期都转给爱人,让他多去看看孩子,看看老人。

那些年,和女儿的沟通,更多的维系在书信上。十年的思念,再见时,姚文军已经13岁了。后来,儿子姚伟明回上海奶奶身边读书。兄妹两个感情很好,14岁的姐姐姚文军就给弟弟姚伟明洗衣服、做饭。奶奶年纪大了,干不了太多的活,很多的家务活都由姐姐姚文军完成。索桂芝常常给儿子讲,不能忘记姐姐的好。那会儿,14岁的姐姐,俨然已经承担着一位妈妈的职责。现在来说,14岁不就是个孩子吗?懂事的孩子早当家啊!

十年分离,还是有了隔阂。直到现在,女儿和索桂芝之间还是不怎么亲近。试想,十年情感的缺失,是不能轻易弥补的。提起这些往事的时候,儿女们偶尔也会冲索桂芝闹情绪,说妈妈对他们太不负责任了。而对孩子们幼年时情感的空白,索桂芝一直心存歉疚,但是懂事的孩子们都很孝顺。索桂芝说:"今年'五一'劳动节时,女儿给我买来很多吃的东西,我就逗她,你连商店都搬过来啊。"

时间冲淡着一切，也平复着一切。母子间两代人的情感，不会因曾经有过的缺失而停止延续，他们都以自己独有的方式，表达对彼此的爱护和珍惜。索桂芝看着手里的手机，娓娓道来："现在我和孩子也交流，我会给孩子发微信，他们也会回复我。孩子们都有家了，只要他们过得幸福就好啊。"

女儿生了一对双胞胎。索桂芝想帮女儿带孩子。但女儿不让索桂芝带，一方面怕母亲受累，一方面不想让孩子过没有父母在身边的日子，女儿知道这种苦。

"我理解孩子内心的感受，我没有尽到一个母亲完整的义务，自小不在一起生活，相互感到疏离，我对儿女们没有要求，因为我对孩子们几乎没有尽过一个母亲应尽的义务。他们只要做好自己，过好日子，我就会很开心了。"慈祥的索桂芝这样说。

人有小家，国有大家。千千万万的索桂芝，舍小家的幸福团圆，才赢得了今天大家的繁荣昌盛和安宁和平。

这就是生活就是人生

2008年，对索桂芝来说，是个灰暗的年份。退休在家的老伴身体每况愈下，检查后才知得了胃癌。住院后几乎花光了家里所有的积蓄。丈夫病重期间，她焦急得睡不着觉。有时候半夜从床上坐起来，想着万一花光了不多的积蓄，没一点钱时，她就把房子押给孩子们，给老伴看病。将来等爱人走了，自己走了，孩子们卖了房子，还能得到一点钱，也算是对孩子们的补偿。但还没等到卖房子，丈夫就走了。

无论在任何的困境中，她从未想过自己，只是想着他人。索桂芝的世界里，总是将自己的位置排在最末位。

儿女们给索桂芝钱，每次她都说不需要。"不想麻烦别人，不想麻烦到孩子们。二二一厂的老人们，唯一的缺憾就是对孩子们有亏欠。"她常常给孩子们说，"只要你们过好了，我才感到安心。"退休之后，索桂芝的精神世界里儿女的幸福上升到第一位，生活中总是儿女，儿女，还有儿女的儿女。

"国家对我们很好,满足了。"索桂芝说,"唯一的遗憾,就是丈夫得病去世得早了些,没有看到今天。唉!人的一生不可能一直都顺顺利利的,不可能啊,这就是生活,就是人生。"

索桂芝说,经常想起二二一厂,想年轻的时候,想草原上空大朵的云彩,现在年龄太大了,不能再去了。说到这里老人深深叹了一口气。

索桂芝老人的一生都贯穿着无数次别离,少年时代和父母、兄长的别离,成家之后和幼女幼子的别离,暮年之时和携手一生、生死与共的爱人永久的别离。哪一次别离不牵肠挂肚,哪一次别离不痛彻心扉……一句"知足了!"坦然面对人生无数的心酸过往。索桂芝的故事在持久延续。在她身上,始知岁月的烈酒久经年份,原来可以调酿得如此醇香。

故乡故乡

回到上海以后,索桂芝和她的工友们在浦东新区西营路114弄小区里有了属于他们自己的家和党员活动室。索桂芝说道:"我们在二二一厂受的教育,和部队是一样的。我们的工作证,曾经都有部队编制的。参加工作前,就对每个人进行过严格的政审,都是政治条件好、爱国爱人民的。"条件的艰苦让大伙儿养成了节俭的习惯,直到现在索桂芝老人从来都不浪费一点儿粮食。哪怕是发黄的菜叶子也不愿意丢掉,儿媳对老人的节俭不理解。索桂芝老人豁达地说:"他们没有经过苦日子,怎么能理解我们曾经的生活。当然孩子们对我的不理解,我能理解。"

索桂芝自豪地说,邻居们对青海回来的老同志的评价都很好。都说青海回来的四十户,和平常的老百姓不一样,他们身上都保持着优良的传统。"小区的老百姓,聊天的话题是小白菜多少钱一斤。这四十户关注的却是国际形势,关心的都是国家大事。"

回到上海以后,索桂芝一直义务做社区的工作,直到2020年,感觉有些力不从心时,才从社区工作中退出来。她说:"在为社区工作时,能明显感觉到四十户老人一直保持着二二一厂的优良作风。譬如,大家自觉进行垃圾分类。在厨余垃圾中,几乎见不到一根菜叶子。我们邻里和谐,相互帮衬。

周边的人们看在眼里，羡慕在心里。"这也是让索桂芝深感自豪的。

"本地有人问我们回到上海以后，房子是怎么解决的。我自豪地回答他们，是国家一直关心我们，给我们装修的，他们听了也很羡慕。有的人逐渐熟悉了，开玩笑说，原来以为你们是送去青海劳改的，却不知道你们是去搞原子弹的。大伙儿都笑，我就给大伙儿说，我们没什么了不起，大家都在为国家做贡献，只是分工不同。"

采访结束时，索桂芝老人拉着我们的手恋恋不舍、依依惜别，眼眶里满是闪烁的泪光："再见了，孩子们，下次见到你们不知又该是什么时候。"

故乡，故乡。遥远的金银滩草原，俨然已是老人魂牵梦萦的故乡了！

陆玲芳
金子般耀眼的光芒

人物简介：陆玲芳，女，汉族，1946年12月出生于上海市。现年75岁。1964年初中毕业参加工作，四分厂制氧车间工人。1970年调入404机械加工车间铣工班，先后从事过铣工、车工、钳工等工作。1980年调入四分厂材料车间，任材料领取员。1980年入党。1992年9月退休。现居上海市浦东新区西营路114弄小区。

采访时间：2021年5月28日上午

采访地点：上海浦东新区西营路114弄党员活动室

5月28日下午，上海的天气依旧闷热。鸟雀在枝丫间逗弄羽毛，发出一两声欢快的鸣叫，送来一阵竹林溪流般的清新爽快。在上海市浦东新区西营路114弄小区的党员活动室里，我们见到了陆玲芳老人。我们要采访的老人当中，她显得很年轻很活泼。

西 进

我们是在做完对索桂芝老人的采访之后,采访到陆玲芳的。开朗大方的老人,对着我们的镜头时,突然出现孩子般的拘谨。我们的采访基本上处于极简的一问一答式。

1946年12月,陆玲芳出生于上海市川沙县川路公社华星二队。父亲是建筑工地工人,母亲在华星二队务农,父母都是老实巴交的本分人。陆玲芳家里一共四个孩子,都是女孩,陆玲芳排行老二。1964年8月,在上海市五三中学的校园里,陆玲芳的老师问她:"愿意去青海的工厂工作么?"18岁,青春靓丽的陆玲芳干脆地回答:"我愿意!"一句"我愿意!"从此改变了陆玲芳的人生轨迹。

志愿提交、公社盖章、身体检查等就职前的环节顺利通过。1964年8月末的一天,在上海火车北站,西去的火车载着陆玲芳和如她一样年轻的伙伴们,共计139人,一路向西行进。激扬的热情和南方的葱绿,随火车不停地移动,渐渐退却到身后。火车行走一段时间后,陆玲芳和伙伴们渐渐感到,消失于茫茫天际处的家乡,离自己越来越远了。窗外,渐渐出现的山峰和丘陵,都是这个自幼在南方长大的姑娘从未见过的陌生景象。一切对于陆玲芳来说,都充满着无限的未知和新奇。

火车还在飞驰,一路向西,轨道在天际处延伸。列车在无数隧道山峰间穿行,就像穿越于时空之间,窗外移动的房屋越来越少了。呈现在眼前的,是更多绵延不断的山川丘陵。伙伴们看着异于南方的窗外景色,有些神情落寞。

火车在轰隆隆不停地行进。海拔一米米升高,从零海拔到500米、1000米,窗外的景色切换成一片褐色的高原。这儿一簇、那儿一簇的栋栋草代替了茂密的树林。远处的山梁上,偶尔看到几处不多见的窑洞外,几乎再也看不到什么房屋了。初上火车的激情在渐渐退却,未知的怅惘笼罩着年轻的他们。同行的姑娘怯怯地问旁边的同伴,我们到底要去什么地方啊?到底还要走多久才能到达要去的地方?初次远足的伙伴们看着窗外绵延的远山,内心越来越没有着落。

火车依旧不停歇地西行。遥远的青海,到底在祖国西部的什么地方?海拔依旧在升高,1500米、2000米……窗外,除绵延的山川外,其余什么都看不见了。有小姑娘开始偷偷地抹泪，去这样荒凉无际、十里不见人烟的地方工作？这到底是一个什么样的鬼地方呵！

我不哭

两天以后，火车抵达青海省西宁市。陆玲芳和伙伴们到 221 基地西宁驻地杨家庄，洗涤一路风尘。休整了半个多月后，到办事处报到。

二二一厂办事处，位于西宁市胜利路附近，是一座二层的楼房，地处西宁，相对繁华，大家亲切地叫它"小楼"。

同行的 139 人，在"小楼"报到后，办事处做了分配划分，分批次进厂。通过入厂保密教育，陆玲芳知道即将要去工作的地方，属于性质特殊的保密厂。办事处对每个新入职的人员，都进行了严格的保密教育。陆玲芳和伙伴们的第一个保密行动就是将给家里寄的信件，主动要求单位审阅审查以后，这才寄出去。

从西宁至厂部的路上，满眼是浩渺无际的空旷，看不到民居、看不到人烟，能看到的只是空旷的荒山野岭。开朗的陆玲芳第一次感到忐忑不安。抵达厂部后，分厂负责人派解放牌大卡车来接新到人员，陆玲芳很快又恢复到往日开心乐观的状态。她清晰地记得，乘坐解放牌卡车到分厂厂区的时候，平展宽阔的草原上，刮着好大的风。陆玲芳生平第一次经受那样大的风，呜呜地打着哨音从耳边刮过。迎接新员工的负责人拿着手提喇叭，冲着大伙儿大声地点名。个把小时的工夫，就迅速地把新员工分配到各个车间了。

陆玲芳被分到 515 制氧车间。氧气主要用于生产和医药系统，陆玲芳的主要工作是监测氧气表。穷苦出身的陆玲芳知道，自己的选择和"风里来、雨里去"的父辈所熟悉的生活有着很大的区别。即使平凡普通，她也有了一份能为祖国建设发光发热的工作，陆玲芳打心眼里感到自豪。

一段时间里，远离家乡的伙伴们，面对草原上机械、单一的工作有了情绪波动，有些小姑娘思乡心切，偷偷地抹眼泪哭鼻子，唯有陆玲芳从未哭过。领导看着这个乐观的小姑娘一边夸赞一边说："这小姑娘行，不哭！"

小陆快乐地回答："有这么好的工作，我很开心很光荣，我不哭。"

乡　愁

厂区里有来自全国各地的伙伴，大伙儿的心里都感觉踏实亲切。虽然彼此不认识、不懂方言，随着时间推移，对方的话都能分辨个八九不离十。而上过学、读过书的年轻人们，使用的都是普通话，交流很顺畅。与陆玲芳一同分到制氧车间的还有从上海来的六个伙伴，同乡在一起的时候，常常用家乡话交流。在偏远的草原，对故乡和亲人的思念只能在梦中遥望，哪里能听到乡音的地方，哪里就有着故乡的味道。深深的乡愁，萦绕在距故乡千里之外的金银滩草原上，也萦绕在这些来自大上海小姑娘们的心田里。

陆玲芳到厂以后，和同行的七个姑娘住进一间房子里，烧煤球取暖。"那会儿厂部的厕所是四周围起来没有顶棚的房子。上厕所时，抬头就可以看见湛蓝的天空。"说起那时的艰苦岁月，留存在乐观开朗的陆玲芳记忆里的，依旧是青海湛蓝的天空。

大家集中在食堂吃饭，起初的一段时间，吃不惯青海的土豆、青稞面。一段时间以后，饮食上也就渐渐习惯了。在寒冷的高原，陆玲芳他们大多时候都是戴着棉帽子，穿着皮大衣、大头鞋。夏季短暂，冬季漫长的草原上，厚重的棉袄、棉鞋根本离不了身。夜里睡觉，在厚厚的棉被上面还盖上所有的棉衣。时光推移，她们逐渐适应了用厚重的"四大件"来抵御严寒，适应高原六月飞雪的孩儿脸天气，适应草原一望无际的荒凉，适应草原上四季不停呼啸的大风，适应"不知道的不问、知道的不说"的特殊保密制度。

就这样，陆玲芳一点一点地融入221基地的工作生活之中。无论遇到多大的困难，她从未打过退堂鼓，也从未想过要回到上海老家去。对从小吃过不少苦，过过苦日子的陆玲芳来说，所有的困难都是可以克服的。这个性格开朗、积极向上的南方姑娘注定是为高原而生的。

在青海的光辉岁月里，千千万万年轻的陆玲芳们，没有惊天动地的豪迈，没有波澜壮阔的誓言，他们恪守保密制度，默默无闻，把青春和汗水注入到伟大事业中。一个人就是一颗螺丝钉，虽然渺小，但精密精准、缺一不可，凝聚在一起，终将释放出势不可挡的巨大能量。在国家力量不断发展壮大的历程中，他们就是最为普通但最为坚实的基石。

鸟 岛

陆玲芳老人对第一次去青海湖鸟岛的情景至今记忆犹新。她记得那是在6月中旬,高原的黄金季节刚刚来到。一天,车间主任说,要组织大家去鸟岛游玩。车间里立即沸腾起来,大家你一言我一语地谈论开了。下班后,大家都忙着准备第二天去鸟岛的干粮。

陆玲芳老人说,来青海这么多年,整天忙着完成工作任务,许多人还是第一次出去游玩,大家心情都特别的激动。这一夜她没有睡好觉。天刚蒙蒙亮,朝窗外一看,还下着雨。心顿时凉了一半,心想今天去不成了。忽听有人在楼下喊:"去鸟岛的同志们上车了。"原来高原的天气,就像小孩的脸,喜怒无常,刚才还下着雨,一会儿工夫已是晴空万里。陆玲芳和庄起路夫妇像小孩子一样,拿着好吃的东西赶忙往屋外跑。上了车,大家都很高兴,说东道西,讲个没完。司机师傅告诉大家,因天刚下过雨,车子要开得慢些,请大家谅解。大家说只要能到鸟岛就行。一路上车子开得是很慢,有土路,有泥水。因为大家的心情很好,所以时间不觉得很长,3个小时就到了青海湖边。下车后,远远地观察着鸟和鸟蛋。哎呀,这里鸟的种类居然有上千种呢。

大家奔跑在草地上,观看正在飞翔的鸟群,有丹顶鹤,有白头翁,有喜鹊,有红嘴鹰,有画眉等。蛋有大有小,大的比鹅蛋还要大,小的只有玻璃球大小。蛋的颜色也有好几种。这些整日与钢铁和机器打交道的电力工人可算是开了眼界了。时到响午,大家围坐在一起吃饭,都把自己带的好吃的拿出来。你吃我的,我吃你的,彼此就像一家人。食物在这里似乎比在家里更可口、更好吃。他们身边是碧蓝的湖天一色,还有翻飞的鱼鸥。青海湖很大,天连着湖,湖拥着天。湖上碧波荡漾,湖水咸涩,但很清、很凉。鱼鸥在水面上飞翔,一会儿掠过湖面,一会儿又飞上天空,形态婀娜多姿。美好和快乐之中,时间总是过得很快,大家正看得出神,有人喊上车了,可大家余兴未尽,都不愿意离开。多少年过去了,这趟鸟岛之行仍令老人魂牵梦绕。

日　子

　　1965年初，陆玲芳住进了厂部的筒子楼。一间宿舍八个同志，分上下床。属于每个人独立的空间，只是一张小小的床铺，其余均为公共部分。宿舍里人多，大家彼此谦让，互相照顾。每一天的日子，在性格开朗的陆玲芳眼里都很愉快、很开心。

　　每月发工资后，孝顺的陆玲芳只给自己留五元钱，其余均寄给上海的父母。父母年迈，不能在膝前尽孝，能给家里经济上一些帮助，这让陆玲芳愧疚的心略微得到安慰。从参加工作到结婚生子，陆玲芳从未停止过给家里寄钱。

　　1966年6月6日，是陆玲芳生命中最吉祥如意的日子，20岁的陆玲芳和庄起路结婚了。陆玲芳搬出集体宿舍，搬到车间的小平房。丈夫庄起路当初是从上海机械厂调来的，闲暇的时候，丈夫常常给陆玲芳讲建厂初期的故事。陆玲芳很爱听，也知道丈夫和很多同志在那些日子里风餐露宿、夜以继日都是家常便饭。自己比起丈夫，真是轻松得多，幸福得多。

　　1967年2月，他们的第一个孩子庄杰出生了。厂领导帮助他们协调解决了住房，让一家人搬回到41号筒子楼居住。

能工巧匠

　　1970年，803车间和十三厂合并，陆玲芳和丈夫庄起路，以及车间里年轻的员工们一起被调整了工作，陆玲芳到404机械加工车间做了铣工。在短短几年的时间里，看似瘦小柔弱的陆玲芳跟着师傅们，先后从事过车工、钳工、铣工等不同工种工作。说起从事过的各种工作时，陆玲芳一扫最初的腼腆，如数家珍般打开了话匣子。比如她说车工的精密度略低，铣工工作精密度要高。比如她说车工先做出零部件的毛坯，铣工再做进一步的加工，按照图纸加工成不同的形状供车间设备不同部位使用。据陆玲芳老人说，当时，厂子里的车工、钳工、铣工中集聚了来自全国各地的能工巧匠，没有一个零部件的加工能难倒他们。有时候几个工种的人员相互配合才能完成一组零部件的加工，不同用途的零部件，有不同的加工方法。

在铣工岗位上干了10年以后,陆玲芳的岗位调整为专职材料领取员。汽机车间、锅炉车间、检修车间等需要零部件时,陆玲芳先填写领料清单,从材料科负责领出原材料,再交给相应车间。这是多么普通而又平凡的工作啊,但陆玲芳说到这些时,脸上洋溢着自豪,她笑呵呵地说:"职工们不仅能加工精密的零部件,还会自力更生动手盖房子。当时十三厂的房子,就是我们职工自己动手盖起来的。"

脊　梁

两个儿子和女儿相继出生了。陆玲芳一边上班,一边照顾家里的孩子们,有时工作过于忙碌,照顾不过来,无奈之下,陆玲芳只好把女儿放在上海,由奶奶帮忙抚养。1972年,丈夫庄起路在青海省第二人民医院查出得了高原病。之后,庄起路就常年奔波于二二一厂与省二医院之间。而陆玲芳所有的精力与心思,几乎都用在工作和照顾丈夫了,对孩子们操心得太少了。

白驹过隙,时光荏苒。曾经娇小甜美的玲珑姑娘、书生意气的风华少年们,扎根于草原,历经风风雨雨,由最初的孑然一身,成了几个孩子的父母。他们人到中年,孩子们也一个个长大成人了。这些孩子,大多在父母所在的二二一厂参加了工作。和自己的父辈们一样,青春激扬和充满朝气的他们,成为二二一厂新一代建设者。

陆玲芳的孩子们健康地成长着。庄杰、庄忠兄弟二人在二二一厂长大成人。大儿子庄杰顶替了父亲庄起路的工作,小儿子庄忠上完海北技校后也分到二二一厂,工作后两人相继在二二一厂结婚成家。陆玲芳一家两代六口人,均成为二二一厂的职工,只有在奶奶身边长大的女儿庄丽,留在了上海,在上海市静安区街道居委会上班。1987年,二二一厂宣告全面退役,庄杰、庄忠接受组织安排,调动到安徽省合肥市工作。

陆玲芳是一位老党员,回忆起1980年入党的情景时她还记忆犹新:对着党旗宣誓的时候,意味着对自己有了更高的要求。她暗暗下定决心,一定在工作上做到努力再努力,既要对得起国家赋予的使命,也要对得起父母对自己多年的养育之恩。吃苦耐劳、积极上进的陆玲芳曾多次被厂里评为优秀、先进工作者。单位的老同志见面就夸她:"小陆子真棒,又评上先进工作者啦!"

陆玲芳还带来一个整洁的包裹。采访结束后,老人打开包裹,历经数十年已经渐渐发黄的获奖证书、工作证书,呈现在我们眼前。这些珍贵的证书,老人至今完好地保存着。一本本证书,见证了她人生不平凡的历程,见证了那段激情难忘的岁月。

追 忆

岁月催人老,时光复蹉跎。1992年9月份,在草原工作了28年的陆玲芳退休,和丈夫一起回到上海。退休没几年,患病多年的丈夫庄起路走了,这是陆玲芳心中最难过的事。老人略微调整了一下情绪,从伤感的话题中走出来,依旧用温纯的笑容面对着我们,给我们缓缓叙述如烟往事。追寻记忆深处在一起战斗过的伙伴们,陆玲芳似乎又回到了五十多年前的青春岁月。姚银福、谢仲铨、索桂芝……青春激扬的他们,穿越时空,相逢于如水的月色和灿烂的阳光里,年轻熟悉的面孔生动鲜活。古灵精怪、活泼大方的"姚牛哥",性格大方、幽默开朗的"谢大个",端庄秀丽、温文尔雅的索桂芝……在地窝子、在筒子楼、在隆隆的机房、在车床前、在医务室、在风中、在雨中、在抢修的黑夜里……

时光穿行,20世纪五六十年代振奋人心的动人画卷,已成一段载入史册的光辉历史。仰视那些为共和国强军、强国流泪流汗的人们,仰视经历了激情岁月的人们,仰视战士般携手并肩战斗过的人们,耄耋之年依然身怀家国情怀的人们。他们扣人心弦的故事,缓缓流淌于岁月长河的波光中,闪耀着金子般耀眼的光芒,映照着我们今天的幸福生活,也映照在我们前行的路途上,以及更远的远方!

殷应赓
二二一厂里的"孙少平"

人物简介：殷应赓，中共党员，湖南人，1941年11月出生，1964年9月16日到西宁"小楼"报到，1969年入党。1993年在四分厂财务科科长任上退休，返回至爱人原籍上海市定居。

采访时间：2021年5月27日

采访地点：上海浦东新区西营路114弄党员活动室

1959年，在成立刚满十周年的新中国广袤的大地上，出现了大面积的持续的可怕的焦黄色，湖南省也是如此。那一年，就读于高三的殷应赓虽然正在全力以赴地备战高考，可农民的儿子这一身份令他不得不对土地上悄悄发生着的变化产生强烈的不安，那一年殷应赓18岁。18年前，他的出生并没有给这个家带来多少喜悦，因为他的上面已经有了两个哥哥。新中国成立后，响应国家号召，让殷应赓开始读书。殷应赓瘦瘦小小，看起来跟两个高大魁梧的哥哥根本不像一奶同胞，可是脑子灵光得很，十里八村的娃娃们聚在一起他都是拔尖的好学生。

殷应赓读了高中以后开始住校，离家也就三四十公里，不远，但是他寒暑假都不敢回家，当了学生，了不起了，回家怕下地干农活儿吗？当然不是。

家里四口人，所有的配给都是定量的，比如他那一顿饭可以吃一斤米的大哥，按一个劳动力算，一天只有七两米。半大小子，吃死老子，殷应赓回家只能出力却没有多余的口粮分给他，如果他回去，母亲就会毫不犹豫地把自己那点可怜的口粮分给正在长身体的她最疼爱的小儿子。哪里都可以去，唯独不能回家，为了糊弄肚子，也为了攒下半年的学费和生活费，他去湘江边上，从一艘艘顺流而下的船上卸一麻袋几十公斤重的煤，扛在肩膀上，转身，埋头爬上一个陡峭的山坡，多亏了这个巨大的坡，导致车靠近不了码头，需要人力运送一段。这些煤，是送到当地的一个小热电厂的，似乎从那时候开始，就为殷应赓将来去四分厂工作埋下了伏笔。

白天去江边守着，运气好就能等到运煤船下来挣一点点钱，晚上就回到学校。还好，学校有一个菜园子，寒暑假学校没人了，需要人看管，他每次都自告奋勇留下来。那时候的他，如果吃饱了总有使不完的力气，然而很多时候，出了力以后还吃不饱，所以他采取了不出力就不吃饱的策略。夜深人静就看书解闷解乏，功课也自然不敢懈怠。他是全家人走出贫穷和饥饿的唯一希望，只要考上大学，国家就给分配工作，那可是铁饭碗啊。等到了那个时候，他就能让想念的妈妈吃上饱饭了。攥着手里的书本，摸着枕头底下自己那点微薄的血汗钱，他甜甜地睡着了，梦里都是喷香的米饭和母亲温柔的笑脸。

殷应赓正是靠着这样的信念跌跌撞撞地来到了高三，来到了1959年，噩耗相继传来，母亲和大哥相继去世。殷应赓整个人蒙了、傻了，那种隐隐的不安变成了残忍的现实，逼着他上前相认。他的脊梁没有因为背负沉重的煤包而弯曲，他在班里始终默不作声，他本就认为自己没有什么资格欢声笑语，如今面临如此大的伤痛，他也拒绝跟任何人分担。白天不动声色地完成所有规定动作，晚上躺下后瞪着眼睛望着黑暗任由眼泪决堤，任由五脏六腑撕心裂肺地痛，任由自己垮下来，反正吃不饱的人都浮肿，别人也没有多余的精力顾及一个本就低调沉闷的同学的情绪，哪怕他就像死了一样活着很久了。

母亲和哥哥的去世，成了殷应赓一生的伤痛，两位至亲去世时的年龄加起来还没有八十岁。不管怎样，生活还要继续，他考上了大学，湖南电力学院电财专业。在学校，他依旧沉默寡言，他知道他比学校文学团体那些女同学们文笔更苍劲，他知道他比那些侃侃而谈的男同学知道得更多。但是他沉默，被苦难滋养的心充满了沙砾，他想逃脱这种每呼吸一下就有痛感的苦闷和压抑。他知道不能用安逸来替代，而只能用更苦的苦味来冲淡。学习成绩的优异和眼神里的忧郁，令他与所有人格格不入却也显得卓尔不群。1964年面临毕业分配，他写了三个地方，黑龙江、新疆、西藏，一个比一个远，一个比一个苦，乃至于一个家境优裕、面容姣好的女同学多番抛去矜持苦劝他修改意愿单，如果可以，最好能够和她一样留在长沙。

"不。"他回答，"我已经失去了尽孝的机会了，只有选择为祖国尽忠，不然妈妈会怪我的。"

系主任找到他，说道："你这三个地方都不能去了，国家派人来了，要你去另一个地方——青海，你愿意去吗？"殷应赓点头，他当然愿意，大西北，高原高海拔，虽然比不上西藏，但是国家专门挑的他，自然会有一番作为。接下来，他听到是一个国营综合机械厂，瞬间又不想去了。他是学财务的，这个单位一听就是一个自给自足的生产单位，跟国家经济建设似乎没有什么直接关系，他去了没有用武之地啊。系主任其实内心也在打鼓，招工的人手持特令开口就要专业能力最好、政审没有问题、吃苦耐劳的学生，而且就要一个，多余的一句都不让问。这种苛刻的条件下系主任首先筛选出来的就是殷应赓，再多一个他都想不出来。只是到这个单位去具体干什么他还真不知道，只好说："为了国家建设，不要有那么多顾虑，既然国家需要你，你就去吧。"就这样，殷应赓带着一点点小小的遗憾踏上了西去的列车。离校之前，他用他所有的积蓄给自己凑了一身棉衣。多年之后，80 岁的殷应赓坐在镜头前用依旧浓郁的湖南长沙话回忆这段生活经历的时候，反复地跟采访他的国网青海省电力公司的采访组成员说："说出来，你们可能都不相信，在我的世界里就没有苦难，更何况我是曾经的 221 基地职工。"

以下是殷应赓的自述整理："我是 1964 年 9 月 16 日到的西宁，我没有直接到大草原上去，当时从全国各地一起到西宁的青年职工特别多，西宁办事处的'小楼'、宾馆都住满了人。负责分配的科长一看我是学财务管理的，就将我分配到办事处工作了半年时间。1965 年 7 月，我终于来到了草原。到了草原以后不能直接去岗位，要劳动，叫社会主义教育。那种劳动强度对我来说不算什么，因为基本的厂房都已经建起来了。221 基地区范围 1170

平方公里，共18个厂区、2个生活区，总建筑面积56.4万平方米。其中每个分厂，甚至每个车间、每栋楼房都有自己的代号，而且都有不同的通行证。警卫团按照设卡、布点、控线，分厂门卫、车间进出口、试验场外围、火车编组站等分别进行警戒。我被分配到221基地的财务部预算科工作。后又变成计划成本科。在1965年到1978年期间，一年做一个计划，没有多少事情可以做，还有一个制度编制制作，文字上很简单，买东西要到青海省财政厅申报。年轻时每一个人都有理想抱负，我就想多做一点事情，做的事情太少很不满足，觉得基层可能更加踏实一点，就申请调到四分厂，就是咱们的自备电厂，负责给整个厂区供电、供暖、供气，财务科也就五六个人，一直到51岁退休。退休以后，我们有两个选择，我可以回我的原籍湖南，也可以回上海。在朋友的建议下，我回到了上海，爱人的籍贯在上海。"

因为工作的特殊性，殷应赓切断了和毕业那年苦苦挽留他留在长沙的女同学的联络。到了西宁以后，他又遇到了一位分配到兰州工作的女校友，对他以诚相待，可他非但连自己的工作单位都讲不清楚，而且最要命的，是这位女校友有一点海外关系，最终他给女校友两句诗，就此消失在茫茫人海中……

或许是负责财务工作的谨慎敏感所致，殷应赓的保密意识相对于其他人更强一些。退休回上海以后，他还写了一篇《保密宣誓"红色保险箱"》的回忆文章。在文中，他详细阐述了基地保密的级别和那些特殊要求。首先是对入职人员的严格筛选，不仅要函调，基地还要专门成立一个调查小组专门到地方上去明察暗访该同志的亲属关系中有无污点和海外关系，以及他本人的具体表现。入职以后，新员工要进行三个月的入职培训，培训的大部分内容就是保密条例，还要郑重宣誓，宣誓的程序庄严而肃穆，经过这样一场仪式，所有新员工都意识到了保密的严肃性，尤其是与外界交往的过程中找到了分寸感。新员工刚从学校毕业，普遍都有许多很要好的同学朋友散落在全国各地，彼此通过通信的方式来分享新地方、新工作、新环境、新鲜感，这样的培训是及时又必要的。基地对外的通讯地址只是一个简单的邮箱号，如果个人出差，比如到北京出差返程的时候买火车票不可以买直达西宁的车，要选择中转车，下了火车以后，不可以买直达厂区所在地的长途客车，仍然要选择中途停一站换乘。那时候基地的技术人员每人配发了一个笔记本，白天把工作上的事情记录一下，下班前这本笔记本用蜜蜡封好再交到保卫科。别以为保卫科就什么都知道，好多警卫连的小战士守了三年的厂房都不知道厂房内开展的是什么工作。正是在这种严苛的保密制度管理约束下，我们的核事业才能正常推进，最终取得伟大胜利。殷应赓将基地保密制度比喻为红色保险箱，再恰当不过了。

据殷应赓回忆，这么多年来保密制度让他吃的最大的苦是他必须对1971年12月24日那天发生的事守口如瓶。那天，是新研制的大型氢弹试验投掷时间。谁都知道这次试验的意义重大，它是继我国1967年6月第一颗氢弹试验成功后又一颗可以用于实战的大型氢弹投试，它的成功对于巩固我国核武器的地位、打破西方核垄断、装备部队、巩固国防，起到不可估量的作用。殷应赓作为后勤物资保障小组工作人员进驻了离马兰机场约两公里的西沟部队营地，虽然经过了几个昼夜的忙碌，但是大家谁也不想错过氢弹投掷成功的瞬间，所有人都怀着紧张而兴奋的心情注视着正在升空爬高的飞机。在他们眼里，那不是一架简单的飞机，那是他们日以继夜的劳动成果，更是全国人民的希望，是中华民族再次挺直的脊梁。时间一分一秒地过去，个别手上戴表的同志开始轻声地报着时间，两个小时过去了，依旧什么都没发生。忽然，一阵急促的脚步声响起，防空警报拉响，一队队荷枪实弹的士兵向防空壕跑去。大家面面相觑，脸色一个比一个难看，没人愿意相信不好的结果发生。这时，人群中有一位退伍老兵笃定地告诉大家，这是演习，跟试验结果没关系。大家悬着的心稍微放下去一点了。"看！"一位同志高喊，刚才升起的飞机又进入了大家的视野，所有人都以为这是投弹成功后返航的飞机，谁也没有注意到根本没有爆炸声响起，单纯地以为投得太远，听不到很正常。现场所有人开始不管不顾地大呼大叫起来，高高抛起了帽子相互拥抱、祝贺，有的人眼泪都流下来了。殷应赓当时只记得自己一手心全是汗。就在这时，室内电话铃声响起，同样兴奋得满脸通红的通讯员三步并作两步冲到电话前接起了电话，大家也在瞬间停下庆贺等通讯员转述最终的好消息。只见通讯员的表情瞬间凝固，不可思议地张着嘴，咽喉里咕哝着什么就是发不了声，抓着电话的手也开始不停地抖了起来。不好的气氛就像一股忽然吹进来的冷空气，将大家冰冻在了原地。不知道过了多久，才听到通讯员红着眼断断续续地说："飞机投了三次都没有投下，还好，飞机安全降落到了地面。"

事后，殷应赓才知道，当天因为种种原因投弹架没有打开。接周总理指示，飞机带弹降落，多亏了我们的飞行员胆大心细经验老到，那可是一颗氢弹啊，稍有差池不是机毁人亡这么简单，地面所有人都将化为灰烬，包括殷应赓。一周以后，还是这架飞机，还是这位飞行员，还是那个基地，成功投掷出这枚氢弹。经历过这一切的殷应赓，只能像个没事儿人一样回到四分厂继续工作，夜半，他一个人时才会激动得夜不能寐。那天所经历的点点滴滴，他终生难忘，最终在二二一厂对全世界解密之后，作为重要历史时刻的见证者，他写下了回忆文章《投弹发生了意外》，记录下了那激动人心的一刻。

蹚过苦难河流的殷应赓确实什么困难都不怕、什么苦都能吃，但是他怕放假怕休息。四分厂三班倒，厂里时时刻刻都有人上班，厂里的领导都和大家一起排队打饭。领导的优良作风也激发了群众忘我的工作精神，遇到技术攻关时期，所有人都是通宵达旦地工作。大家虽然都是同事关系，但像一家人一样。家属区是夜不闭户路不拾遗，工作区是专心专注热火朝天，即便有相关的保密制度，不知道的不问知道的不说，大家也已经默契得一个眼神就能交流允许交流的一切。殷应赓的妈妈和大哥都不在了，家里就剩下父亲和二哥，他们都是地地道道的农民，少言寡语的他们也不怎么来信对他嘘寒问暖，也不向他请求经济支援，只是简单地报个平安。淳朴的家人虽然可以慰藉殷应赓一二，但是对母亲的思念依旧令他痛不欲生，他希望用更多的劳动来释放自己多余的能量和热情，即便什么都不做在办公室里陪着同事们都是好的。

"我们都是平凡世界里的一名普通人，只是恰好参与了一项伟大的工程，我们并不值得炫耀，你们如果参与，可能会比我们做得更好。"殷应赓在结束采访之后说，但是没有一个采访者相信他说的这句话。殷应赓老人现在和原在二分厂工作的爱人依旧住在当年上海分给二二一厂退休职工的安置房里，两个单元的二二一老人他都熟悉。当他以玉树临风的姿态站在大门口等待采访团的人时，隔着很远，素未谋面的采访团在车上就将他认了出来，只有二二一的老人有这样的气质。此次采访团从青海西宁远赴上海主要想采访原来四分厂工作的六位老同志，这是采访团经过很多渠道好不容易才搜集到的信息。到了以后发现殷应赓老人竟然主动帮我们寻到了另一位四分厂的沧海遗珠，他和另外几位都端端地坐在由殷老先生管理的活动室里等着接受采访，这让本就素材匮乏的采访团如获至宝，喜之不尽。给所有人倒好水后，他安静地退了出来，并将自己作为随时可以替代的后备一员。两天的采访只有他可以做到随时待命，防止采访中间时间连续不上。

路遥在《平凡的世界》里说：什么是人生？人生就是永不朽之的奋斗，只有在选定了目标并在奋斗中感到自己的努力没有虚掷，这样的生活才是充实的，精神也会永远年轻。

朱贵福
男儿是为国家养的

人物简介：朱贵福，1945年5月出生于上海长宁区。上海市劳动局第三技工学校毕业。1964年8月分配到221基地。四分厂407车间热供自动班工人。1969年9月入党。1972年任自动班班长。1983年任402汽机车间副主任。1984年任汽机车间主任。1985年至1990年任四分厂劳动人事科科长。1990年任汽机车间主任。1993年退休。曾获得过总厂"先进生产者""优秀共产党员"荣誉。现居上海市杨浦区国和路605弄3号。

采访时间：2021年5月29日上午

采访地点：上海市杨浦区国和路605弄3号303室

公元1945年，不仅仅对于华夏中国，对于全人类来说，都是一个分水岭一样的存在。对于饱受日本帝国主义侵略残害的所有人来说，代号"小男孩"和"胖子"的这两颗原子弹犹如上帝之鞭狠狠地抽打在了施暴者的要害之处，也让全人类见识到了核武器的威力。1945年8月15日，在第二枚原子弹落地仅仅六天后，日本宣布无条件投降。

一头发狂的野兽不再做困兽之斗，消息传来，上海一片欢腾。当大街小巷铺满日本投降的喜讯，喧天的锣鼓声、密集的鞭炮声不断送到江边，送到让大上海持续运转却和大上海毫无瓜葛的贫民区时，四个月大的朱贵福正在母亲的怀里酣睡。就在刚刚，他吮吸完母亲甘甜的乳汁，嗅着熟悉的，来自父亲留在家里那件因无数次被汗水浸透的马褂里，散出的来自深海一样的味道，心满意足地伸了一个懒腰，咂了咂嘴，面带微笑地进入了梦乡。母亲的乳汁被儿子吮吸得非常彻底，怀中婴儿恬静安逸的面孔让这位母亲一时忘记了愁苦，忘记了因为连年征战惊扰得土地都抑制了它本有的吐纳能力，忘记了失去土地馈赠的他们不得已流落到上海靠丈夫出卖苦力度日的艰辛，忘记了简单的锅灶里已经多日没有像样的食物，忘记了很快又到了交纳保护费的日子。保护费，多么荒诞的词语，究竟是谁想出这样的字词组合，背后又遮盖住了多少丑恶，直到今天直接代表着丑恶和荒诞本身。

母亲顺着低矮的屋檐向外张望，她每天目之所及的所有地方都没有去过。大上海是个神奇的地方，听说，再血雨腥风的动荡也遮不住女人脸上浓郁的脂粉气，再酣畅淋漓的激战也夺不走霓虹灯的闪烁。在这片十里洋场上，有人一夜称霸，有人悄无声息地消亡，这种轮番上演的戏码早就被黄浦滩上出卖苦力的人听腻了也看腻了。此刻正是正午，日头最毒的时候，丈夫的脊背不知道褪了几层皮了。此时此刻，汗水正顺着他的脸颊、腰腹不停地往下滴落，但愿黑心的工头不再打着战乱的名义克扣钱粮，但愿今晚可以不再饥肠辘辘地安眠。 母亲，哼着母亲传下来的歌谣，享受着这难得的珍贵的恬静时光，暂时将自己和孩子从这糟糕透顶的世界分割出来，充耳不闻传到耳边的聒噪之声。她已经不相信外面的一切欢庆与自己有关，一心一意等着落日那一刻，丈夫的归来。

一阵急匆匆的脚步声传来，正在沉思的母亲受到了不小的惊吓，她紧紧搂住怀里的婴儿，身子不由自主地往灰暗的窝棚深处退缩，一瞬间她想到了所有悲惨的结局，她知道在这里没有人会在乎这对母子的死活，除了自己的丈夫。弯腰进来的，正是她的丈夫，她能依仗的全部。这个男人的脸上因为极度兴奋而扭曲了，黝黑的脸因为背着光更加幽暗，两只眼睛却迸发激烈的光芒："日本人，日本人，投降了。"女人的神经丝毫不敢松懈，"日本人"这三个字犹如洪水猛兽、犹如魑魅魍魉地狱恶鬼，狠狠地击打着她的心，怀里的孩子咧着嘴委屈着哭出了声音，他是被母亲咚咚咚的心跳击醒的。

"你说什么？日本人怎么了？"母亲此时此刻非常不称职地忽略了儿子的哭声，她的全部注意力都在丈夫的脸上。

"日本人投降了，投降了，所有的鬼子都滚了。外面都是游行的队伍，所有人都去大街上庆贺去了，你没听见鞭炮声吗？"

惊喜，让母亲还在发抖，男人迈过去一步接过女人怀里的孩子，刮了一把额头上的汗，脑海里忽然蹦出一个念头，确切地说这是早已酝酿在心里的一个朦胧的念头，只是在今天忽然清晰了起来。他盯着儿子的脸，说："男孩就当是为国家养的。"

"什么？"母亲猛然醒过来一样。

抱着孩子的男人缓缓地吐出一口气说："这些年来，我在码头被各国人欺负了个遍，俗话说强龙不压地头蛇，美国人、日本人、英国人，哪一个把地头蛇放在眼里了？为啥，我算弄明白了，因为人家国家强，出门在外就是没人敢惹。咱也不缺胳膊少腿的，为啥在自己的土地上还要做低等人，还不是因为咱没有国家撑腰。男孩子，权当咱给国家养的，有朝一日，咱也挺直了脊梁做一回堂堂正正的中国人。"

一晃眼，19年过去了，襁褓里的朱贵福也听着父亲那句"男孩都是给国家养的"长成了一名出色的青年。可喜的是，朱贵福不仅带着报效祖国的本领和决心，而且还有一个等着朝气蓬勃的他去报效的新中国。当朱贵福怀揣着技校毕业证，和43名同学踏上去青海的列车出发时，父母内心虽有不舍，却异常坚定。19年前的那个承诺，终于可以兑现了，那个拥有一个强大国家的梦想，终于近在眼前了。多年之后，朱贵福这才得知他在青海的工作，是为国家锻造出一把国之利刃，是一把足以让积贫积弱饱受风霜的国家挺起脊梁再也不受来自西方胁迫讹诈的利刃。每当回想至此，朱贵福就会从内心散发出一种光和热，这份光和热，就会与1945年8月15日那一天，父亲脸上的光和热，全中国人民脸上的光和热融汇在一起。

这些光和热，于1959年的某一天，统统秘密地汇聚在青海省一个叫金银滩的草原上。世世代代生活在这片草原上的藏族牧民们，扎着洁白的帐篷，诵着千年的佛经，赶着成群的牛羊，依伴着蓝天白云和碧绿的草原，过着安稳而幸福的生活。正值隆冬，草原上忽然多了几个干部模样的人骑着马不停地穿梭在各个帐篷，这不是普通的寻访，而是一次难以启齿的动员，在最不适宜牧民以及牲畜迁徙的时刻,要他们放弃丰美的草原,去另一片为他们准备的草场生活,距离,数百公里。国家需要借这片草原,建设一个矿场。大仁大义的牧民们,为了国家,坦然走上了艰难的迁徙之路,这条路上,有风雪有山巅,蜿蜒曲折险象环生,成批的牲畜冻死在半路上,牧民们损失惨重,这都是朱贵福在金银滩工作许久之后才听说的,仅仅为了那些善良的牧民同胞,也要让自己在工作岗位上发挥出最大的价值,朱贵福暗暗地在心底一遍又一遍地起誓。

1964年的金银滩,已经具备了生产生活的基本条件。在牧民们撤走的五年时间里,第一批拓荒者在这里克服了难以想象的困难,让近乎原始的草原上有了能够走车的路,有了遮风挡雨的厂房,甚至有了职工宿舍。这里的一切都是简陋的,但是对于上海来的朱贵福来说,这里的一切都是新的,不是那种物质表象的新,是新鲜的新,不是陌生的新,是生机勃勃的新,是蕴含着无穷力量的新,新在每一道车辙里,新在每张面孔上,新在每一台机器的转动中。19岁的朱贵福,准备了一身钢筋铁骨立志在这清澈的蓝天下锻造自己、打磨自己、消耗自己。做足充分吃苦准备的他,没想到第一个夜晚,就让泪水浸湿了枕头,因为身上盖着的那一床陌生的被褥太过温暖。

从上海乘上火车一路向西,窗外的风景越来越陌生,牢记父母嘱托的心虽然坚定但仍然留给他一丝缝隙封存自己对家的依恋。家是他最温馨的港湾,日常衣服有母亲帮忙打理,遇到难处有父亲帮忙解析,家里偶尔改善伙食,兄弟姐妹从假惺惺互相争抢到认认真真相互谦让,一家人其乐融融地围炉夜谈，家里的灯光或许不是那么耀眼，门楣或许不是那么可观，但那份时刻环绕在侧的亲情让朱贵福像个十足的阔少一样自信满满。如今，自己形单影只地跨越万水千山，来到了一片祖祖辈辈不曾涉足的土地，还是忍不住让几缕游子的愁绪萦绕在心头。

刚到西宁，朱贵福和一众同学住在一座小二楼里，这里是221基地的办事处。办事处也是221基地与外界的联络点，基地缺什么就往办事处打报告。让朱贵福他们先在这里住一阵子最主要的原因是让身体对高海拔有个适应过程。西宁海拔2300米，海北藏族自治州海拔3200米，从平原一下子冲到3200米的地方还是有风险的。朱贵福到底年轻，身体底子也不错，很快就克服了高反，顺利踏上了去221基地的路。221基地之所以选在金银滩是因为这里具有极强的隐蔽性，怎么看这荒凉的草原上也不会有什么国营机械厂的样子，等到目的地趋近，一栋栋厂房就像从土里钻出来一样，让所有人又惊又奇。许多年之后，朱贵福仍然忘不了第一次看见221基地的情景，很多很多年以后，朱贵福也才知道，除了从土里钻出来的厂房，在地下，甚至在他们每天上下班经过的地方的地下，也建有很多特殊的厂房。

朱贵福被分配到了四分厂407车间，不过他首先被带到了他的住所——一个"干打垒"面前。朱贵福只听过老人们自怨自艾是黄土埋了半截子的人，还没有见谁主动将自己埋到黄土中去，而这个"干打垒"竟是一半在地上一半在地下的地窝子。和上海的潮湿温润不同，这里气候干燥，即便在地下，房子里却没有丝毫的湿冷。朱贵福第一时间感叹劳动者的智慧是如此的令人叹为观止。不过，白天的喧闹过去，当真的剩他一个人躺到了陌生的床板上，呼吸这清凉稀薄的高原空气，心慌迅速向周身蔓延，就在快要将他淹没到窒息的时候，敲门声响起。

"朱贵福是吧，我是四分厂的主任，我叫季金龙，今天白天我不在，没见到你，欢迎你来到咱们四分厂，小伙子很精神啊。"这位夜访者，是朱贵福在草原上认识的第一个人，也是他感恩了一辈子的前辈。

"主任好，主任坐。"朱贵福局促不安地扯平了自己的铺盖。

"小朱啊，别嫌弃这儿啊，跟上海的条件可比不了，但要跟几年前比，这里可就是天堂了。那会儿我们来了只能学着地老鼠打地洞住，别说这种有顶棚的宿舍了，厂房都没有，喝水得跑到河沟里挑，饿得头晕眼花还得出大力气。如今好了，四分厂的两台机组都能发电了，有了电，就有了水，有了暖，这个基地就活起来了。咱们这个四分厂，可金贵着呐，以后你就知道了。"主任边说，边打量着朱贵福带来的行李。

"主任，我不嫌弃，我一定好好干，我唯一担心的是，我在学校学的是钳工，害怕跟咱的热电厂专业不对口。"朱贵福因为紧张和害羞涨红了脸。

"哈哈，小伙子，肯吃苦是好事，工作还要一步一步来，等明天跟定了师傅，你就跟着师傅好好学，先学安全再学生产，有困难一定要说，不能保证都给你解决，但是能解决的一定帮你解决。"主任拍着朱贵福的肩膀，和蔼地说。

朱贵福使劲儿点头，他真心感激已经下班休息了的主任还特意过来看他。送走主任，朱贵福满心欢喜，刚才堵在心底的阴霾一扫而空，正欲躺下，敲门声又在门口响起。

"小朱，这是我爱人，刚才我看你的被褥有点单薄，这里白天晚上温差大，这被褥是我们两口子给你从家抱来的，你或铺或盖都行，这地方感冒了可是个麻烦事儿。"

朱贵福一时间不知道怎么应对这股直达心口的暖意，越想编织出最美的语言来感谢这对善良温暖的夫妇，喉咙里越是哽得厉害，推辞都忘了，只有紧紧地抱着那床被子一遍一遍地鞠躬致谢。当晚，朱贵福就是拥着那床被褥泪流满面的。

四分厂，就是221基地的自备热电厂。上班很久之后，朱贵福仍然只认得去四分厂的路，别的分厂他一无所知，并不是自己没有好奇心，是严格的保密制度让他胸中凛然一股正气。此刻，他手里是入职第二天就派发给自己的工作证，看着这张工作证上自己稚气未脱的脸，朱贵福的自豪感油然而生。当他第一次诚惶诚恐地，将自己的工作证递给了四分厂门口的警卫员时，尽力让自己的脸上摆出一副从容老成的样子。警卫员也同样年轻，只不过那双如鹰隼一样锐利的眼睛透着一股寒意，他上下反复地打量这张新面孔，仔细核对着工作证上的信息。首先，必须是四分厂的工作证，在这里工作证并不通用，除非工作证上有一个"全"字标志，那是四分厂线路维修等部分少数工种才允许使用的标志。进入其他分厂也有严格的保密纪律，不允许与不相关的人说话。其次，照片与本人要完全对应，这中间要识别乔装改扮的可能性，即便警卫员面对的这张脸日复一日出现在他面前，如果没有工作证，依然进厂无望。就在警卫员仔细核对朱贵福身份时，朱贵福也大着胆子瞄了一眼这位不苟言笑的警卫员。跟朱贵福比，警卫员更加黑一些，尤其两个脸蛋子上敷了一团红色，后来朱贵福知道那叫高原红，是常年受强烈紫外线照射的原因造成的，这也是本地人的一个重要标志。

要知道，为了保护221基地的安全，基地驻扎了一个团的兵力，还有一个骑兵连和一个高炮旅。因为这里气候恶劣，怕招来的内地兵不适应，就从本地招。这些本地兵，从西宁集中后上了全封闭的军用卡车，拉着他们在草原上玩命地跑，转了三天三夜的圈以后，告诉他们目的地到了。此时的警卫员或许一个五公里越野就能跑回家看一趟阿爸阿妈，但是他全然不知道自己的家就在附近。顺利走进厂区，朱贵福松了一口气，不过等到下班走出厂区时，这样的检查流程还要再走一遍，同时还要查身上有没有带出多余的东西，比如一张图或者一些可疑的笔记。按照基地保密要求，不知道的不问，知道的不说，更不能乱抄乱记。保密，在221基地，有着绝对崇高的地位。据说，1945年美国副总统杜鲁门接任美国总统，上任之后才被告知，美国有十万人在秘密研制核武器，堂堂副总统都被瞒得死死的，保密的必要性便可想而知了。

有了主任的贪夜探访和那一床棉被的温暖，四分厂在朱贵福眼里已经是半个家了。到四分厂后，朱贵福被分到407车间，从事热力工程自动化工作。不管学校学的是什么，跟实际操作比，差距还是很大。尽快成长起来，在朱贵福这里成了最要紧的事。父母一再在信中嘱咐，一定要做一个有眼色的徒弟，俗话说教会徒弟饿死师傅，师傅教徒弟就是在砸自己的饭碗，所以要尽心尽力地讨好师傅、伺候师傅，才能获得师傅的青睐，受了委屈也不能挂在脸上。父母是从旧社会走过来的人，经常听说传统手艺人家的学徒如何在师傅家里当牛做马还得不到真传的事儿，比如厨师的徒弟，当了三年学徒只能烧火，而且烧火的时候绝对不能抬头看灶台，一抬头，师傅便拿铁勺子敲徒弟的脑袋。在四分厂，完全不是这样，朱贵福须臾不离师傅左右，就是为了多听多看，师傅反复耐心地教朱贵福。于公，尽快让朱贵福成长为技术骨干就是基地对师傅的要求，于私，朱贵福成长起来成了自己的左右手，自己也能缓口气。朱贵福是幸运的，师傅待他就像亲人一般和煦，再加上朱贵福天资聪颖敏而好学，师傅不仅不觉得朱贵福累赘，反而觉得自己有福气摊上了一个好上手的徒弟。很快，朱贵福成了一个熟练工，各种操作不在话下。朱贵福非常明白，自己是国家养的，而国家需要近在眼前，自己所在的地方担负着神秘而光荣的使命，自己作为基地的一员，自然担负着神圣的责任。堂堂一个科研单位，如果断了电，那后果可不是燃起两根蜡烛所能比的，别说不能断供，就是电压稍微不稳就有可能造成巨大的国有资产损失，这是师傅在操作时多次向他发出的警戒。

师傅总说："咱们这个地儿可跟外头不一样，这些机器，都是国家勒紧裤腰带配置的。咱们这里的人，都是精挑细选过来的，政审有瑕疵不行，吃不得苦不行，脑袋不灵光也不行。最好的技术工人最好的机器难道就仅仅是完成任务就行了么？不，要绝对高质量完成任务，不允许有一丝一毫的差错。三年自然灾害的时候，眼看着厂子就要下马了，是周总理亲自关怀我们，从各大军区抠出的军粮，是青海省拿出最好的牛羊肉，才让基地活了下来。国家把我们当成独生子一样疼着爱着，全国人民支援着，可不是让我们来享福的，基地上哪一个人不是咬着牙恨不得把看家的本领拿出来报效国家！咱们四分厂不能落在七个分厂后头，咱们班不能落在四分厂后头，咱们爷俩，不能落在班后头，懂吗？"

师傅的话，总能轻易地让朱贵福热血沸腾。父亲给他讲的受洋人折辱的故事和对国家强大的期待，早就根植在朱贵福的血肉里。他恍惚记得，新中国成立的那一刻，父亲搂着他泪流满面，母亲将家里所有的余钱都拿出来置办了一顿比过年还要奢侈的晚饭。有国才有家，国破家必亡，守护家最好的方式，就是守国。朱贵福小小的身躯里，总是蕴含了无穷无尽的力量，无论是加班加点工作，还是集体劳动卸煤、挖防空洞电缆沟，他总是乐呵呵地跑在最前头。在基地那么多年，前后换了好几个工种，他始终把自己摆在学徒的位置上，干一行爱一行，从来不挑肥拣瘦，看着国家一天天强大，他心里早就乐开了花。

闲暇时间，朱贵福经常去的地方就是图书馆，图书馆藏书量虽然不大，但是技术方面的期刊更新很快，朱贵福见了总要认真翻阅，遇到跟自己的工作沾边的，都要细细研读。再一个地方，就是电影院，在基地，男女比例失衡，遇到成双成对去看电影的恋人，朱贵福也只有艳羡的份儿，所有的女同学都被重点大学的毕业生"抢走了"，靠自己解决不了的问题，只好丢给了父母，还好，父母很快就在老家给他物色了一个相亲对象，要他抽空回家一趟。

相亲，对未婚妻政审，结婚，一切都很顺利。在王蒙的作品《笑春风》里，讲过十八九岁的高中生被父母包办婚姻的故事，男主人公因为父母剥夺了自己的恋爱自由而愤懑不已。离开家去外地工作以后，在条件允许的情况下也拒绝将妻儿接到自己身边。即便不是包办婚姻，潦草的相亲便决定了自己的婚姻似乎也有点被剥夺了恋爱的权利，在浪漫的爱情小说和电影院里积攒的对爱情的憧憬即将灰飞烟灭了，朱贵福是不是也会有点遗憾？朱贵福没有这样想过，在国家利益、集体利益面前，个人永远是小我，他说只要妻子能够支持他在青海继续工作，能够和他一样有共同的爱国信仰，相互扶持共同生活一生一世就是最浪漫、最幸福的事。

朱贵福的妻子叫王玉兰，在上海纺织厂工作。两个女儿相继出生后，基地政策有了变动，他可以申请调动妻子到基地来上班。别说从上海调到青海工作了，基地上有些女眷来看了看丈夫工作的地方以后，回去就和丈夫提出了离婚。如果不是对丈夫的爱恋，如果不是和朱贵福一样拥有报国之志，这位大上海的王玉兰，怎么可能选择青海，选择陪伴在丈夫身边。所有人都很羡慕朱贵福有这样的贤妻。等王玉兰到了四分厂之后，大家又看到了一位兢兢业业、吃苦耐劳的四分厂工人王玉兰。尽管做了这样的让步，朱贵福的小家依旧没有团圆，两个女儿在上海由老人抚养。这对于朱贵福夫妇来说，也是不得已而为之的事情。青海毕竟属于高寒高海拔地区，于孩童的健康成长很不利，再一个就是这里相较于上海的教学环境非常落后。在党中央的特批下，基地职工子女可在所属地落户上学。出于这两点考虑，夫妻俩忍痛让两个女儿在上海做起了留守儿童。朱贵福还有一个哥哥、一个姐姐和一个妹妹，他的哥哥也被许给了国家，没能在老人跟前尽孝。姐姐和妹妹对两兄弟的苦衷非常的宽宏和大度，积极承担起了赡养老人的所有责任和义务，直到双亲去世。朱贵福经常想，自己不好名不好利，名字里却有个贵有个福，转念一想，自己有热爱的事业，有如此通情达理的家人，难道不是又贵又福的表现么？

在亲人的支持下，在师傅的谆谆教导之下，朱贵福在四分厂的工作如鱼得水，始终有用不完的精神头。1969年9月的一天，25岁的朱贵福终于如愿以偿地加入了中国共产党。党员身份意味着自己被赋予了一个新的生命，他可以更直接地感受到党的感召，更直接地接受党的领导。没有共产党就没有新中国，新中国让老百姓扬眉吐气脊梁挺立，作为一名党员，他将拿出更高的标准来要求自己，一辈子跟党走听党话。就这样，从班员到班长，从班长到车间副主任,从车间副主任到车间主任,从车间主任到四分厂劳动人事科科长,他一步一个脚印,一点点拓宽自己的视野,积蓄更多的能量。国家已经将他的心胸撑得足够宽大,足以支撑他克服工作上的所有困难。

退休以后的朱贵福,回到了上海,在青海在四分厂工作的经历,是他一生取之不尽、用之不竭的精神信仰。爱人王玉兰过早地先他而去,朱贵福说这是他一生最大的遗憾。夫妻二人唯一盼着的就是一家团聚,也盼望着好好地相濡以沫,两鬓斑白的朱贵福聊起妻子总是一脸的幸福和怜爱。她不仅和自己一起完成了报国之志,还给了自己两个懂事乖巧的女儿。朱贵福最无悔的事,是一次次依靠着自力更生艰苦奋斗的精神完成了组织上交代的任务,兑现了父母当年以子许国的承诺,自己也实现了自己的人生价值。最感恩的,莫过于国家始终没有忘记自己,如今的老年生活衣食无忧,尤其是祖国的繁荣昌盛让每一个中国人都充满了民族自豪感,昔日的阴霾一扫而空,一想到这些,朱贵福的脸上就挂满了笑容。

朱贵福今年已经77岁了,国网青海电力公司"两弹一星·电力传承"采访组找到他的家时,他热情地开门迎接,独居的他将房间收拾得井井有条,

一块儿白色写字板挂在门口的墙上，写字板的右上角贴着一面五星红旗。他不喜欢谈论自己，采访期间像个总导演一样不断把镜头推给旁人，谈被迁走的牧民，谈兢兢业业的师傅，谈全国对二二一厂的支援,要么将自己一笔带过，要么反反复复将自己描述成为一个受益者，让采访者一次次靠着并不娴熟的采访技巧回到他本身，这个过程就像一场博弈。易卜生说，人最大的利己主义就是要把自己锻炼成器。器物，从某种角度上来说没有思想，但是有存在的价值，成器之后就等于放下了自己，也在那一瞬间成就了自己。而把自己锻造成器的朱贵福以及二二一厂所有的工作者们，淡定从容、不彷徨、不焦虑、不懈怠、不抱怨的原因，就在这里。

袁宝福
我就是一个钳工

人物简介：袁宝福，男，上海人，群众。1937年1月14日出生。1952年在上海参加工作。1959年调到221基地，一直在四分厂403锅炉车间工作，1985年12月退休。现居上海。

采访时间：2021年5月29日下午

采访地点：上海市浦东新区花木路500弄132号102室袁宝福家中

上海浦东新区有个花木苑小区，在世纪公园西南方向，袁宝福和老伴就居住在这里。2021年5月29日下午，我们一行数人前往他家采访。八十多岁的老人对原221基地的工作和生活的回忆如数家珍，尤其对解放初期的工资收入能精确到几分钱，记忆力真的是好。

中国的南方，年轻人就业素有不学技术就学做买卖的习俗，尤以江浙地区为甚。再加上"家有钱财万贯，不如薄技在身"传统文化的熏陶，年纪轻轻的袁宝福决定学门手艺。1952年的时候，袁宝福的亲戚家开了一个做天平的小工厂，袁宝福在那里做学徒，干了3个月小厂关门歇业。

没有办法，只好回家。师兄将袁宝福招收到自己的水平仪部件加工厂来工作。这个厂子主要负责水平仪上游产品，生产水平仪中的水泡。后来师兄不干这项工作了,推荐袁宝福到一家厂子专门做水平仪。过了一段时间,袁宝福想艺多不压身,还得再学门技术,想来想去,觉得钳工不错,就给师兄说:"你给我找一个钳工师傅,我教他做水平仪,我向他学钳工。"年轻的袁宝福脑子好使,在水平仪厂学了两年半钳工,钳工的錾削、锉削、锯切、划线、钻削、铰削、攻丝和套丝、刮削、研磨、矫正、弯曲和铆接等活儿都不在话下。袁宝福是在俊芳工艺社(是两个老板各取自己名字的一个字)参加的工作。1956年"公私合营",三个厂合并在一起。

1959年初春的一天,师兄给袁宝福说青海有个保密厂要招人,工资待遇不错,就是那地方艰苦一点,你想不想去?袁宝福正在犹豫之际,工作调动的通知就下来了。师兄是无线电学校毕业的,也和他一起去青海,干的是车工。到了221基地,鉴于袁宝福的工作技能,厂里按照国家政策规定,给袁宝福定了4级钳工。在当时四分厂的钳工师傅里面,袁宝福的钳工基础知识比较全面,技能也是相当扎实、过硬。袁宝福当年的月工资是69.06元,师兄是70多块钱。

袁宝福记得很清楚,他是1959年3月22日坐火车先到的兰州。兰州到西宁通火车是1959年年底的事。在兰州待了12天,欣赏了小西湖、白塔山等景区的风景。4月4日到青海,先在西宁机械厂上班。12月份回家探亲,回来不久就到了221基地四分厂403车间。干过电厂安装、锅炉检修等工作,然后从事自己的老本行钳工,一直干到退休。和其他招工入职进厂的人不一样的是,袁宝福是二机部以工作调动的形式进入221基地的。他当时已经是有7年工龄的老工人了。

袁宝福刚到基地时,221基地刚刚起步建设不久,没有宿舍,先是住自己亲自盖的"干打垒"、土房子,八个人住在一起。晚上睡觉盖着大衣都感到冷。后来住帐篷,再后来才住进楼房。没有自来水,自己挑水吃。厂里安排啥就干啥,挖电缆沟、防空洞这些工作他都干过。这都没有啥,正是身强力壮的时候,也感觉不到高海拔的影响。只有在冻土上挖电缆沟抡大锤时才感觉到心跳气短。当时是柴油机发电,袁宝福全程参加了小电厂、大电厂的基础建设和设备安装。小电厂投运后机器设备也不是太好,机组轴承运行时会冒黑烟。机组检修的任务非常重,有大修、中修以及临时故障处理,基本是一星期检修一次。直到安装公司把12000千瓦的机组安装调试好以后,221基地的供电、供热、供水条件才好了许多，大家的工作生活条件得到了改善。据袁宝福回忆，那时的锅炉车间一个班有二十多人，最多的时候有一百多人。

三年困难时期是221基地最艰苦的时期，工作和生活条件比较艰苦。袁宝福和其他人一样，吃不饱，主食主要是玉米、青稞等杂粮，没有蔬菜吃，喝的是酱油熬的汤。好一点的时候能吃到咸菜，咸菜里面还有虫子。于是他们自己开荒种地，种一些土豆、油菜等。那时候食用油少，收获的油菜籽可以解决吃油的困难。到1964年时，生活条件得到了改善，菜呀、肉呀，开始正常供应，大家也能吃饱了。

袁宝福说，当时想家的时候就写封信。基本上是一月一封信，遇到急事就在厂部的分机通过几次转接给家里打电话，其实也没有什么急事。当时的月工资是77元，在基地，除伙食费之外，基本没地方可花，每月要给家里寄几十块钱贴补家用。而家里人牵挂他，有时会寄来鱼干和特产。

在基地，工作之余也没地方可去，晚上没有事情就打扑克，借此消磨时光。每个星期能看一场露天电影。有一次他们抓了一只小狼，把它关在房子里，半夜的时候老狼在外面嚎叫，就把小狼放了。有时候把水泥袋子拆下来，做成网捞湟鱼，捞的鱼大的有一斤多重。有时候还去抓狐狸。人生一辈子，苦乐年华，袁宝福都经历过。在基地的那些岁月，大家都一样乐观、一样单纯，这是他唯一无法忘怀的日子。他的工作经历极其平凡，没有什么惊天动地的事迹，但工作中也没有出过大的差错，日子像树叶一样稠密，袁宝福渐渐老去。

袁宝福是家里的老大，有一个弟弟、两个妹妹。他的爱人也是农民。他的三个孩子在老家就像栽在地里的树苗那样，没有承受过父爱的关照，转眼间长大成人。最大的孩子属猪，1959年生；最小的属羊，1967年生。老父亲去世时，袁宝福赶到家里，送老人最后一程。老母亲1990年去世，当时袁宝福已经退休在原籍定居。他有三个徒弟，一个出车祸去世了，一个被安置在西宁，一个在江阴，叫吕钦祥。

"国家对我们很好。我刚退休时工资才拿100多块钱，现在的退休工资都7600多块钱呢！我这一辈子没有什么遗憾。"这是分别之际袁宝福老人给我们说的话。在所有人的采访中，袁宝福是笑声最多的一位老人，几乎是说一句笑一声。能感受得到，他的笑发自肺腑，没有世俗的客套。奉献，牺牲，使命担当，不矫情，不煽情，是那个时代的特征。这些品质在袁宝福的身上至今还闪耀着璀璨的光芒。

  袁宝福老人不知道现在比较流行的词叫大国重器、大国工匠，他其实就是一位大国工匠。想想看，原子弹、氢弹就是大国重器，制造核武器的技术工人难道不是大国工匠吗？我说，老人家您就是一位大国工匠啊。他摇着手说，我是哪门子大国工匠，我就是一个钳工！

张家港篇

钱玉英
道路艰辛可我不曾掉队

人物简介：钱玉英，汉族，出生于1937年，江苏省苏州市人。1955年6月参加工作，上海机械局二十二工程处工人。1959年12月，调到青海221基地工作。分配到四分厂检修车间，检修班电缆工。1983年4月入党。1985年9月退休。现居江苏省张家港市。

采访时间：2021年6月1日上午

采访地点：江苏省张家港市杨舍镇东莱村套北小区钱玉英家

一切过去了的都会变成亲切的怀念。

——普希金

雨季如期而至

黏稠的梅雨季节在上海如期而至。采访组落地上海之后，在机场马不停蹄地联系核工业二二一离退休人员管理局上海管理处崔晓敏科长。为了方便沟通，我们住在了距离管理处只有600米的橘子水晶酒店。办完入住手续后，我们来到沪办大厦与崔科长沟通采访事宜。给我们提供采访对象联系方式的时候，崔科长特别交代："钱玉英上了年纪而且身体不好，跟着儿子一起生活。儿子走到哪里都把母亲带到哪里，上班带着、开会带着、吃饭带着……"如此说来，要想联系钱玉英，就必须先要联系她儿子。哦，这该是怎样慈祥的母亲和孝顺的儿子啊。对于这位老人的采访，我们既充满了期盼和向往，内心也略有担忧，老人还能不能接受采访？她的儿子是否愿意让我们采访？但联系到老人的儿子张晏龙后，我们的担忧显得有些多余。他在电话里说："你们是来自第二故乡的人，妈妈在那边工作生活了半辈子，我很支持妈妈的故事被更多的人了解，只要能让妈妈开心，我都会全力配合。欢迎你们来张家港我的家！"

5月31日下午，结束了在上海为期六天的采访。离开位于上海市虹口区曲阳路721号的橘子水晶酒店时，中山北一路高架桥上密集疾驰的车流，形成城市街道上疾走的风景。六天的采访工作瞬息而过。在上海市浦东新区西营路114弄、杨浦区国和路605弄、浦东新区花木路500弄见到的谢仲铨、徐爱侬、殷应赓、索桂芝、陆玲芳、朱贵福、袁宝福等原二二一厂四分厂七位老电工，他们的形象和他们的事迹，时时刻刻萦绕在我们脑海里。在他们回忆的每一段鲜活故事里，我们无异于接受了一遍遍思想的净化和洗礼。整理采访稿、整理录音、交换采访心得，成为我们采访组成员这些日子唯一的话题。

抵达张家港市已是太阳西斜，临近傍晚的张家港市郊，有些微凉的风吹动着路边的树叶哗哗地响。一切均以便于开展采访为主，我们居住的酒店离钱玉英老人的住所不远，以节省路途或堵车可能耗费的时间。这时，橘红的晚霞映照着远处鳞次栉比的高楼，一群鸟雀在天空中划着优美的弧线盘旋飞翔，在西天的微光中形成移动的黑色剪影，消失在天际处。

6月1日早晨，在两公里之外的张家港市杨舍镇东莱村套北小区，我们见到了钱玉英和她的儿子张晏龙。这是一栋二层的小楼，有些陈旧。小楼由青灰的院墙围起来，院墙正面墙壁上有镂空的窗户，可以看到院里的景色。院门口，一口长满青苔的老井，井水清澈见底。眼前的一切均似淡雅的江南水墨画，怎么也不能和西北的荒山大漠联系到一起。可谁知道住在这休闲居所里的钱玉英老人，大半生的时间是在青海海北金银滩草原上度过的。

房间里设施简陋，一组老旧的布艺沙发，一把竹条编制的藤椅。窗前是一张褪色的红漆方桌。里屋白色帷帐的床铺干净整洁，床边木几上摆放着的一张儿孙满堂的全家福照片犹显温馨。极简但洁净的陈设，让我们感受到了这位江南老人的干净利落。

开始对钱玉英老人采访时，透过树影的光线，洒照在房间的堂屋正厅里。85岁高龄的钱玉英老人坐在竹条藤椅上，昔日的年华似水如烟。老人家的思绪走向20世纪50年代，青春岁月里的欢喜、忧伤、理想、荣誉，历经半个多世纪的流转，今天又是昔日重来。

时代使命的召唤

1937年，钱玉英出生在江苏省苏州市鹿苑镇马嘶桥的一个村庄里。钱玉英出生时，为躲避战乱，父亲挈妇将雏逃难至东莱镇留驻下来。父亲在东莱镇做铜匠手艺，母亲务农，维持一家人的生活。钱家有五个孩子，钱玉英排行老大，三个妹妹、一个弟弟，一家人的生活过得拮据而艰辛。钱玉英开始懂事时，已是"猎猎红旗映大地，换了人间"。

1952年5月，上海机械局招工，江苏省苏州市东莱镇22岁的青年张晔报名参加，成为机械局的一名工人。不久，在村里热心人的牵线下，张晔娶了钱家大姑娘钱玉英为妻。三年后，机械局工程处人员紧缺，张晔建议妻子报名参加。经过资格审查和就职前培训，钱玉英正式成为上海机械局二十二工程处的一名工人。1958年，上海机械局下放到山东济南，单位的业务以电气、机组安装为主。1959年初，上级领导到济南电业局抽查工作，提取了张晔等一部分技能水平好的职工档案资料。经过严格审查以后，张晔被调入221基地工作。同期，济南电业局共计一百多名技术过硬的员工，与张晔一起成为青海221基地光荣的一员。鸿鹄展翅，志在四方。不做房檐下的宿鸟，披风沥雨、胸怀壮志搏击长空，在辽阔宽广的天地间振翅翱翔，是他们梦寐以求的人生梦想。无悔的青春，在时代使命的召唤下从祖国的四面八方启程，奔赴西北的风霜雪雨，他们擎起时代的旗帜，在风云激荡的时间长河里成长，即便伴随一路的坎坷，却始终不忘唱着激扬的歌谣，致敬无悔的青春。

在草原上的第一个早晨

半年时间,张晔只给家里写过两封信,每封信只有短短几行。钱玉英只知道丈夫在青海,但不知道他工作的具体内容。她思念远方丈夫,想和丈夫一起工作,就贸然给他写信:"你能不能给单位打个报告,将我也调到你们那边去。"

巧的是,当时的221基地处于建厂初期,正在全国各地招工,这与钱玉英的想法不谋而合,她的调动手续时间不长就办好了。

1959年12月,钱玉英只身上路,开始了青海之行。路途异常辛苦。汽车转火车、火车倒汽车。寒冬腊月,钱玉英背着行李辗转在车站与车站之间,经历了五天五夜120多个小时后,才到了西宁。与大多数人的回忆一样,钱玉英也是在西宁"小楼"报到的。当时有许多没有工作经历的人,被安排到其他厂里参加上岗前培训。而已经工作了几年的钱玉英没有停留,到达西宁的当天,乘坐了一辆门徽是一个五角星的绿色卡车到了基地。就在钱玉英到达草原的前夕,一场大雪降临。12月的草原之夜,凄冷的月光映照着白茫茫的雪原,显得有些苍凉。南方长大的钱玉英,第一次见到快要没过膝盖的积雪,有些好奇,有些兴奋。

当时厂里只有男职工。第一次分来了女同志,这也太突然了,厂里没有准备,就暂时把她安排到男职工宿舍。由于海拔的升高,略有高原反应和路途劳累的钱玉英,一到驻地倒头便睡。第二天起床以后见不到水,没法洗脸、刷牙,也见不到丈夫来迎接自己。钱玉英突然想不通,自己为何要远离家乡,到这样艰苦的地方来工作?想着想着就放声哭了。曾和丈夫一起工作过的原东北二十三工程处的侯万喜笑话她说:"那么大一个姑娘家的,哭什么呀?"听了钱玉英难过的缘由,侯万喜跑到食堂,要来了一盆水,让钱玉英刷牙、洗脸。这就是四分厂第一位女职工在221基地度过的第一个早晨。

周总理批准建立的电厂

厂部的建设早已启动。钱玉英到四分厂时,正赶上柴油发电机的安装。

厂里本来先让钱玉英休整几天，适应环境。但她看到每天早出晚归的人们，实在是坐不住，到厂里的第二天就申请上岗工作，迅速投入到柴油发电机的安装工作中。钱玉英的想法很单纯，只要柴油发电机发电了，就能电动抽水了，有了水就能吃到发面馒头，也能刷牙洗脸了。有了电，基本生活也就得到保障了。

1960年春天，第一台220千瓦的柴油发电机安装完毕，开始发电，整个基地因此动起来了，明亮起来了，活跃起来了！就像一条冰封已久的河流，电来了，春天也来了，冰河解冻，万物复苏。但时间不长，新的问题来了，随着大规模建设项目的上马，柴油发电机远远不能满足供电的要求。大电厂建设提上日程，很快就开始施工建设。但建着建着，又一个问题来了，由于柴油发电机功率太小，根本没办法为大电厂的施工提供足够的动力。1961年经周恩来总理批准，开始建设小电厂。这期间还调来了两组列车发电机，支援小电厂建设。经过一年的奋战，容量为1.5万千瓦的小型火力发电厂终于启动运行，大电厂也得以续建。据钱玉英回忆，大电厂的安装工程主要由山东军工负责。这是"大力协同"精神的真实体现。大电厂投运之前，列车机组与小电厂互为备用。两年多的时间里，221基地的干部职工铆足了劲儿，夜以继日，栉风沐雨，终于迎来大电厂启动发电这个令人激动不已的喜庆时刻。

而煤是电厂的"粮食"。大电厂发电之后，每天都有数千吨的燃煤运到电厂。当时没有专职的卸煤人员，也没有固定的卸煤时间。常常是看煤车到厂的时间，白天到白天卸，晚上到晚上卸。当拉煤的火车驶入厂区，无论是谁，都会放下手头的工作，一起上阵，集体卸煤，最多的时候有两百多人，在煤场形成局部的大会战。有一段时间，钱玉英白天安装调试机器，晚上卸煤运煤是常有的事。钱玉英从小爱干净，但在煤场，她也顾不了那么多。有时她从煤场归来，浑身上下被煤灰覆盖，丈夫只能看见她转动的眼珠和张嘴呼吸时露出的白牙，而她满不在乎。基地分布在一千多平方公里的土地上，漫长的冬天，大风无休无止刮过。雪山耸立、苍鹰盘旋，从祖国四面八方到来的建设者们，在这片热血沸腾的原野上，开拓一片新天地。修房子、修铁路、修公路、修电厂，直至形成具有生产功能、科研条件的单位体系。在这个以数字命名的神秘厂区，正是无数钱玉英们，满怀信心，肩负使命，共同推进着一项神秘而伟大的工程。

不该忘却的记忆

  1958 至 1959 年，是 221 基地最艰苦的一段时期，生活设施跟不上，许多人住在帐篷里和"干打垒"中。两三个月不洗一次澡。钱玉英到 221 基地之初，还参与修建过"干打垒"。她问采访组在场的姑娘们："你们没见过'干打垒'吧？"大家面面相觑，一脸茫然。"干打垒"其实是一种简易的筑墙方式，在两块固定的木板中间填入黏土，并逐层夯筑，到达预定的高度，然后拆除固定的夹板。而钱玉英所说的"干打垒"是将地挖下去用来做墙，上面用条子盖顶，把原先帐篷的布苫在上面，再用水泥抹一抹，这样一个房子就盖好了。钱玉英的爱人是班长，有一段时间，他带领自己的班修建"干打垒"，成为基地"专业"的"干打垒"基建队。而盖顶用的条子是草原灌木的枝干。当年，身体弱小的钱玉英跟着一大帮男职工上山打条子，背着比她高出一截的一大捆条子，常常要翻好几座山。也许，她背着条子，在翻越山冈的途中，还会看见脚下盛开的金露梅和银露梅。哦，所有的花儿都会芬芳吐蕊，无论在江南水乡还是戈壁草原，那些花事，小草清点过，雨点清点过，还有阳光和岁月也清点过，如同房屋前后的风铃，它总把风的压力留给自己，把活力欢快交给风，捎给故乡、捎给远方。

  1959 年 6 月，苏联单方面撕毁合同，撤走援助中国的专家，想掐住中国国防建设的脖子。那时，二号机组的安装图纸和说明书都被带走了。基地工程推进滞缓，大家肩上的担子更重了。一切又要从零开始了。钱玉英至今仍记得当时的沉重氛围，经常有领导来到车间为大家鼓劲打气："苏联专家走了，我们是有困难，但为了国家，我们都要咬紧牙关，搭上老本，也要干出个样子来。"架设线路时，钱玉英爱人张晔带着他的两个徒弟，成天在草原上挖坑、扛杆、埋杆。当时生活困难，吃不上饱饭，干的又是体力活，整个人瘦成皮包骨头。看见日益消瘦的爱人，钱玉英看在眼里疼在心里，于是和爱人商量，让他请假休息两天，但张晔坚决拒绝："苏联掐我们的脖子，我们肩上的担子重。我们现在是白手起家，啥也没有，等不得啊！"谁能忘记，正是因为有了默默无闻、在荒漠草原历时几十个春秋隐姓埋名的张晔、钱玉英们，他们像水滴一样，点滴汇聚，最终形成澎湃的江河，形成滔滔的力量和波澜壮阔的奔腾，才有了祖国的繁荣昌盛和挺起的脊梁。

电厂建设期间，正值三年困难时期，大家干的都是体力活，但上顿杂面，下顿野菜，根本吃不饱肚子。有一段时间，杂面和野菜的量也不够了，人们普遍出现浮肿。饥饿像瘟疫一样，笼罩在221基地的上空。大家和全国人民一道，经历着艰难困苦的考验。据钱玉英回忆，白天干活回来，她去食堂附近捡下水道里冲出来的豆子和羊骨头。她把捡回来的羊骨头放到炉子上烤，烤完之后加上水，放上豆子煮，再把"羊骨豆子汤"分给同事们喝。每天同事们最期待就是那碗羊汤，大家咕噜咕噜喝完才去睡觉。有时候到了半夜，饿得心里发慌，钱玉英就在大锅里放上半锅水，撮一小把青稞面放进去，搅拌搅拌盛出来，和张晔每人喝一大碗，把肚子撑饱了再睡。这情况很快被周总理知道了，从东北等其他省，调来黄豆、花生等，还有一些生活用品，改善大家的生活。钱玉英回顾往事时说："三年困难时期，中央领导说，就是砸锅卖铁、穷得当掉裤子也不能让221基地的人饿肚子。整个国家都在关心着我们，全国人民省吃俭用、节衣缩食援助基地。如果说我们221基地曾经的建设者不能忘记，那么全国人民的贡献也不能忘记，金银滩草原的牧民，他们的贡献也不能忘记。"在钱玉英看来，"两弹一星"的成就属于国家，是全国人民凝心聚力、众志成城的奉献，铸就了"两弹一星"的丰碑，个人的付出不算什么，个人的牺牲和奉献是微不足道的，只是一个很小很小的点。

1964年，临近第一颗原子弹试验时，钱玉英的爱人整天带着人去挖防空洞，就是我们在电影《上甘岭》中看到的猫耳洞，每个猫耳洞里能容下一个人。那时没有机械作业，防空洞都是他们一锹一锹挖出来的，每个人手上都打满了老茧。当时厂里的气氛也很紧张，成立了救护队、抢修队、掩护队。电厂一旦被偷袭，整个基地就有可能瘫痪，所以保护电厂是重中之重。钱玉英被分配到了抢修队，张晔分到了掩护队。掩护队的任务是，用一面是红布，另一面是黑布的帘子，把所有屋里的灯光遮起来，防止空中侦察的敌机发现电厂的位置。毛巾、干粮、背包等都放在显眼和顺手能摸到的位置，听到警报声，大家迅速背起东西和孩子，撤到指定的防空洞。苏联参与过基地定十考察，知道基地的位置，这给当时的防空工作带来很大的压力。为此，还闹出了不少笑话。注意力高度集中的年轻妈妈们，把孩子放进背篓里，冲出地窝子，孩子从背篓里掉出去了，也没察觉。尽管如此，基地的研制工作一刻也没有停止过。这样的青春，该以怎样的笔触打开，才能体现它的高度、它的承载？这是积贫积弱的国家崛起在世界东方之前的细节和故事，是无论如何也不能、不该忘却的记忆！

堪称电缆专业的行家

钱玉英在原单位从事的是继电保护专业。当时申请调动工作，是张晔帮她填报的志愿，而张晔不太了解电力专业分工，随便填报了电缆专业。电缆专业非常辛苦，是不适合女性从事的职业。写到这个情节时，我还做了一个调查，目前，我所在的供电公司检修试验班没有一名女性从事电缆专业。后来张晔了解到电缆专业的工作性质，看着身材瘦小的妻子，向妻子建议，要不要去劳资科问问，还能不能修改专业。钱玉英急忙拦住说："哪个工种都一样，不要给组织添麻烦了。苦我不怕，累我也不怕。工作都是人干的，男人能干，我一样也能干。"

于是，钱玉英跟着师傅，从电缆沟打孔、放支架、敷设电缆学起，开始了自己的三年学徒期。打孔这项单调而枯燥的工作一做就是半年。而敷设电缆不仅是力气活儿，还有一些技巧在里面，对敷设角度、力度都有很高的要求。在敷设过程中太过用力，可能会损伤电缆内外部的绝缘层，如果用力太小，达不到敷设的角度。钱玉英通过不断尝试和练习才掌握了这个技能。学徒期满后，钱玉英被正式安排到线路上制作电缆。制作电缆头就像做外科手术一样，电压等级越高，要求精度也越高。电力电缆、通信电缆、二次电缆的制作都不同。制作过程中要有熟练的工艺，剥切尺寸，刀工用力，要求很严格。刚开始的时候，钱玉英要花半个月的时间才能完成一个10千伏单芯电缆头。三年之后，钱玉英能在两个小时内（除了注胶工序外，20世纪60年代制作老式的电缆头，注入绝缘胶后，等胶凝固过程需24小时），完成10千伏三芯电缆头的基本工序，其速度堪比如今男职工技术比武中的速度。从电缆敷设，到铺沙盖砖、高压试验、设立标识，整整学习了三年，钱玉英没有一项不会做。不限于本专业，每当人手缺少时，钱玉英还到车间上运行。那时候的职工，是真正的螺丝钉，哪里需要就到哪里去。除了电缆和电气专业，钱玉英还在顶班和临时安排的岗位上，努力钻研汽轮机、锅炉专业，渐渐地，她还能承担一些检修工作任务，将自己修炼成为电厂百科全书式的人物。

钱玉英的师傅叫刘连阁，他并没有因为钱玉英是女生而少让她干活。严师出高徒，钱玉英很快成了四分厂电缆专业的佼佼者。这样的重活、苦活、累活、技术活一干就是26年。电缆故障是经常会发生的事情。遇到检修，钱玉英和男职工一样，口袋里揣两个咸鸭蛋、两个馒头，军用水壶里灌上一壶热水，一走就是一天。六七月份已是夏天，但草原上一阵风、一阵雨。风雨交加时，仍冷得让人瑟瑟发抖，所以他们外出时，每次都要带着棉衣。太阳出来时脱掉棉衣，刮风下雨时又穿上棉衣，有时一个小时之内又脱又穿好几次。电工是一个大概念，电工还细分为低压、高压、试验、机械保护等。钱玉英属于低压电工。低压配电线路遍布在整个厂区，除四分厂外，还有一分厂、二分厂、三分厂、六分厂、七分厂，七厂试验场也有许多计量装置。电缆伸到哪里，钱玉英就会追随到哪里，可以说她跑遍了整个厂区。她曾到过二分厂炸药车间，查找电缆故障。也曾到过三分厂，排除原子弹零部件的安装计量装置故障。她几乎走遍了厂区的每个角落，一走就是26年！延伸在草原上的路那么艰辛、那么遥远、那么漫长，钱玉英可能还会哭。但她要说服自己继续走下去，走下去的理由是，在她逐渐坚定的人生信条中，绝不允许出现"逃兵"这样的词条。

从事电缆专业六七年后，钱玉英成为四分厂电缆专业的骨干和专家。连附近部队驻地发生电缆故障，首先想到的就是钱玉英，钱玉英成了抢修现场的灵魂人物。有一次，部队遇到电力故障。海拔3200米的草原上，早晚温差接近20摄氏度。钱玉英已经感冒两天了，在冰凉的草原上穿着厚厚的棉衣，登上离地十多米高构架时，一干就是一天。中午气温升高，衣服湿透了，也不能换，下午风雨交加，一会儿热、一会儿冷，钱玉英硬是撑到了抢修圆满结束。这期间，部队的首长时不时端着热水来看望钱玉英。工作终于干完了，首长拍着钱玉英的肩膀说："你是好样的！"钱玉英说："部队守护着国家，部队保卫着我们，我是一个电工，不赶紧通电，我还能心安理得么？"

二二一厂销号撤厂，钱玉英光荣退休，他们一家回到了老家张家港。儿子儿媳被安置到张家港电厂。有一次，电厂遇到技术难题，整整一周时间，当地的电缆专家都束手无策。儿媳张亚静想到了自己的婆婆，向电厂推荐了老人。钱玉英仅花了半天时间，就解决了技术难题。当时这件事情在张家港电厂引起了不小的轰动,后来东南电厂、城南电厂,还有一些钢厂,电缆方面遇到问题都会找钱玉英老人指导解决。1986年,当地政府决定在张家港港区码头到双塞小岛埋设江地电缆。当时全国还没有在水下铺设电缆的先例。掌握这种技术的人在当地很少,政府再次想到了钱玉英,将她请了出来,指导铺设这条电缆。

在事故中死里逃生

采访过程中,钱玉英老人手里拿着手绢,不断地擦拭眼睛,她不好意思地插话说,眼睛一直流泪,没办法,我还以为人老了也就爱流泪。但真实的情况是,这是在事故中留下的后遗症。

1960年2月,钱玉英在小电厂零号机发电机底下排除故障,制作电缆。现场使用的辅助工具喷灯出了故障。一起参与检修的刘连阁师傅修理喷灯的时候,不小心把喷灯的管子掰断了。喷灯燃烧的火焰方向正对着正在发电机底部制作电缆的钱玉英,连火带油剧烈喷出,在不足2立方米的周边,着起了大火,旁边的侯万喜师傅眼明手快,他以最快的速度,一脚朝喷灯踢过去,喷灯转了个方向又对准了侯万喜。车间里的其他人迅速用绝缘布盖灭了喷灯的火焰。钱玉英在发电机底下,被拉上来的时候,手上、胳膊上的皮都掉了。事故后,钱玉英和侯万喜师傅住在海晏县一区的医院里治疗。钱玉英还做了皮肤移植手术。艰苦的条件,衣服得不到及时换洗,都生了虱子。而厂部到医院没车,丈夫张晔每天从厂部出发,步行十三公里才能到医院照看钱玉英。钱玉英手臂和脸部受伤,只能吃一点流食。于是她把自己病号饭里的馒头攒起来,晾干后让张晔带回去给大伙儿吃。张晔将干馒头装到工具包里带回去切片,烤得金黄,分给大伙儿吃。

1976年7月的一天,钱玉英接到一项制作高压电缆头的任务。做高压电缆接头工艺同样很复杂。高压电缆为三芯。电缆分股后,祛除屏蔽层氧化物,用焊锡焊住线头,做好外护套密封。密封是为了防止电缆进水爆炸。正当准备浇铸电缆接头时,销熔铅锡的壶嘴堵死了,气体排不出去,壶内温度不断升高。导致沸腾的铅锡喷溅而出,喷到钱玉英的头部、脸部、手部,身上多处被烧伤。眼睛就是在那次事故中被烧伤的。那年9月,钱玉英还在住院,毛主席逝世的消息传来,她脸上的纱布都没有拆,就到厂区设立的吊唁堂去纪念毛主席。

时光中的眼泪从来不是偶然,哭过了还是选择坚强。二二一厂是共和国挺起脊梁的地方,这里没有柔弱的风情万种,即便是江南的绒花也将会历练出玫瑰般的铿锵。

生长在海晏的孩子们

1960年,钱玉英的大儿子张晏龙出生了。钱玉英记得,生下孩子24天时,放到奶妈家寄养,她就离开张家港前往基地上班了。直到3岁时,晏龙才回到母亲身边。略大些的晏龙放在托儿所里,每到周末,才能接回来一次。在各自工作岗位上挑大梁的张晔和钱玉英,一边工作,一边照顾孩子,生活忙碌而辛苦。有时候操心不到,孩子患感冒,咳嗽、发烧。钱玉英又心痛又着急,想把张家港的母亲叫到海北来,帮忙照顾孩子。但又怕老人难以适应高原缺氧寒冷的气候,就咬着牙自己撑着。

1962年,晏龙的弟弟晏明出生了。遇到夜晚抢修的日子,她就把晏明包裹好,带到厂房里,放在椅子上。她对着婴儿说:"你在这儿乖乖躺着,等妈妈把活干完了,我就带你回家。"孩子再哭再嚎也没有用,直到哭累后睡着了。抢修过后她才将脸上挂着泪痕的孩子抱回家。这种日子持续了一年半,才将孩子放到了托儿所,可托儿所每周才能见到一次孩子。晏明刚去托儿所时,钱玉英工作结束后,下意识地会跑到托儿所去看他,每当这时,钱玉英会因想念孩子而偷偷抹泪。据张晏龙回忆,他小的时候都想不起父母长什么样。

张晔在线路上,钱玉英在检修上,两个人的工作一直处于异常忙碌的状态。常常是分头往故障点上跑,各自处理故障。张晔是电气车间主任,负责车间四五十个人的工作调配,工作涉及面广。人员紧张时,他就自己顶上去。那时候,干部和职工基本上没有什么区别,只不过干部的工作经验更多一些,能力更强一些,肩头的责任更大一些,担子更重一些。当两人同时出工时,只有将孩子丢在家里。孩子倒是很快乐,像草原上一边吃草一边撒欢的羊儿。有时出工,少则十天半月,多则一个月,孩子就只好托付给邻居或同事了。有时同事也要出工,就将晏龙、晏明和自己的孩子转托给另外的邻居或同事。基地的孩子们就是这样,今天在东家吃饭,明天在西家吃饭,转眼间,他们吃着百家饭在托付和再托付中长大了。

1967年,钱玉英最小的儿子张晏斌出生。张晔、钱玉英两人实在照顾不过来这么多孩子,就将晏斌寄养在沈阳的舅舅家,直到上完小学后,他才回到了父母亲的身边。

1978年7月,乖巧懂事的张晏明回老家看望爷爷奶奶,回到基地后患了感冒,身体出现不适,反复发烧。钱玉英以为是正常感冒,没太在意。每次发烧就到厂医谢仲铨那里抓点药吃,时间长了,谢仲铨觉得孩子发烧没那么简单,就让孩子住院观察,多次检查后,发现孩子得了一种罕见的心脏病。经过两周治疗,病情依旧不见好转,甚至收到了病危通知书。孩子胸闷气短,喘不上气来,厂医院决定连夜将孩子护送到西宁市第二人民医院。住院期间,怕他们夫妇身体吃不消,西宁办事处的同事轮流值班照顾孩子。在西宁治疗了一段时间,又接到了第二张病危通知书,这个消息如晴天霹雳一样砸在了他们夫妇的头上。在医生的建议下,他们决定带孩子去北京看病。这个消息很快在厂里传开了,同事姐妹们连夜给他们准备路途上的吃喝用品,还有一位姐妹流着眼泪,给孩子做了全套的新衣服。怕他挨不到北京,如果在路上没了,连一件新衣服都没有。在北京阜外医院,晏明接受了当时最好的治疗。因为病情太急,依旧没有留住年少的生命,生命永远定格在即将到来的18岁。

孩子的意外离世,揪碎了钱玉英和丈夫的心。直到现在提起晏明时,老人依旧泪水涟涟,但老人说得最多的,还是孩子去世前后同事们的帮助和支撑。在人生的低谷,就是这些深厚的情义让钱玉英和张晔感受到兄弟姐妹般的温暖和关怀,让他们一步步走出悲伤。"我总是在想,草原上一起共过事的人们为啥都那么好呢?他们彼此不是亲人,胜似亲人。有人说草原上感动人心的故事,写出来就是二二一厂一部最美的长诗。我就开玩笑说,长诗里也有我的一部分。你看今天,不是就有你们这么多同志来写了吗?"钱玉英抹去眼角的泪,捋一捋饱经沧桑的白发,笑着说:"二二一厂的故事三天三夜也讲不完啊。"是啊,实现国家富强、国泰民安的愿望,不是豪言壮语,是热血丹心。

它是骨子里的基因，生命里的自觉，是最质朴的情怀，是横戈跃马、披荆斩棘的胆识和勇武，是几代人的青春年华和无怨无悔。在他们的身上，家与国的命运早已紧密相连。而所有的付出和汗水，在1964年10月16日新疆罗布泊的一声巨响中，化成基地最有力量、最震撼人心的呐喊与欢呼。

子欲养而亲不待

光明映照着征途，张晔、钱玉英夫妇时刻铭记心头的嘱托、肩上的责任。崇高的使命和生命联系在一起，这种力量根植于生命的自觉，他们始终向着光明前行。直到光荣退休的时刻到来。1985年9月，在221基地工作了27年的张晔、钱玉英夫妇告老还乡。按照政策，两位老人可以去上海定居。张晔为了子女发展，想去上海定居。而钱玉英坚决地和丈夫说："爸爸妈妈养我们不容易，我们在外面工作多年，没有尽孝道，现在退休了，应该回家伺候老人。张家港有我们的父母，是我们的根。而且我们在各自的家中都是长女和长子，有责任和义务陪伴在父母身边。"张晔尊重钱玉英的意见，选择留在张家港。

"浩荡离愁白日斜，吟鞭东指即天涯。"回到老家的张晔、钱玉英夫妇，没有人知道他们曾经在哪儿工作。她和丈夫，以及晏龙夫妇在厂里已经形成了保密习惯，连邻居都不知道他们曾经是做什么工作的。他们离开魂牵梦萦的故乡也太久了，故乡的人们早已不认识他们了。

但正当他们准备给老人尽孝时，钱玉英的父母、公婆相继离世。说到这里时，84岁的钱玉英几度哽咽。她说："那时候在草原上班，不能尽孝。现在生活条件好了，我也退休了，想回家陪陪老人，而他们却不在了。"

钱玉英把人生最美好的年华奉献给了祖国的电力事业，默默地支持丈夫的工作，尽心尽力地帮助同事，退休回家照顾自己的父母还未能如愿。他们这一代人的精神境界，现在的年轻人是很难理解的。热爱祖国、无私奉献、坚韧顽强、无悔无怨，正是他们那一代人的精神底色，也正是我们这个时代的精神源泉。

张亚静
拜师记

人物简介：张亚静，汉族，1962年出生于江苏省江阴市。1978年高中毕业参加工作，进入国营二二一厂四分厂404车间钳工班。1986年4月入党。1987年9月调回张家港市发电厂，任生技科综合统计员。1997至1999年，在发电厂担任人资部副科长、科长职务。1999年调入北京三吉利张家港华宇电力公司，先后任综合管理部、行政管理部主管等职务。2017年11月退休。

采访时间：2021年6月1日上午

采访地点：在江苏省张家港市杨舍镇东莱村套北小区电话采访

"老卢，我好歹是这四分厂的生产厂长，我都求到你跟前了，你这点面子都不给吗？"

宫守英无奈使出了最后的杀手锏，面对卢秉进，他心底是一点谱都没有，这个东北大老粗是出了名儿的倔，也不知道这个火爆脾气跟他那一手在整个221基地赫赫有名的钳工技能是怎么搭得上边的。

"滚犊子，天王老子来了我也不收，我早就跟厂里说了我不收徒弟了，更何况还是个十七岁的黄毛丫头，别说给我当徒弟了，就是进我们车间都勉强，你最好给我几个壮劳力，我可不要什么娇小姐。"

卢秉进寸土不让，一边捣鼓手里的零件儿一边梗着脖子跟厂长顶。要说安排工作任务，无论是连夜抢修还是攻克技术难点，厂长发话他绝无二话，带着徒弟们通宵不眨眼地干，一身钳工本事都被几个徒弟学了去，个个都成了"大拿"，卢秉进自然也成了草原上家喻户晓的明星师傅。今天之所以跟厂长叫板，也并不是怕麻烦耍大牌，他也不是没有收过女徒弟，是他深知钳工这技术不好干，车间里又油又脏，以前草原上是没有条件，男同志当牲口使，女同志当男同志用，现在好不容易缓过来了，条件好一点了，何必让一个小姑娘下这苦受这罪。

"呦呵，卢秉进，我给你脸了是不？连组织上的安排都不服从了？"宫守英明显底气不足，这次确实是假传圣旨。

厂长的心虚被卢秉进抓个正着，只见他嘿嘿一笑，脸上的褶皱里都是钳工特有的黑色油腻。"你别跟我这儿晒脸，打什么官腔，我都在这儿趴了十几年了，从来没听说过组织逼着人收徒弟的。"卢秉进顺势抓起桌子上一条早已看不出原来颜色的毛巾，擦了一把满是油污的手，这是准备鸣金收兵了。

"好好好，我服了你了，我跟你说实话，这丫头不是别人，这是根庆家的姑娘。"

"根庆？张根庆？你虎啊，张根庆想当年给你立了多少汗马功劳，退休的时候腿都打不直了，大夏天都得戴着羊皮护膝，听说在老家张家港两年了都没养过来。他姑娘到你手底下了，你不赶紧给人家姑娘找个清闲的岗，非把人家姑娘往油不拉几的钳工车间里送，你安的什么心啊？"

"你满嘴喷的什么粪，你以为这是我的意思啊，我一知道他姑娘要过来，就做好了特别照顾的准备，咱核二代哪一个不是孤苦伶仃长大的，我还没说呢，他张根庆就指名道姓地要把姑娘交给你学技术。这么多年我还不了解你，别人家的姑娘也许你还能收，这要是知道是自己孩子，你肯定拒之门外怕孩子受苦。"

"没见过他这么当爹的，想当年跟个拼命三郎一样，啥工作都挑最苦的干，没想到对自己姑娘也能下狠手。哼，将在外，君命有所不受，你就跟他说，姑娘是咱四分厂的人了，他还想当个编外厂长不行？他想咋安排咋安排，美死他，让他少管。"

"你以为就你脑子好使，我这嘴就是个摆设不成？这要是他一厢情愿，我还用得着在你这儿说嘴。"

"咋？"

"这孩子已经到了，叫张亚静，别看外表文文静静的，骨子里跟她爹是一模一样，刚毅果敢又好强上进。她说了，来青海大草原就是为了国防建设的，坚持要下到基层车间，她也从她爹那儿打听了你不少事儿，认定你当师傅了，咋劝都不行。而且啊，我看得出来，这丫头是个钳工的好苗子，不会让你多费心的。"

这段话，说得卢秉进动心了，他沉默了一会儿，说："听你说，这孩子确实是好样的，但是钳工不是光凭一腔热血就行的。你这儿工作不好做，那就我来，你把她领来，我出道题，让她知难而退，你看咋样？"

"嗯，也行，不过人家孩子要是万一通过了，你可得把这徒弟收了。"

"这还用你说。"卢秉进拍了拍屁股，脑子里已经在谋算如何体面地让这丫头知难而退了。

此时，对一切一无所知的张亚静还不知道一场小小的"阴谋"正在围绕她展开，她正在全心全意地对付一块儿馒头。自小在江阴长大的她，吃惯了细嫩香甜的白米饭，黏黏的没有熟透的馒头就像甜巧克力一样堵在胸口难以下咽。人的肠胃系统最喜欢的就是一成不变的流水作业，稍微发生点改变，尤其是工序往复杂里转变，就吵吵嚷嚷地闹罢工，不是让你反胃恶心就是消化不彻底一天让你跑八遍厕所。白天耳鸣半夜头疼，皮肤干燥呼吸不畅，一条一条症状全对上了。张亚静一边忍着不适一边把馒头掰成一小块一小块往肚子里吞，噎得厉害了就喝一口大瓷缸子里的水往下顺，连水也没有家里的甜软。张亚静有点烦躁了，她丢下手里的吃食使劲儿往窗外眺望，这里就是她从小就牵挂的地方，天蓝得吓人，云低得吓人，草原一望无际，几栋建筑突兀地出现在苍穹之下，又神秘又亲切。这就是父亲曾经工作的地方，这就是父亲嘴里的大草原，这就是退休两年的父亲还心心念念的第二故乡，这就是父亲希望自己能够像他一样找到同样的梦想并为之继续战斗的地方啊。为什么我的身体如此抗拒。哼，不可能的，怎么能那么轻易认输。想到这里，张亚静大口吞了一口馒头。这里的水80摄氏度就开了，馒头原则上是不熟的，那又怎样，这点苦都抗不住，接下来的日子还长着呢，走着瞧吧，我张亚静可不是吃素的。到青海已经三个月的张亚静，心底的疑虑早已消除干净，此时的她就像个浑身充满电、斗志昂扬的小战士一样，恨不得马上走向战场。

三年前，张亚静刚满十四岁，父亲张根庆拄着拐杖拖着两条重度风湿的腿回到了张家港的家里。看着父亲在炎热的夏天也得穿着那么厚的衣服预防风湿疼痛，张亚静经常心疼得掉眼泪，心底对本来向往的父亲工作的那个神秘的地方忽然充满了愤懑。在张亚静出生后的前三年，也就是1959年，张根庆就到了金银滩草原，每年只在仅有的几天探亲假回家与家人团聚，每一次分离，不管母亲还是自己和两个妹妹有多么不舍，都改变不了张根庆对工作的热情，从来没有因故耽搁过一天返回青海的行程。张亚静知道，父亲很爱自己，每次回来父亲鼓囊囊的包里放满了风干的牛肉干，那是张亚静吃过的最好吃的东西。但是父亲的世界不在这里，他属于另一个世界，无论张亚静有多么好奇，父亲始终对自己的工作讳莫如深从不谈起，每次通信也只有一个简单的邮箱号写在信封上。父亲对工作的热爱令小小的张亚静觉得神圣，她也一直坚信父亲对党对国家的忠诚。因为父亲教给她的第一件事就是热爱自己的国家。在特殊的岁月里，她勇敢地扛过了大家对她投来的质疑的目光，因为她从父亲寄来的信中，以及回到家的神情中可以判断，父亲是如此笃定自己走的路，她相信父亲。

随着年龄的增长，尤其随着父亲病退回到家，尽管父亲从来没有因腿疼发出过一句怨言，可青春正盛的张亚静因为心疼父亲开始质疑起了父亲的工作。

"爸，您的腿疼成这样，怎么没见你们单位的人问一声，这好歹也是您工作时落下的毛病。"

平时一向温和的父亲忽然之间暴跳如雷，厉声呵斥："你给我闭嘴，什么时候轮得到你一个小丫头片子说话了，你懂什么？"

父亲的暴怒震惊了张亚静，她不理解这么多年来让父亲背井离乡，放弃与家人朝夕相处，放弃宜人气候的江阴，到一片陌生的土地上挥洒完自己的青春，废掉自己健康的双腿，依然坚守的那个秘密到底是什么。张亚静委屈地抹了一把眼泪，愤然转身。

自此之后，父女俩，或者是整个家里，都默契地不去碰触那个话题。直到张亚静16岁的那一天，张亚静陪着父亲在院中晒太阳，张根庆主动跟女儿聊起了自己的工作。

"静静，我知道这么多年，我亏欠了家人很多，你一路的成长爸爸都没怎么陪过你，你怪爸爸，爸爸知道。"

张亚静浑身像通了电一样，鼻子猛然一酸，这是父亲第一次和自己像个成年人一样谈话。

接着，爸爸又说："我们的工作性质很特殊，是保密的，这你应该能够理解，但是你理解的还远远不够，爸爸的腿不争气，等于提前下了战场，但是爸爸还有很多战友留在那里继续战斗。"

张亚静认真地聆听着，她看到父亲抬起头望着远方，若有所思。

"我只能告诉你，那是一个非常伟大的事业。我的同事告诉我，现在那里在招工，我不能勉强你放弃学业，强迫你到我战斗过的地方继续战斗。我只能告诉你，如果你去了你一定不会后悔，而且你会在第一时间了解我的一切。"父亲缓缓说完，揉了揉自己的腿，看了看女儿，说："你是一个优秀的孩子，因为你足够优秀我才跟你说这一切，如果你去了别的地方，也一定能行，爸爸只是给了你一个选择。"

张亚静惊呆了，她没想到父亲会给她这样一个选择，尽管父亲的语气非常的平和淡定，但是他们都知道那是一个决定人生方向的大事。在此之前，她从来没有想过这些，以前她做梦都希望坐着火车去青海和父亲团聚，可如今父亲好不容易回来了，自己却要离开吗？可是，如果不去，那么对深埋在父亲心底的秘密的好奇，很可能会纠结一生。想想父亲当年对工作的高度热忱，想想父亲病休后对远方的牵肠挂肚，张亚静做出了自己的决定。

那一年是1978年，也是恢复高考的第二年。张亚静本就读于江阴市璜土中学，当知道张亚静决定要接父亲张根庆的班到大西北工作时，班主任关逸浩非常遗憾。这位被下放到中学任教的关老师一直以来非常看好张亚静，认为她是班里最有希望考上大学的学生，因为张亚静不仅聪明，脑子好使，而且身上有一股不服输的劲儿。大部分女生一般都偏文，到了高中数理化都比较吃力，而张亚静理性思维非常强而且敏而好学，经常主动挑战高难度的解析题。虽然已经到了1978年，但是能支持女孩子读书的人家并不是很多，班里一直是女少男多。女生是弱势群体，但是张亚静从来都不是一副娇弱的样子，总是一副侠肝义胆古道热肠的大姐风范，学校那些刺儿头都绕着她走。经过了解，关老师知道张亚静父亲常年在外工作，每年只有探亲的那几天能够回来，至于在哪儿工作张亚静一直缄口不言，直到她自己跑到学校提出要退学参加工作，关老师才知道她的父亲这么多年一直在青海工作。关老师心底油然生出一种敬佩，他隐隐知道那里意味着什么。而接替父亲的岗位，除了要放弃学业、放弃大好前程，还要吃无数的苦。关逸浩将张亚静送出了学校大门，他无比担心这个学生也无比放心这个学生，他担心，远走他乡的她未来会充满各种荆棘。他放心，这样一个坚强、独立、乐观的女孩将来无论遇到怎样的风浪都不会轻言放弃。

"亚静，老师最后再送你一句话吧，什么时候都不要忘记学习。"

"嗯，关老师，我记住了。"

张亚静最后一次背起书包，恋恋不舍地转身离开校园，前方还有很长很长的路要走。她心疼父亲，她也想代表父亲去跟自己从没谋面的亲人团聚，赓续起父亲对草原的爱和眷恋，继续父亲的梦想，尽管她还不知道那团梦想的颜色究竟是怎样的。

从小，父亲在她心中都是一个英雄般的存在，虽然每年只有那么几天可以依偎在父亲怀里，但是父亲给自己的影响力却是三百六十五天天天都在的，父亲也把坚毅果敢的性格传给了女儿。在父亲的描述里，张亚静看到了蓝天白云，也看到了很多工人师傅们拼搏进取令人热血沸腾的画面，他们是工友也是战友，他们有共同的理想信念，他们能够同甘共苦血脉早已相连。当真的来到青海，来到大草原，她还是被眼前的美丽景色惊呆了。很快，她知道了接收自己的单位叫"二二一厂"。到了厂区之后，张亚静和所有新来的员工都要集中培训。主要开展的是保密培训，接受培训之后，张亚静才恍然大悟，才终于知道父亲口中的"伟大"事业是什么。通过学习二二一厂的历史，她也看到了父亲半生的努力，看到了父亲曾经在不毛之地所付出的热血和牺牲，她也终于明白了父亲工作的意义和价值，明白了父亲的坚守和眷恋。她恨不得此时此刻就捏紧拳头向父亲起誓，会代替父亲好好地守护这里，继续父亲的梦想和努力。

紧接着，更让她激动的事发生了，她被分到了四分厂，那是二二一厂的自备热电厂,是基地唯一的电厂。电厂,对,也是她影影绰绰唯一能确定的父亲工作的地方,父亲是一名电力工人。当她兴奋地来到四分厂时,接待她的宫守英厂长热情地接待了她,一路上都在夸赞她的父亲张根庆:

"你爸张根庆,那可是咱这儿的明星,别看离开两年了,他挣的奖状到现在还贴在厂里的展览室。在锅炉车间,从来没有你爸搞不定的事儿,技术扎实,锉刀精准,他经手的零部件,跟原装的没啥差别,体与体间的公差,正负从来不超过两丝。丝你知道是啥吗?百分之一毫米,那可是了不得。咱们这个电厂,那可是整个基地唯一的动力源,供电供热供水,大草原上冬天零下一二十摄氏度,恨不得半年都过冬天,没有热没有电,人根本待不住。当然啦,你爸那一辈人吃过的苦不可能再让你们吃一遍了,你放心好了,就当回家一样。你爸还跟我提过你呢,说你从小就学习好,是个干技术活儿的好苗子,我跟你爸都是多年的同事,有啥困难你就提,生活上是苦了点,但是咱这个地方你要知道,可是个很要紧的地方,出入都有警卫连守卫,你看那儿,红红的烟囱,那就是咱们的厂区了……"

张亚静睁大眼睛看着一切,新鲜又熟悉,当听到一向沉默寡言的父亲竟然有那么多荣誉时,内心腾起无限的骄傲与激动,更加迫切地希望尽快走上工作岗位。她知道,就算父亲的这些荣誉被历史淹没,父亲也无怨无悔。她在心底也暗暗地向父亲保证,自己将会和父亲一样,兑现自己的承诺,一生无悔。

要走上岗位,必须要找到师傅,要学好技术,技术过关了,才能工作。没错,张亚静要找的师傅叫"卢秉进"。这之前她就总听到这个名字,那是父亲的"竞争对手",俩人生产上、技能水平上一直在暗暗较劲,父亲说要不是自己的腿不争气,说不定还能坚持两年,让那卢秉进少拿几个先进。父亲告诉张亚静,别看卢秉进嗓门大脾气火,其实心软的不得了,把收的每一个徒弟都当成自己的亲骨肉,那是知无不言言无不尽,还天天偷偷给徒弟开小灶,要不然他的徒弟都长进得那么快?你只要好好学,两年就能掌握一手的好钳工,三年就能当大师傅了。张亚静记住了父亲的话,所以无论这个对她无比和蔼的宫厂长怎么说车间里的苦,她都无动于衷,坚持要跟卢师傅学钳工。

"师傅!"经过宫厂长介绍后,张亚静拿出自己作为小女孩所有的可爱劲儿甜甜地冲着这个脸色黝黑的男人叫了一声。

"我还不一定是你师傅。给，这张图，给我算出它的尺寸。"卢秉进丢下一张图，继续自己手里的工作，他心想，也不能太为难小姑娘，又加了一句："钳工难，理论基础要求比较高，不行也不用勉强，让宫厂长给你找个别的岗干。"

张亚静可不知道卢秉进在有心为难她，还以为这就是一场平常的入门考试。张亚静看看图表，安静地找了两张演草纸耐心计算起来。

卢秉进还以为小姑娘看完图就举手投降，没想到竟然有模有样地开始算了。还别说，这小姑娘可能真有点基础。呵，方式方法还挺对，嗯，心还挺细，是个干钳工的料。嗯，这个方程式也是对的，不错不错，还用了简便方法。得，这个徒弟，不收都不行了。

宫厂长看到卢秉进的黑脸转了模样，眼睛盯着张亚静流畅的计算公式出了神，就这样这事儿成了。他大摇大摆地走了，把师徒俩留在了轰鸣的车间里。由于扎实的理论功底，又有师傅的悉心指导，张亚静很快通过了新职工的入职考试。就像父亲说的那样，卢师傅的徒弟总是进步飞快，她频繁地向父亲汇报着她自己的进步，在这个过程当中，她也逐渐摆脱了父亲的光环。以前走到哪儿，人家都说："看啊，那就是张根庆的姑娘。"现在，别人指着她，就说："看啊，那就是咱厂里唯一用俄制计算法完成一根管子尺寸测量的小姑娘。啧啧，才多大啊，真了不起。"父亲和师傅都是二二一厂技术力量的领军人物，张亚静心中始终有一股力量支撑着自己成为佼佼者。她没有辜负父亲的期望，也没有让师傅失望。到了四分厂不久，她就摸到了图书馆的大门，从此成了图书馆的常客。好学上进的她，始终觉得离开学校是一个遗憾。1986年，她考入了二二一厂夜大，继续自己的读书梦。她知道，活着就得让自己有用，学习是让自己保持有用的最重要的方式。

1985年，24岁的张亚静经过父亲老友404车间检修班老班长宁志祥的撮合，和一位叫张晏龙的小伙子认识了。张晏龙也是核二代，只不过张晏龙是从小就在四分厂长大的。张晏龙也属于"名门之后"，母亲钱玉英、父亲张晔在整个二二一厂那都是响当当的技术能手。尤其是母亲钱玉英，是草原上第一代电缆工，哪一任厂长提到钱玉英都要竖起大拇指。尽管如此，张晏龙仍然觉得没有读过名牌大学，没有一官半职，明显有点怯场。结识张亚静之后，张晏龙发现张亚静其实私底下是一个爱笑爱闹、活泼洒脱的女生，性格直爽的张亚静迅速开始让张晏龙魂牵梦绕起来,再加上父辈们都是熟人,又都是老乡,两人很自然走到了一起。

1987年,也是小两口结合两年之后,张亚静调回了张家港发电厂。她的公公婆婆已经先后退休回到张家港照顾年迈的父母,他们回到父母身边,一起照顾老人的生活起居。

没错,勤奋好学的张亚静,无论在怎样的境遇里扮演怎样的角色她都能够做得很好。在钱玉英眼里,张亚静是个比姑娘还要孝顺的好儿媳,在喜欢摄影的丈夫张晏龙眼里,妻子永远是他眼里最美的风景。他们唯一的儿子张昊堃复旦大学双博士后,在他眼里,母亲是他最好的老师。如今的张亚静,已经退休四年了,一边照料婆婆一边照看孙子,时不时地会出现在老公晒出的风景照里,当年四分厂那个17岁的小女孩,依旧笑颜如花。

江阴篇

韩一平
唯有风穿过回忆

人物简介：韩一平，江苏江阴人，出生于1930年，1977年入党。1958年底到西宁报到，先参与了221基地建设工作，后进入四分厂财务科，任第一任财务科科长。1981年退休，返回江苏江阴。

采访时间：2021年6月2日

采访地点：江苏省江阴市文定四村29栋501室

据我们采访前拿到的材料，韩一平老先生出生于1930年，妥妥的一位耄耋老人。而他也是我们所有采访人员中非常珍贵的一位采访对象，因为他在1958年就去了大草原，直接参与了221基地建设，说不定对我们关注的四分厂的兴建过程有一定的掌握。本来韩一平老先生并不是由我主笔的，我很轻松地跟着采访团从宾馆出发到韩老先生江苏江阴的家中。一切都跟我们想象得一样顺利。老先生为了这次采访还准备了四页的手写稿，这让我们特别感动。在采访结束一群人鱼贯出门的时候，我滞留在后面跟起身送我们的老爷子随便聊了几句。

老爷子："姑娘，你也是青海的吗？"

我："爷爷，我是从青海来的，但我不是青海人，我是河南人。"

老爷子："你是河南人？你怎么跑到青海去啦？"

我:"在青海上的大学,就留在那里了,父母都在河南。"

老爷子:"你,你,唉!你怎么一个人到青海去了?你一定吃了不少苦吧?姑娘。"

我:"没有没有,西宁现在挺好的,都是托了你们的福了。"

老爷子:"你说啥?我这耳朵,不是很好使。"

我:"我说我在青海挺好的。"

老爷子:"哦,好好照顾自己啊姑娘,慢走慢走,谢谢你们来看我。"

不是我批评自己的爹妈,我爹妈都没有问过我一个人在外面苦不苦,被老爷子这样一问,出了门我就绷不住了,恨不得蹲在路边号啕大哭一场。我自己也不知道为啥,就是心口附近很酸很涩很软很无力。带队的马海轶老师瞄到了满脸泪痕的我,回过头,扶了扶眼镜,若有所思地看着我。我以为他准备安慰我一下,结果他啥都没说,回过头往前走了两步,又回头,说:"韩老爷子,你来写。"

当时我心态都要崩了:马老师,误会啊!

打从一进门,我就知道,这是一个家风淳朴到就算家境富足也不喜奢华的书香之家。老爷子喝茶的水杯还是一个小小的罐头瓶子,茶叶平铺在杯底,红色的瓶子盖儿边缘都有些磨损的痕迹。他的儿子和儿媳都在家,热络地招待我们,儿子当过兵,举手投足非常潇洒帅气,我们叫他老班长。老班长从头到尾一直紧张地倾听父亲和我们交谈,他担心父亲偶尔出现的混乱思绪给我们提供错误的信息,果然是一丝不苟的军人风范。

老爷子似乎比我们更加珍惜采访时间,我们的队伍稀稀拉拉还在逐个进门寻找自己落脚点的时候,老班长还在一一向来客倒水的时候,老人家已经迫不及待地抓着马老师聊起了1958年。马老师是甘肃人,西北口音浓郁。韩老爷子是江苏江阴人,一口江南话。两人的对聊让所有旁听的人感觉非常吃力。后来马老师多次想打断老爷子的话,害怕这些精彩片段说完了,一会儿他在镜头前就不重复了,或者重复得不精彩了。不过老爷子丝毫不为马老师善意的打断所动,一直沿着自己的思路狂奔,好像他又回到了1958年。

1958年之前,韩老爷子是名副其实的韩老师。当时他的就职单位是人民教育出版社,先是在上海上班,后来调到了北京。在北京工作期间,他三天两头被主任逼着去学交谊舞,因为驻北京的苏联专家喜欢跳,有时候单位还要他穿戴整齐去机场参加迎接国宾的欢迎仪式，虽然他只是群众代表，但如果足够幸运，他可以跨过人山人海和招展的红旗看到领袖们的英姿。1958年初，国家倡导下乡开展劳动教育，韩老师也成了上山下乡中的一员。因为有公职在身，所以为期是一年。实际上当年的10月份，劳动教育工作开始陆陆续续地结束了，有的人顺利返回到原岗位，有的人则处于待分配状态。韩老师恰好处于待分配状态，不久以后，他就接到单位通知，要他到二机部报到，后来才知道那就是核武器研究院。

对于这个陌生的名字和陌生的组织，年轻的韩一平心情非常复杂，不过当时的他怎么也想不到自己的命运已经发生了翻天覆地的改变。紧接着，他被单位通知，去河南招一批青年带到青海西宁。这一招就是1000人，后来又招了6000人，这7000人中的绝大多数人在结束工作之后都回到了河南，但韩一平留在了草原，一直到1981年退休，整整23年。

两列闷罐火车，千余河南支边青年，还有包括韩一平在内的几位专员。从河南不能直接到青海，只能到甘肃兰州，从甘肃兰州下车后，他们辗转换成了卡车和长途汽车继续跋涉。车辆行驶时要不停地停车避让对方来的汽车，道路之狭窄、山路之崎岖可想而知。在人类历史上，这是一次多么微不足道的小小的迁徙，谁也没有抱着改变历史、造就历史、成就历史的心态。无论是赶路的颠簸之苦还是即将而来的高寒缺氧，所有的青年都认为自己做足了心理准备。吃苦耐劳是祖祖辈辈传下来的生存技能，更何况始终和他们在一起的那几位书生气十足，白净、温和的专员，似乎他们成了一个底线一道保险，他们能去的地方，能差到哪儿呢？他们能待的地方，咱还待不住？他们没想到底线那么容易就被打破了。

就在我们专注地要听下文时，一旁的摄制组提醒，可以进入拍摄状态了，我们大家都起身并将手机静音。我还是今天的采访主持，急忙从刚才听到的内容中整理出了几个比较常规的问题。刚才老爷子说他退休的时候担任的职务是四分厂财务科科长，而我们之前在上海采访到的殷应赓老人应该就是紧接着他之后的第二任财务科科长，也是韩一平老人的接班人。在所有部门里，财务的保密级别是最高的，殷老先生告诉我，前几年接受的一个采访问题里涉及当年科研原材料采购的问题，殷老当即表示这些问题比较敏感，就算他知道也不会讲。一会儿采访的时候，如果我问的问题也被判定涉密，那这会儿还和颜悦色的老爷子会不会忽然露出凌厉和警觉的眼神？自己一边等开机一边瞎想着。老爷子此时已经坐到采访位置上，咚咚咚，敲门声响起，原来是今天约好的第二位被采访者提前到了。

来者名叫吕钦祥，是原四分厂的锅炉工。年龄真是一个很神奇的存在，如果单独去采访吕钦祥，我们肯定会以一位老人来称呼他，而站在韩老爷子跟前的他，就像个谦逊的晚辈。两位老人虽是同厂退休，却阔别多年。为了不让老人奔波，我们一般直接走到老人跟前采访，像这种因为采访致使两位老人重逢的场景在我们的采访历程中属首次。一进门，吕钦祥见到韩老爷子直接哭了，像个孩子一样呜呜地哭。他紧紧地抓着韩老爷子的手说："韩科长你还在真好，你还在太好了，看见你真好。我们一起回来的这两年一个一个地都走了，都走了……"老爷子拍着吕钦祥的肩膀抚慰着，像是一位长兄在安抚幼弟。现场十几个人都噤声不语，只是安静地等着，等着那种由人类基因里最远古、最质朴、最纯粹的情感催发起来的情绪在二人心中慢慢平复。执手相看泪眼，经历了这么多，过了这么久，我们都还活着，多好啊！当万物万灵都静默不语时，唯有风可以不受拘束自由流动，窗外的风此时恰好流进这定格的一幕当中，并开启了启动键，我们的采访终于开始了。

思绪再次回到1958年底的大草原。那时，来自中国各部队的第一批2000多名转业干部和战士，1000名支边青年，2000多名熟练的建筑工人、一批工程技术人员和施工队。此外，还有铁道兵第10师、特种工程兵第54师、二机部安装公司，以及交通、邮电及甘肃、青海两省相关人员共5万余人，在草原上形成了一支庞大的建筑队伍。他们冒风寒、顶酷暑，修路、基建，工厂建设全面开工。作为采访现场主持人，我首先就问了老爷子这样一个问题："请问当时您有没有什么难忘的经历可以跟我们讲讲吗？"老爷子愣了一下，摆了摆手说："不能说不能说，讲出来影响不好。"他调整了一下坐姿，很不好意思地接着又说道，"到了大草原，第一年过年的时候，全部的人都在哭，民工在哭，我们也哭了，影响很不好，这都不能讲的。"老爷子说这几句话时，在笑，好像在自嘲，可我分明听到了现场所有人心碎的声音。在高峻寒冷的大草原上，一群意气奋发的年轻人远离家乡，远赴高原开疆拓土，在一年之中最具仪式感的传统节日到来之时，没有任何节日的氛围，不具备任何可举行仪式的条件，连杨白劳在过年这天都想着给女儿喜儿买上两尺红头绳,他们却两手空空。精神无处安放的他们,只有化为初生婴儿般以呜咽来表达对"年"的敬畏、对传统的亏欠。

　　精神上无处安放还不算太要紧的事儿,要紧的是肉体的安放。那时的草原因为保密刚刚隐去了"金银滩"这个美丽的名字,原来生活在这里的牧民世世代代与此地的高原缺氧、飞沙走石、高寒强紫外线作斗争,吃的是高热量的牛羊肉,喝的是酥油茶,穿的是动物皮毛,行走靠的是骏马。韩一平他们第一次到草原就赶上了最冷的12月,低温零下25摄氏度,住的是棉帐篷,早晨起来被子上都蒙了一层薄冰,鞋子冻在地上拔不下来,吃的主食是没什么营养的豆渣,御寒的东西是基地配发的毡帽、棉大衣、"大头鞋"和床毡子,这就是至今仍在戈壁滩上广为流传的"防寒四大件"。韩一平第一年探亲回家去澡堂子里泡澡,把搓澡的师傅给惊呆了,问他从哪来,韩一平说青海,搓澡师傅意味深长地笑了一下。这笑容韩一平很熟悉,自己是又一次被当作"劳改犯"了。没关系,韩一平也笑了,自己老婆孩子都不知道自己在青海的真实工作,更何况一个陌生人。

　　作为韩一平本人来讲,刚开始他对自己的工作也非常迷茫,国家到底要做什么呢?紧接着他又从西宁基地招待所里获悉,越来越多的人才以及物资源源不断地朝这里集中。他联想到北京,联想到领袖们脸上严肃的表情,联想到国内外严峻焦灼的国际形势,联想到新中国的举步维艰。他脑海里浮现出一幅越来越清晰的画卷,是天安门,是人民英雄纪念碑,是无比神圣的五星红旗。他断定,这里的一切,一定与新中国的尊严和老百姓的未来息息相关。而此刻,不时有青年跑到这个性情温和的韩老师跟前旁敲侧击,他很严肃地批评了这些问东问西的人,除了保密制度的约束,更多的是对国家的忠诚和信任,令他毫不犹豫地甚至是本能地向前。

　　那种令人热血偾张的无惧无畏,今时今日再提起都像是一次惊心动魄的冒险。一日,韩一平骑着二八杠自行车从驻守地赶回海晏县大本营,行程十八公里,途中全是草原。徐徐降落的太阳就是他唯一的坐标,天黑之前,他要是走不出草原,等待他的就只有迷路了。骑行在风吹草低见牛羊的大草原,他可无心欣赏风景,因为这里四处隐藏着危机,没有人想一个人单枪匹马地滞留在这里。天色渐暗,一个连续多日来回都不曾见过的像小土堆一样的东西出现在地平线上。是狼,一头孤狼!韩一平内心暗暗叫苦,抓着车把的双手变得油腻腻的，手心都是汗。掉头？不成，就凭这破车在草棵棵里的速度，狼真要追估计都不用提速。停下？更不成，难道还要学西部牛仔来一个面对面决斗吗？背景板倒是挺合时宜的。第二天基地就会流传出江苏江阴韩一平赤手空拳勇斗饿狼壮烈牺牲的英雄事迹。算了吧，狼先生或者狼小姐，我们狭路相逢纯属偶遇，大草原天高地广，一定有多余的吃食供你挑选，而我唯有精忠报国这一条路可以走，既然没得选也不想选，那就只有向前。没有黑风月也不高的时候，韩一平平安无事回到了宿舍，躺在床上的他竟然很平静。据说在藏族同胞的眼里，狼是最有灵性的，是天神派下来守护草原的。看来，狼代表天神把这片草原送给了人类，让人类用另外一种方式守护更多的草原。

接下来的日子越来越辛苦，信念却越来越坚定，建立一个发电厂是所有基础建设中最为关键的，也是最早开展施工的。关于这个发电厂的建设过程，在采访的前一夜，老人家笔述了四页纸。原文原句誊写如下：

建厂初期（1960年），那时整个十八厂区用电全靠一台大功率柴油发电机组，安装在总厂粮店那个位置（即电影院对面）。后来发电机搬走了。

随着各项工程的陆续建设，这台大功率柴油发电机组渐渐不够用了，为了保证基地施工进度和将来科研生产用电的需要，上级决定先动工大电厂的基础建设工程。

1959年9月，大电厂就开始破土动工了。俗话说，兵马未动粮草先行，那时的动工仪式很简单，筹建处李信主任宣布："大电厂动工开始。"没有剪彩，也没有鞭炮，李信主任挖了第一锹土，基地最大的单体工程项目——火力发电厂就开始动工了。

当电厂主厂房建到十二米高时，工程停了下来，因为基础施工，主要是混凝土框架结构施工所用的机械用电量很大，现有的发电机容量远远不够用，所以只好把大电厂工程暂时停了下来。

为了保证今后大电厂建设的顺利进行，上级决定先建小电厂，其原因是：

当时虽然大电厂的混凝土厂房的基础工程已基本完工，但各种机械设备未进厂，在此情况下，上级决定马不停蹄地先建小电厂，只能把大电厂的工程暂时搁起来。

为了加快小电厂工程的进度，集中精力办大事，当时由好几个单位共同完成了这项工程。小电厂加快建设的成功，为今后大电厂的顺利进行创造了条件。

经过了紧张的安装与调试，大电厂于1962年上半年正式开始运行，整个221基地供电状况有了明显的改善。为了加快工程进度，许多基地配套工程陆续全面开工建设。工地上热火朝天，日夜灯火通明，机器轰鸣声不绝于耳，一片繁荣景象。一天一个样，几天大变样。由于工程的全面展开，电力供应又开始紧张起来，为此国家又调来列车发电站，驻扎在电厂西边的铁路上，从而解决了电力紧张的问题。一直到1967年，基础建设基本完工后，列车发电才撤走。

在广大工人、科技人员和施工队伍的共同努力下，依靠了自力更生、奋发图强的革命精神，在奋战了三年的时间里，草原上竖起了一座座工厂和办公大楼，还有医院、宿舍和商场、电影院。原来只有羊肠小道的地方成了如今的公路和铁路，昔日的大草原成了如今厂房林立的原子城，为中国的核事业做出了卓越的贡献，永远载入了我国的史册。

将这样一封修辞丰富、叙述精彩、感情充沛，大场面宏伟，小细节清晰的被采访手写稿嵌在这篇采访稿当中，对于我来说是一件极为残酷却又不得不为之事。文采上被喧宾夺主，精神层级还高了好几个维度，更何况，那苍劲有力的笔锋彪炳着老先生在那段经历中被赋予的无上光荣和豪迈，纸面上那一个个小心翼翼的修改符，则透露着老人家对自己曾经激情浪漫的青春岁月无限的眷恋和向往。

任务艰巨、内心崩溃也要拼尽全力去完成，这也是此次采访之行我所理解的"两弹一星"精神的一个感悟。

回到西宁，马上就到端午节了，我带着女儿到楼下的湟水公园遛弯，拍了好些不亚于江南风景的图片，赶紧用微信发给了老班长："端午将至，小杨遥祝老班长以及您的家人们安康。请一定将这些照片转给韩老先生看一下，告知他老人家这里就是小杨家楼下。托了他老人家的福，青海很美，西宁一点都不苦，请他老人家放心。"

吕钦祥
革命时代的讲述

人物简介：吕钦祥，男，上海人，群众。1947年5月27日出生。1964年8月在221基地四分厂参加工作，主要在403锅炉车间从事锅炉运行、检修工作。1989年因病退职。现居江苏省无锡市江阴市祝塘镇。

采访时间：2021年6月2日上午

采访地点：江苏省江阴市文定四村29栋501室韩一平家中

采访吕钦祥是在92岁高龄的韩一平家里。吕钦祥夫妇身上带着二二一厂人的飒爽之气，他们是大老远从祝塘镇赶过来的。

这是2021年6月2日的上午时光，极其普通的一天。

刚开始，摄像机和耀眼的灯光对着吕钦祥的时候，他的样子很拘谨，双手有些呆板地放在椅子两旁。随着他对上海往事的讲述和二二一厂故事的记忆再现，这才放松了自己。

吕钦祥命运的改变和两只鸡蛋有关

吕钦祥一家人久居上海,他的父母是根红苗正的工人阶级,这在那个年代非常重要,为吕钦祥后来到 221 基地工作奠定了基础。当时的 221 基地不是说进就进,家庭成分特别重要,要查三代的。如果家庭成分不好,那就只有望门兴叹了。吕钦祥上初一时就加入了共青团组织。

他家的经济比较困难,父母收入低,家里还有三四个小孩呢。20 世纪五六十年代,在经济方面,即使当时富庶的上海也不能和现在的上海同日而语。

吕钦祥当时有三条路可走,一是在上海工作的母亲即将退休,可以进母亲的单位上班。二是班主任让他继续上学。三是当兵。好男儿志在四方,吕钦祥选择了当兵。

到医院体检,医生告诉他:"你每天得吃两个鸡蛋,好好补补身子再来。"家里比较穷,连一颗鸡蛋也吃不起,哪能吃两个鸡蛋呢。这事他都没开口给父母亲说起。

过了几天,吕钦祥到医院去,医生给他检查后说:"你没有吃鸡蛋。这样的身体不是当兵的料。"

吕钦祥有些诧异地问道:"你怎么知道我没有吃鸡蛋?"

医生有些不屑地回答:"我是干什么的?"

吕钦祥看着我们说道:"那时候饭都好好吃不饱,哪有钱吃什么鸡蛋啊!"

体检没有过关,兵没有当成,还把进母亲所在工厂工作的事情给耽搁了。

刚好这时候 221 基地在上海地区招工,吕钦祥符合"初中毕业,政审合格,体检合格"的招工要求。这样,1964 年 9 月,17 岁的吕钦祥坐着火车从上海奔赴祖国的大西北。

郑州的天气雨雪交加,西安的大雪急急忙忙地飘着,雪花像接力赛似的,从兰州下到了青海的西宁,依然是鹅毛大雪。这一路上的风霜雨雪,让吕钦祥第一次领略了大西北的严酷。

"刚到青海,就是感到气短。后来听说我们的工作与造原子弹有关,我当然特别高兴,内心油然产生光荣和自豪感。"

吕钦祥是一个具有革命情怀的人

在西宁杨家庄适应了一个星期后，吕钦祥被分到了二二一厂 403 锅炉车间。参加单位举办的学习班——自然要学习保密教育。过了大约一个星期就被安排到班组，具体在锅炉车间的运煤班。烧锅炉用的煤都是火车从外地运到电厂后面的车站，吕钦祥他们拿着榔头、十字镐和钢钎把结冰的煤块敲碎后卸煤。这个也叫劳动锻炼，各种脏活、累活是对他们人生的一种考验。天气寒冷，工作艰苦，但厂里发的"四大件"——头上是可以捂住耳朵的毡帽，脚穿大头皮鞋，身上穿着棉大衣，还有床毡子，相当暖和。这套劳保配置对年轻的吕钦祥来说，是很奢侈的。

敲煤、卸煤时还有部队的解放军同志协助。他们的工作辛苦，并且危险。说到403 车间卸煤出事的事情，他说："在接受锻炼的时期，还发生过一起爆炸事故，有一位战士牺牲了。因为运来的煤冻在一起，怎么也敲不开，战士就挖炮眼实施爆破，没想到出了意外。我们都是第一次遇到这样的事情。大家都哭了。这位战士到部队最多就三个月时间。"吕钦祥讲到这里，停顿了好一会儿。吕钦祥这么说，是他的心里埋藏着极深的军人情结。听到这里，大家的心里都很疼。

劳动锻炼了三个月，锅炉车间的领导让他们这些新来的年轻人写字。吕钦祥的字写得干净、流利、娟秀，领导就让他干车间文书。

"就是办事员。"吕钦祥说道，"这样干了三四天，我感到男的干这个工作不太合适。写写字有啥意思，连个说话的人都没有。到班组多好，人多热闹，还能学到技术。我得学技术。以后还要靠技术养家糊口呢。就给领导说了我的想法，领导答应让我干锅炉检修。"

吕钦祥还给我们讲述了锅炉燃烧发电的工作原理和工作流程。首先把燃料送进锅炉，冷水烧开沸腾变成气体，温度很高的带压水蒸气进入汽轮机，汽轮机旋转带动发电机发电，发出的电到电气车间。6 千伏的电压经过 35 千伏升压站升压，通过输电线路设备，再经过降压站降压至 380 伏的生产用电和 220 伏的生活用电。通过调度的分配，最后输送到各个分厂。锅炉车间很大、很高的管道设备主要在楼上。它是高级的无缝钢管，里面都是水。燃煤通过抛煤机的滚筒往里抛煤进行燃烧。燃烧后的煤渣要出渣。烧煤时还有送风机、吸风机等辅助设备协同工作。

吕钦祥在锅炉车间主要是跟着师傅学习抛煤机的检修。一台锅炉有四台抛煤机。抛煤机在锅炉的上方,每台抛煤机的间隔非常短,抛煤机表面铁壳的温度在60摄氏度至80摄氏度之间,检修工检修时就要趴在铁板上作业。检修时要拿着扳手、榔头在机器上拧呀、敲呀。工作场合狭小,这下可发挥他身材矮小的长处来了。如果有一台设备出现故障,就要马上进行抢修。因为一台设备坏了,煤的燃烧不充分,就会影响机组的出力。所以,抢修必须及时、快速。

20世纪60年代的年轻人讲的是付出,一切听从党的安排。不像现在的年轻人觉得工作不行就跳槽。好多人都想不通,有的人觉得不可思议,大上海的年轻人还能吃苦?这有两个原因,首先上海是大城市,是国家的工业基地,工业基础比较牢固。二是当时上海的年轻人大多都能吃苦,包括精神状态、工作情绪都是不错的。无论安排的哪项工作都会认认真真、扎扎实实地干。当时的工作氛围非常好,大家都是积极、阳光的心态,充满着激情和活力。在后来对其他人的采访中,有人说吕钦祥是个能人。他退休后还凭一技之长,到不少私企、社办企业打工,曾经当过副厂长,闯出了大事业。

后来他做过一段时间的"值班情况"。"值班情况"是白天到机房过来看看,不来也可以。但晚上如果哪个设备出现故障,随叫随到,赶紧过去处理解决。因为热电厂是221基地的后勤保障,必须保证24小时运转,是绝对不能停的。

吕钦祥说自己是一个幸运的人

吕钦祥在讲到和放射性物质接触的时候,神色凝重,语气明显沉重起来。他继续说道:"在221基地,尤其是那些接触放射性污染严重岗位的同志,危险性特别大。如果接触了放射性物质,人的皮肤会受到伤害。如果呼吸道吸进放射性有害物质,它会通过呼吸道进入人的内脏,伤害人的五脏六腑,可能会导致肝功能失常。为此,很多同志都是冒着生命危险在付出。所以说我们能活到今天是非常幸运的,工作上的那些苦和累就无所谓了。有了原子弹、氢弹以后,咱们就不怕美国人了。今天的好生活、好日子是有人付出、有人牺牲而来的。"

吕钦祥讲完这些,现场气氛一度凝固,大家都在无言中默默感受着前辈的无私奉献和牺牲精神。录像采访完毕后,吕钦祥起身坐在沙发上,我赶忙过去和他坐在一起。他无意中撸起自己的右腿裤腿,膝盖内侧呈现一片静脉曲张的模样。

"您的腿怎么回事?是静脉曲张吗?"我问道。

他连忙拉下裤腿,说道:"锅炉检修是在温度高、湿度大的地方工作,干活时大多是趴着、蜷着、跪着,血液流动慢,慢慢就堵了。"

交谈当中,我提起他的师傅袁宝福。他说:"是啊,袁宝福是我的师傅。遇到他我真幸运。刚到厂里时,不论在工作上、生活上,他都十分关心我。那时候师徒关系就是父子关系。老话说一日为师,终身为父嘛。我们现在每个月都相互视频的。我们是靠技术吃饭的。当时那个车间有三个钳工班。一个班有二十多人,在四分厂的五六十名钳工师傅里,他的技术数一流。当时的钳工都是手工活。他拿把平锉刀,在塞尺勉强放下去的设备有两个丝的地方锉,几下就把要锉的东西锉好了。这个我不是吹牛的。我后来也带了不少徒弟呢。我们这个厂人才流动性非常大,像四川 902 基地、903 基地的建设,都需要大量的技术人员。当时不少人去了那里。"

我又问起他的爱人和家庭。他说:"我没有在 221 基地找对象。那年和同事到江阴去玩,认识了现在的爱人包静娟。结婚后为了解决两地分居的问题,厂里也将她调过来。她在 221 基地红星饭店上班。后来她父亲生病,她又回老家照看。我父亲 1949 年去世,那时候我才两岁。听母亲说我父亲是个会计,也是一个裁缝,反正会四五样手艺呢。我有两个孩子。女儿在江阴工作,儿子在江阴的地铁公司上班。我于 1989 年退休。现在每月有六千多块钱的退休工资。现在不为国家做一点点工作,还享受着这么好的待遇,我已经很满足了。"

采访完毕,我在想,"两弹一星"事业的成功无疑靠的是中国共产党的坚强领导,靠的是全国人民的大力支持,靠的是全体参与者的奋斗精神。吕钦祥在四分厂 403 车间一干就是 25 年。一个一百岁的人,有四个 25 年,而 2021 年的吕钦祥已经是 74 岁的老人了。就是说,他把人生最好的年华都给了四分厂，给了祖国的核事业。现在的他走在大街上，只是芸芸众生中的一名普通老头，没有人能够把他和原子弹、氢弹联想在一起。而千万个吕钦祥昔日在221基地往小处说是工作，是一个个普通的建设者，是我们这个社会安宁的最细小基石；往大处讲是共和国长城的捍卫者，是值得我们尊敬的人。没有像他们这样默默无闻的无名英雄做出的巨大奉献和牺牲，我们哪会有今天？我们这个民族哪会有希望？我们的孩子哪会有比今天更美好的未来？

胡玉宝
科技大会代表

人物简介：胡玉宝，男，江苏省江阴市人，群众。初中毕业。1948年9月22日出生。1964年12月10日在221基地四分厂参加工作，在407热化车间工作多年。1993年因病提前退休。现居江苏省江阴市。

采访时间：2021年6月2日下午

采访地点：江苏省江阴市富仁酒店505室

2021年6月下旬的一天，胡玉宝给我发来微信，他这样写道："平淡三十年，养活一家人。青春给了221，叶落归根回家乡，可以了，满足了。"写得真好！既是回忆，又是总结，言说得多么朴实和深刻。

江阴市简称澄，因地处"大江之阴"而得名，是一座滨江港口花园城市。长江三角洲的顶点就在江阴，所以江阴被称为江之尾、海之头。这里人杰地灵，明代地理学家、旅行家和文学家徐霞客是江阴人，耳熟能详的华西村、周庄在这里。有"长江三鲜"美誉的河豚、刀鱼和鲥鱼，以江阴为最佳。我们采访的主人公胡玉宝，就住在江阴。

1964年12月10日，时年16岁的懵懂少年胡玉宝来到青海。当时他的母亲去世仅仅半年。而胡玉宝30年的青海之旅，与中国人挺起脊梁的"两弹一星"事业有关,他的脚下留下了二二一厂人最真实的写照。徐霞客在当时是个人行为,结下的是"无心插柳柳成荫"的硕果——《徐霞客游记》,在演绎成为一个民族的记忆的同时,氤氲着文学的气象。而胡玉宝在二二一厂的工作经历,是有意而为之的国家行为,它已经是一个国家和民族的集体记忆。

没到青海之前,胡玉宝早就做好了思想准备,他知道在那里上班艰苦。他的父亲也没有什么意见,总说男子汉出外闯闯是好事。刚到青海时,强烈的高原反应,他得适应一段时间,在杨家庄居住了三个月。这段时间上午学习保密教育,下午学习安全教育和安规教育,有事情就开会,剩下的时间安排自己的生活。不该说的不说,不该记的不记,不该问的不问。说起"保密三规定",今天的他还是随口就来。直到退休,他都没有给家里人讲自己的工作与原子弹有关,只说是在保密厂工作。

胡玉宝刚到221基地的前三个月没有具体工作岗位,主要是晚上卸煤——也叫劳动锻炼,白天休息睡觉,晚上通知下来说火车到了,马上起床卸煤。有时候卸煤卸到天都快亮了。坚持三个月以后,劳动锻炼任务结束,每个人都分到了车间具体的班组。当时221基地实行军事化管理,四分厂自然也不例外。大概半年以后,胡玉宝住进了盖好的宿舍楼。和胡玉宝一起进厂的这批人,十年不到的工夫,几乎都担任了班组的管理人员,是班组的顶梁柱。当时胡玉宝的年龄最小,半年以后,他是大班班长,管着二十多人。同事开玩笑说他是管生产的副主任。当时朱贵福是车间的自动班班长,胡玉宝是运行班班长,后来朱贵福调去当主任了。当时厂里还有一项规定,就是在探亲回来之后要休息两天,因为刚回来的人有"高原反应学习",不直接去上班,而是复习安规知识,经过考试合格通过的才能上班。胡玉宝说这是怕休假期间忘记了工作,回来后做收心工作,也是做工前恢复。

和其他人一样,胡玉宝干过挖防空洞、电缆敷设工作。具体到什么地方,干什么活,事前不知道。有时候坐着卡车,有时候要徒步行走两三公里才到作业地点。

当时小电厂运行,大电厂刚发电。大电厂运行正常后,小电厂就停了。小电厂每小时发电1000千瓦,不够全厂正常生产需要,又不能对外供应蒸汽。大电厂联网后,小电厂拆了卖给河南某县城的一家企业。

胡玉宝分配在四分厂407车间，是化学和热工仪表合并的车间——简称热化车间。热化车间有四个班，四班三运转，一个班有十个人。后来精减人员，合并成一个大班。他在学校数理化就好，这下派上了用场。业务知识方面当然是师傅教、自己学。时间不长他就把业务知识学得精通。胡玉宝当时的主要工作是负责锅炉的合格用水需要，保证锅炉、汽轮机的正常运行。用化学监督的术语讲就是防辐射、防结垢、防结盐。电厂设备运行时外部出现故障是检修的事，内部有了故障是化水班处理解决。腐蚀就是生锈，生锈是难免的，但腐蚀度要减到最少。结垢是用锅炉供应蒸汽时，硬水中溶解的钙、镁、碳酸氢盐受热分解，析出白色沉淀物，渐渐积累附着在容器上。锅炉结垢，不但多耗燃料，且易造成局部过热，严重时会导致管道破裂，酿成重大事故。"化水"的工作就是对锅炉给水进行预先软化，防止结垢。锅炉主设备要运行五十年以上，一般的管道也运行二十多年。锅炉一小时就要出蒸汽五十吨，即使家庭烧水也会结垢。防结盐主要是保证汽轮机导叶上附着物没有坚硬的盐性物质，不能让发电量受影响。

胡玉宝责任心强，工作认真负责，踏实肯干，不计较个人得失，和同事关系融洽，工作上没有出过什么事故。他善于总结，说电厂的电气俗称电厂大脑，汽机俗称心脏，锅炉是电厂的动力。全厂停电后，要有启动电源。先开柴油机发电，启动小电厂，小电厂运行正常后，才能作为大电厂的启动电源。他上班就上班，不考虑和工作无关的事情。不论遇到多大事情，晚上睡觉头挨着枕头，不到十分钟就进入梦乡。所谓心底无私天地宽，说的就是胡玉宝这样的人。大年三十他本来不当班的，却有意安排自己上班，让家在厂里的同事回家过节和家人团聚。夜班12点下班睡觉，第二天早上8点自己的白班照样去上班。有一次他和几个同事在外面办事，突然肚子疼。到医院检查是尿结石。当时疼得坐不住，在病床上滚来滚去的，从外科转到内科，后来不疼了，医生说是尿道结石竟然被他自然排掉了。胡玉宝在实践中迅速成长，担任了运行大班的班长，主管运行生产，还参加过一次青海省科技代表大会。许多年以后，他编写了化学水处理的最后一次运行规程，设计了最后一次水处理设备的图纸。

胡玉宝有两个座右铭：快乐自己找；一个没有爱好的人是一个无趣的人。

胡玉宝对看书、唱歌、跳舞、溜冰、篮球、足球之类的不感兴趣。但他爱打牌,先是打扑克,打扑克打80分,输的钻桌子。后来就是下象棋和打桥牌。打桥牌输了的队,下次带两个西瓜,大家一起吃。下象棋有个弊端,就是下完以后还在想着马后炮、卧槽将之类的棋局,这倒应了古人的"棋可遣闲,易动心火"之说。桥牌不一样,一局牌打完就完了。以前他的记忆力相当好,一副牌他记得清清楚楚,现在年龄大了,记忆力没有以前好了。

胡玉宝开始只是喜欢桥牌,后来成了一种癖好。他是二二一厂桥牌队的主力队员,经常和上海籍的朱贵福坐对家。二二一厂内部各个分厂一个月也有两三次比赛,也经常到西宁参加青海省的桥牌比赛,有一年得过青海省桥牌比赛的第二名。还代表二二一厂到四川902基地参加过比赛。提起二二一厂的桥牌队,在当时的青海省也小有名气。退休后他加入江阴市老干局桥牌协会,参加地方上的桥牌比赛,还得过不少奖项。

胡玉宝还会买上牦牛肉,在家里插上电炉子自己做牛肉干。二二一厂的人大都会做牛肉干。胡玉宝做的牛肉干比商店出售的好吃。他做的牛肉干自己吃一点,其余的都带回家送给亲戚朋友。儿子上学拿牛肉干给同学品尝,是同学们期待和赞不绝口的美食。

二二一厂里男的多,女的少。胡玉宝经人介绍,在老家找了对象。见到她时,原来也认识。真是身边佳人却不相识啊。24岁那年,两家说合说合俩人就结婚了。婚后夫妻一直分居。他的爱人也到二二一厂探亲来过一次,但无法习惯当地的生活,于是一直处于两地分居。家里的经济主要依靠胡玉宝维持。当时工资有八十多块钱,相当于江阴地区工资的两倍半。人嘛,钱多多花,钱少少花,过得去就行了。结婚三五年后,他想调回老家,因为是技术骨干,厂里不放。后来厂里勉强同意放他,江阴地方上却嫌他年龄大,又不要了。当时儿子念中专,女儿要考大学。面对工作和家庭,他左右为难。

他对子女要求比较严格,但主要以说服教育为主。探亲回家碰上孩子的寒暑假,他把孩子贪玩耽误学习的毛病硬生生给纠正了过来。以前孩子贪玩,常常是先玩再写作业。他规定孩子不写完作业,不能出去玩。孩子也养成了先写完作业再干其他事情的好习惯。那时候他父亲在家里当家。他父亲和爱人的感情就像父女,他们相互依靠,相依为命。爱人每天早晨上班前洗完孩子的尿布、收拾好家务才上班。胡玉宝有三个姐姐,三姐格外照顾父亲,经常给他的父亲买布料做新衣服穿。胡玉宝说家里人的关系和睦,没有为琐碎事情吵嘴。胡玉宝的父亲78岁去世那年，儿子11岁，女儿8岁。两个孩子几乎是爷爷拉扯大的。"人其实在哪上班都是养家糊口而已。但我赶上了大时代，赶上了大事业。人这一辈子，没法讲的。现在回想起来，这一切也是自己的命运。为小家谋幸福，为国家谋和平，我为自己感到庆幸。我的父亲、爱人、孩子也为我感到光荣，人一生能这样，也就知足了。"

胡玉宝的父亲去世以后，孩子恳求胡玉宝每年回家过年。看着孩子渴望的眼神，胡玉宝咬咬牙答应了。那一刻，他忽然发现自己亏欠了家人许多……那时候从青海海晏到江苏江阴，在路上得走五六天时间。刚开始坐的是硬座。当年四十多岁，他就发现自己身体不行了，他这才改坐硬卧。退休之后，他们在江阴有一套房子，一家人聚在一起做做饭、聊聊天，增加感情和交流。胡玉宝的爱人几乎每天做好饭，等着儿女回家一起吃饭。胡玉宝说今年他的孙子大学毕业，再过两年外孙女也大学毕业了。儿女们有了自己的家，就很少来大家庭吃饭了。说到这里时，我能感受到胡玉宝内心的那种无奈，只是他没有表露出来而已。

1993年，在青海工作了30年的胡玉宝叶落归根，退休返回故乡江阴。去时是一个健壮的小伙子，归来时是疾病缠身的老人。他行走在故乡的巷陌，一切都是那么熟悉又陌生。熙熙攘攘的人群中，不时有人和他擦肩而过。他记忆的翅膀在金银滩草原和江阴老家的天空翱翔，久违的金银滩清凉的高原气息……四分厂热化车间那些大小不一的烧瓶轻微的撞击声——叮当、叮当……母亲弥留之际的眼神……家乡水稻青涩的味道扑鼻而来——一幕幕往事纷来沓至。但二二一厂作为一个时代的符号，中国人奋发图强的精神力量象征，永远镌刻在胡玉宝的记忆深处。

今天的胡玉宝翘首西望，他欣喜地看到，青海原子城列入全国重点文物保护单位第五批革命文物名录。作为青海省唯一的"红色名片"、全国革命文化传承创新高地的重要阵地，青海原子城纪念馆，在2021年7月1日隆重恢复开放，我们期待着胡玉宝先生回来看看。

张志强
我与历史的瞬间

人物简介：张志强，男，天津人，群众。1946年1月2日出生。1964年毕业于天津技工学校。1964年分配到221基地工作，干过电工、车工、动力生产调度等工作。在四分厂工作多年，1993年7月退休。现居江苏省江阴市。

采访时间：2021年6月2日下午

采访地点：江苏省江阴市富仁酒店505室

2021年6月2日下午，长江三角洲的江阴地区，万物葳蕤，大地蓬勃。在江阴市西横街56号一间房子里，76岁的原四分厂退休职工张志强侃侃而谈。

1964年，张志强从天津市劳动局第三技工学校毕业，为响应国家号召，到祖国最需要的地方去，到最艰苦的地方去，他自愿报名到221基地参加工作。当时一起去的有三十多人，大家一路上欢歌笑语。在一片平房的西宁杨家庄适应一个星期后到了海晏县的221基地。分配的人说，那里牛羊肉有的是，牛奶随便喝，工资比天津高一倍。

张志强被分在机械厂动力处动力科的供电调度室。供电调度室对电的使用进行统一调度，按轻重缓急、重要程度进行分配。他刚到221基地时分到科室，生产任务不是太多，其他时间大多是挖防空洞、掩体、开荒，种菜种庄稼。

当时动力处发了保密本，领导告诉他们要好好学习，千万不能泄密。不该说的不说，不该问的不问，交代的工作要认真完成，不要问你的同事在干什么，不能说自己是干什么工作的。即使谈恋爱时，也不能讲你的隶属性质、隶属关系，你是干什么的，还有221基地的地址等等，这些都是保密内容。邮政通信地址只能用信箱代号，家里人一直以为张志强在西宁市上班，好多年以后才知道他是在海北工作。

当时的运输工具主要依靠汽车，是国产解放牌和苏联的尕斯两种汽车，门徽上印有"五角星"图案。解放汽车载重4吨，尕斯汽车载重是两吨半。没有大轿车、小轿车，拉人拉货都是这些车辆。"五角星"是部队的标志。虽然没有番号，但一般的单位不能用"五角星"标志。

当时火车直接通到221基地。在十八厂区东面有个铁路编组站，铁路编组站和交通运输处在一起，通过编组站向东可以去湟源、西宁方向。进入

221基地的只能是221基地人员。警卫部队的战士对下车人员的身份进行甄别、检查，非221基地的人员，不得进入。

刚去的时候，吃的青稞面又黑又黏又硬，没有油性，主要是做不熟，生掏熟搋，吃下去水火不行。当时的蔬菜非常少，冬天在菜场买菜需要排队，定量配给，将大白菜、萝卜储存在菜窖里，一个冬天就靠它们了。月工资可以拿到60多元，真的比天津高一倍。后来生活改善，肉食供应正常，一斤羊肉三毛多钱，一只四五十斤的羊二十多块钱，一只羊可以吃一个冬天。牛奶也随便喝。厂里农事队的一个牧民老头儿赶着毛驴车，车上四个白铁皮桶装的都是牛奶。买的牛奶得用纱布过滤一下牛毛，兑三分之一的水煮开，上面还有一层厚厚的奶皮。张志强说青海的牛奶真的香啊！也应了分配时，带队干部说的"那里牛羊肉有的是，牛奶随便喝，工资比天津高一倍"的说法。张志强话锋一转说："不过，那地方真荒凉。"他还引用了当时221基地的一个顺口溜："风刮石头跑，遍地不长草，姑娘不洗澡。"这其实是青海民谣"青海好青海好，青海的房上能赛跑；青海好青海好，青海的丫头不洗澡"的翻版。

当时战备情况比较紧张，为备战要挖防空洞。在老家的时候他听到过毛主席说的"备战备荒为人民"这句话，到这里天天拿着铁锹、十字镐到小山包后面挖防空洞，一直挖到距离他们住宅区不远的地方。有时候还拉警报，警报一响，除了值班人员，大家紧急转移到距离最近的防空壕，防空壕里面还有掩体，与电影里的情形差不多。警报不解除，人就不能出来。"呜呜——呜呜——呜呜。"张志强模仿着防空警报的声音，说现在梦里有时还会传来这样的警报声，也算是时代的烙印。夜间演习时，灯光熄灭，整个大草原黑魆魆一片，什么也看不见。后来才知道这是美国的U—2侦察机来了。但221基地的地理环境非常隐蔽，四面环山，海拔在3200米左右。不管敌人的飞机从哪个方向过来，它是看不见221基地的。张志强刚到221基地时，俱乐部那地方有一个五六层楼深的工事。邮局的电话就安置在其中，直通周总理的办公室。当时不知道，后来才知道那是一个指挥中心。

张志强刚去基地时，还在银滩公社下乡开展了三年"社教"，即1963至1966年的"社会主义教育运动"，简称"四清"运动，银滩公社按现在的地理位置在海晏县东大滩水库那边。以前那里是一片绿油油的草原，后来建了水库。"四清"运动结束后，张志强在动力处又干车工，在那里工作了近四年时间。张志强是车间的主力，他开的最大的车床是C630，主要加工主汽轮机上的轴承。电厂有两台汽轮机，苏联造和上海造各一台。机组主机的轴瓦要求精度特别高，机组转轮的转速要达到每分钟3000转。转轮转快转慢都不行。当时国产机组设备的润滑技术还有差距，要保证一分厂、二分厂用电的可靠性和稳定性，电厂的责任尤其重大。一分厂、二分厂在制作加工时得用电吸住。假如此刻停电，炸药球就会落地爆炸。所以221基地对电力的持续稳定要求很高，这也是为什么说电厂是221基地心脏的原因。机械加工那更是精益求精，譬如车床车零件时一般都不能差头发丝的五六分之一，最细的也要三五丝，最粗也就七八丝，不能差一两丝。

在操作大车床C630时期，由于工作任务繁重，累得张志强尿血。但在医院检查时医生无法确诊这是什么病，弄不清到底是肾结石还是肾脏损伤。利用探亲回家之机，他在无锡第二人民医院检查，医院要他动手术。医生说手术之后，这一辈子腰都不能吃力，干不了重活。张志强想，自己年纪这么轻，腰直不起来那可不行，于是，他采取保守治疗，长期服药。

1970年初，二二一厂管理部门和生产车间进行重组和调整，张志强所在的动力处合并到第三生产部。交通运输处和动力科组建新的动修车间。第一生产部和第二生产部也进行了合并。第一生产部主要负责制造原子弹的核材料，第二生产部主要以生产炸药为主。第三生产部电厂机修车间当时趁着重组赶紧要人，把张志强要了过去，张志强本来就是电厂的人嘛。在电厂机修车间他多次调整岗位，一直工作到退休，几乎是最后一批离开二二一厂的人。

221基地当时是二机部的下属单位，它们为祖国的核事业做出了巨大的贡献。1972年，二二一厂的人一分为二，一部分开始向四川搬迁。和"三线建设"有关。张志强说："对二二一厂完成使命之后的转型，作为二二一厂的老人，大家内心充满了不舍，但这是国家战略嘛。""两弹一星"和"三线建设"两项事业目标一致，功能互补，协同互动。"三线建设"有"大三线"和"小三线"之分。"三线建设"是中共中央和毛泽东主席在20世纪60年代中期做出的一项重大战略决策。它是在当时国际局势日趋紧张的情况下，为加强战备，逐步改变我国生产力布局的一次由东向西转移的战略大调整，建设的重点在西南、西北。当时，我国东北重工业和军事工业基地，全部在

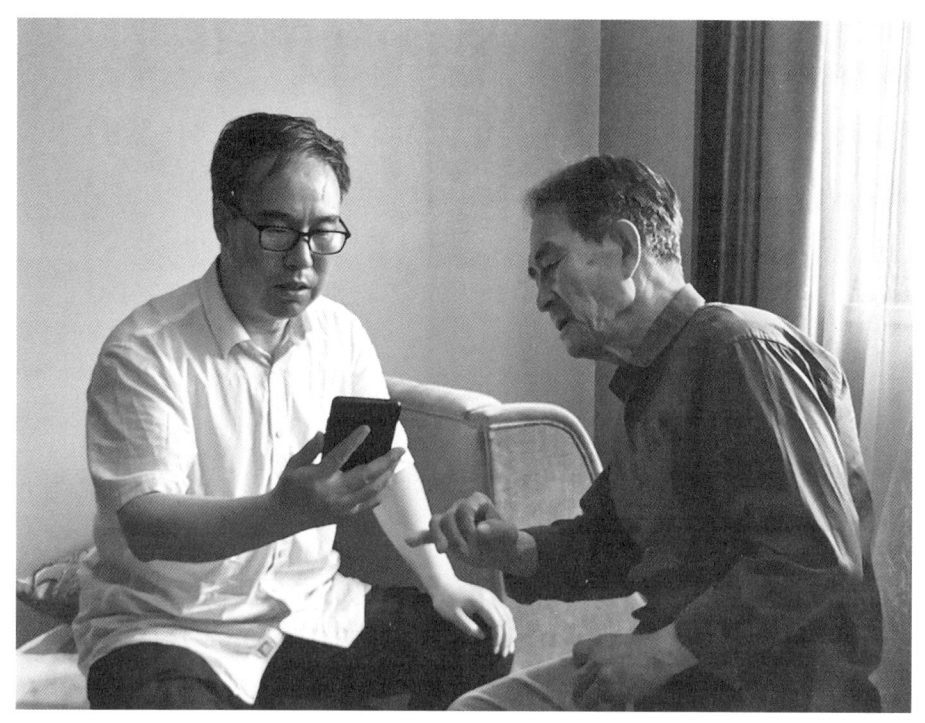

苏联可携带核弹头的中短程导弹和战略轰炸机的打击范围之内，沿海工业城市也处在美蒋航空兵力打击范围之内。北京这样的大城市也在苏美核武器打击重点目标之中。一旦战争爆发，即使敌方不使用核武器，我国大部分工业基地也将毁于一旦。当时，无论是苏联还是美蒋的武器装备，都还打不到西部地区，特别是打不到西南地区，这就是迁到四川建设的一个重要背景。

为加强战备，1964 年，中央决定建设第二套完整的国防工业和重工业体系，将国防、科技、工业、交通等生产资源逐步迁入三线地区。1964 年至 1980 年，国家在属于三线地区的十三个省和自治区的中西部投入巨资。四百万工人、干部、知识分子、解放军官兵和成千上万的民工，打起背包，跋山涉水，奔赴大西南、大西北的深山峡谷、大漠荒野，风餐露宿、肩扛人挑，用艰辛、血汗和生命，建设了一千多个大中型工矿企业、科研单位和大专院校。"三线建设"使我国有了一个相对安全的战略后方，同时也形成了中国的威慑力。"三线建设"在世界军事史和经济史上史无前例，"两弹一星"和"三线建设"为我们留下了大批物质遗产和宝贵的精神财富，使帝国主义的核讹诈阴谋破产，为后来的西部大开发和改革开放奠定了基础，其重大作用在今天依然显现。

四分厂机修车间的工作比较多，张志强由于身体不好，领导就让他从大车床 C630 上下来，开 C620 小车床。后来领导又让他做检验员，说检验这块工作他比较有经验。再后来干生产调度。车工主要有车、钳、铣、磨、刨、锻、铆、焊等工种。加工机械零件这项工艺哪个在前哪个在后，需要调度统筹安排。一个零件先是锻工用铁锻造成一定的形状，调度根据形状下达刨床刨一个平面，平面定位以后再在车床上加工。

这时候技术科缺人，又把张志强调到了技术科。他主要是负责图纸的审查。加工车间需要的零件先到张志强这里进行图纸审查，合格以后张志强下达到机修车间进行加工。在技术科，张志强还有一项工作，是处理报废的废风机、废电机等废旧设备。那时候的民办企业刚开始兴起，内地的人来买这些设备，当废品卖给他们。他们不管具体账目，只是记录一下。221 的废旧设备也为民办企业发挥着余热，它们也算是鞠躬尽瘁死而后已了。张志强在这个段落还提到了四分厂的多位前辈和师傅，譬如与他一起处理废旧设备的宋庆喜师傅；譬如技术科科长顾月华师傅；譬如技术科的七级车工兼技师孟庆仁师傅，这个小个子东北人，可是四分厂懂得最多的人；譬如宋英魁师傅；譬如陈运新师傅，他是高级工程师，号称"活汽轮机"，电厂的汽轮机发生故障，他只要一听机器的声音就知道故障出在哪里，他是江阴澄新船厂的创始人之一，是船厂建厂初期的党委书记，陈运新对电厂那些汽轮机设备及工作流程一清二楚。

1964 年 9 月，总厂下达一项硬任务，就是一定要把十一厂的灯光、照明配置好。十一厂是生活区，分甲乙两个区。甲区包括现在的办公楼、图书馆、学校、将军楼、展览馆、俱乐部。乙区在海晏县。双职工居住在甲区，单身职工居住在乙区。甲区和乙区之间有十三公里的路程。当时。大家天天拉线、装灯。在一片荒地、大草滩的地方立了六根水泥柱子，上面的顶子都是透亮的。张志强心说这地方装什么灯呢？后来才看清地上有两条轨道，轨道上架着龙门吊车。这个龙门吊其实是原子弹起吊的地方。很久以后，他们这才明白在一个空旷的龙门吊上下四周布置灯光的意义了。据张志强回忆，二二一厂至少有十几条供电线路。一号线到一分厂，二号线到二分厂……当然还有备用线路。六分厂是爆轰试验场,供电线路有二十五六公里,六分厂的面积最大,里面有好多爆炸工号。所谓工号就是一个观察点。原子弹试验都是小型试验,不是后来罗布泊那么大的试验。

张志强和爱人是在二二一厂认识的。张志强的爱人叫薛久玲,曾经是四分厂的车工,是天津技工学校毕业的。当时他们一个班的同学都去了青海,分到二二一厂各个分厂去了。薛久玲起先在二分厂做炸药试验,但她什么也不说,张志强也不问。没有多长时间她就调到二二一厂机关工会工作去了。儿子是他奶奶在天津带大的,三个孩子目前都在江阴工作、生活。1987年国家四部委发了一个二二一厂撤厂退役的文件,厂里本来把张志强安置在天津,但薛久玲是江阴人,退休时他就随妻子到了江阴。张志强说:"我在二二一厂工作多年,收获了自己的爱情,收获了自己的家庭。一生平平淡淡,没有什么轰轰烈烈的事迹,但是,我今生无怨无悔。"

张志强为了祖国的核事业,毅然决然地掉头西去。他在叙述中没有刻意的渲染,提到妻子时,只说她一直不适应基地的气候,但还是坚持到退休。这个微不足道的细节就像一滴水折射的阳光一样,凸显了张志强那代人的集体主义精神。当年在二二一厂工作过的广大干部职工,热爱祖国、无私奉献是他们共同的精神底色。他们在二二一厂工作这件事情,对我们整个人类的发展历史而言,只是"渺沧海之一粟";但对二二一人来说是一辈子的大事情,历史和他们的命运就这样在瞬间定格。

姚玉芬
完成使命是我最大的幸福

人物简介：姚玉芬，群众，江苏江阴人，于 1943 年 11 月出生。1964 年毕业于长江高级中学，同年进入 221 基地四分厂 407 车间，岗位是仪器仪表维修。1990 年退休，返回原籍江苏江阴。

采访时间：2021 年 6 月 3 日

采访地点：江苏江阴

大我七岁的老姐姐还在那棵银杏树下坐着打盹，每天早上吃完早饭，她都要溜达一会儿，然后找到我们房间窗下那棵银杏树，找到树下那张酒红色的长凳，弯着腰佝着背双手趴在她形影不离的拐杖上，下巴颏几乎垫在了斑驳的手背上。浓密的银杏叶筛出来的点点阳光刚好落在她的背上，她知道，我从房间的窗户上刚好能张望到她背影的一角。我一边整理着我们两个人的床铺，一边时不时地朝她的方向看一眼，看她一眼我心里就踏实一点。在敬老院的日子单调、重复、令人发疯，可是谁也没有勇气去打破这样的规律，这里似乎是被全世界遗忘的地方，没有纷争没有吵闹没有勾心斗角。毋庸置疑，我也是一位老人了，头发白到在黑暗的地方都会闪着光，没什么事能够给我的生活带来涟漪，我经常嘲讽自己稀里糊涂地过了一辈子，没什么值得回忆。

屋里收拾得差不多了，挺好，我在敬老院里已经住了十几年了，早已把这里当作自己的家。家是什么地方？不就是最后的归宿吗？十几年前，我带母亲来到这里，一年后，母亲一百岁了，安详地离开了。然后敬老院就将老姐姐安置在我的房间，她像我的母亲一样睡在了我的旁边，她也像我母亲一样依赖着我。我看了看墙上的钟表，快十一点了，心中开始有点忐忑，因为老同事郭宗仪打电话给我，说有几位青海来的记者要采访我，让我说说四分厂上班的事儿。我就是在电厂工作的一名普通女职工，尽管在二二一厂工作了27年，可是"两弹一星"都是大科学家们的功劳，我哪里值得被青海来的记者采访。我拿出手机，打给老郭，叫他们不要来了吧，免得白跑一趟。再说了，我也不知道他们采访到啥时候，我每次从敬老院出去，老姐姐都要眼巴巴地等我，到了饭点我还不回来，她也不去食堂吃饭，这个老顽固啊，真的跟我挺像。可是老郭更顽固，我找出的那点推诿的借口都被他一一否决，最终他说过来接我，将我接到记者们住的宾馆接受采访。老郭是一个热心的好人，我俩退休以后都回到了江苏江阴。我住进养老院以后，他也多次跑到这里看我，走的时候他都要红着眼抹泪。

要说起在青海大草原的生活，那还真的是一言难尽，我翻出抽屉里的一个铁盒子，拿出当年的工作证，看到年轻时满头黑发的我，时光一下子回到了1964年。那一年12月，我在长江高级中学毕业之后正在一个棉纺厂当老师，就是给厂里扫盲，教那些老工人认简单的字。这份工作几乎不算是一份工作，收入也一般，我当时亟须一份正式工作，不然就得上山下乡，去做一个农民。我并不是看不起农民，而是我姐姐在农村的遭遇令我心寒，姐姐嫁给了在城里上班的姐夫，却被迫带着两个孩子回到农村生活，没有干农活的经验，还要受村里人的排挤，每天的日子都像在地狱里煎熬。我毕竟是一名高中毕业生，有知识有文化，一定有更需要我的地方可以去。就这样，当听说青海有厂子来招工的时候，我赶紧报了名，至少做一个工人，哪怕去很远很远的地方。政审这一关我不怕，我有个当兵的哥哥，这在当时就像一种免检标签，等接到录取通知我才告知家人，父母再不舍也没有办法。在登上去青海的列车之后我才知道，有很多同学和玩伴儿都在这辆火车上，我们激动得相互拥抱，远离家乡的愁绪一下子就丢到九霄云外，一路欢声笑语就到了草原上。

那会儿我们可是真年轻啊，哪里知道什么叫苦呢。到了大草原没几天就过元旦了，我只记得户外很冷很冷，早晨起来出了门口没几步睫毛和鼻毛都结冰，我得大口大口地呼吸才能获得足够的氧气，风吹过来必须赶紧用胳膊把脸挡住，谁知道风里卷着什么。印象最深的劳动就是集体卸煤，冬天，一车皮的煤直接冻成一个整体，我们无法下手目瞪口呆的时候，有人传递过来钢钎和铁锹，即便如此我也感觉自己力不从心。有踊跃的男同事已经敏捷地爬到车厢最顶端，一个人竖起钢钎一个人抡起锤子砸。这样的工作因为列车运行的关系，往往是在半夜进行，在半夜靠着微弱的灯光一群人在煤车上劳动，很快我们就成了煤车的一部分，身体从上到下黑到自己辨认自己都有了难度。后来我才知道，这些煤是千里迢迢从内地拉过来，给大草原上的电厂用的，这个电厂，就是我后来工作27年的四分厂。而且仅仅是卸煤这项工作，就牺牲了一位刚刚入伍三个月的小战士，他在使用雷管进行爆破时发生了意外。

说实话，刚开始我对这份工作并不抱有多大的期待，只是将它当作一份普通的工作，能够养活我自己就行。到了厂里，通过和老师傅们接触，我才发现自己误打误撞地来到了一个极其有意义的地方，对于我本人来说，是一个意外的幸运。很快，我们住进了集体宿舍，这一生走过来，真的觉得，和喜欢的人住在再简陋的地方也比和不喜欢的人住豪宅要开心许多。而我们在221基地的感觉就是所有人都是可亲可爱的，我们有着共同的责任和使命，我们有着共同的理想和信仰。后来给我分配的工作是维修仪器仪表，刚过去就有师傅带着，就是师傅让我觉得自己如此幸运，可以一上班就有房顶的宿舍住。她说她来到草原上的时候，只能住在"干打垒"里，只有回家探亲才能洗上一个热水澡，吃的东西都不熟，有个头疼脑热唯一能做的就是硬扛。她告诉我，我们的电厂是第一个被建设起来的，就像大草原的心脏一样，没有电厂输出去的电、气、热，没有我们的锅炉车间送出去的水，大草原就会回到原始时代。为了不让大草原的二二一厂停摆，我们就像钟表上的时针、分针和秒针一样，只有我们勤勤恳恳地工作才能让时间正常流动。而我们，每一个都想尽快成为表盘里的一个小齿轮，每天都在为了打磨自己而努力。上班的八个小时，我就在师傅边上看她工作。刚开始，每一个小配件在我看来都差不多，师傅却能够精准地将它们区分开来，填装到正确的地方去。师傅修理仪表时专注的神态令整个空旷的车间都肃穆,有时都忘了身边还有我,一埋头就是两三个小时。那时候,国家经济也不宽裕,上到车间的科研生产,下到职工的吃喝拉撒,都以自力更生艰苦创业为主,师傅虽然有权直接宣判一块仪表的死刑,但是她往往把一块仪表的起死回生当作自己的追求。下班以后,我就将白天学到的东西对着理论工具书进行一一比对。不久以后,我就能从单纯的旁观到开口向师傅请教,进而到和师傅进行热烈的讨论,再到独自维修一个仪表。没什么比师傅的认可更香甜的事情了,没什么比完成工作更幸福的事情了。

草原的美是波澜壮阔的,在这种美的催发之下,我在草原上成了家,然后又做了母亲,先后有了三个孩子。在草原安家最受伤的就是孩子,在养育孩子方面我们不像工作一样有各种各样的办法和克服困难的决心,只有被迫向困难妥协,所有的苦楚让最无辜的孩子们去承担和消化。孩子们,有的是孕育在草原,生在姥姥姥爷家或者爷爷奶奶家,吃一个陌生女人的奶长大。自己远在天边的父母在孩子的整个童年时期都是不存在的。有的是孕育在草原,生在了父母的原籍之后,稍微大一点又回到了草原回到了父母身边,可是父母依旧远在天边。我家的老二还在襁褓里的时候就被锁在家里,大一点的孩子锁不住了,就跟草原上的老鼠一样到处乱窜找吃的,谁家有大人就去谁家吃,谁家的大人也都不会拒绝找上门的孩子,怎么着都会想办法让孩子吃饱了再走。这还都是幸运的。不幸的,出生在草原,因为高原缺氧,患上先天性心脏病,有的病了不能得到及时的治疗终身残疾。我家老二就得了气管炎,长得瘦瘦小小的不像我们家人都高高大大。甚至有的孩子一出生就……唉,那个年代,全国的老百姓没有一个地方不吃苦的,总有人要做点什么,我们心里就是想着能做点什么就做点什么,况且我们做的是大事,是惊天动地的大事,孩子们的委屈和遗憾,只能随着时间的推移慢慢被淡忘。

时间来到1988年,因为我的老母亲孤苦无依没人照顾,两个回到江阴的孩子正面临着找工作,我就提前申请退休了,厂里刚好也面临着拆分,而我知道这次的拆分不仅仅是二二一厂,还有我的家。临走的时候,我不仅拿到了我的退休证,还拿到了我的离婚证。回到江阴老家第一件事,就是东拼西凑地改建我母亲破败不堪的房子,然后一直赡养母亲到一百岁。现在,我虽然早就到了该被人赡养的年纪,但是从来不想依赖任何人,每天积极地锻炼身体，打麻将锻炼脑子。现在人人都说我走路带风、声如洪钟，一点都不像即将八十岁的老人。唉，像不像的又有什么打紧，日子稀里糊涂地过着，不开心了就哄哄自己，谁的一生不是这么过来的？

　　时间差不多了，也不知道我捋出来的这些东西够不够让记者们采访。我的故事是如此平淡，这样去接受青海来的记者们的采访，真是太抱歉了。不过，如果有人问起，我倒是很想说一说，我这一生是幸福的，因为所有的使命都完成了，不后悔也没有遗憾。

南京篇

王大华
连睡觉时也抱着电话机

人物简介：王大华，汉族，1941年6月出生于天津市静海县。1963年河北工业大学毕业。分配到221基地动力处，任技术员。1966年12月调到四分厂407车间，任运行值长。1973年12月，任技术科电气技术员。1975年7月入党。1980年晋升电气工程师。1984年9月任电气车间主任。1989年9月晋升为高级工程师，任四分厂副主任工程师。1992年退休。现居江苏省南京市。

采访时间：2021年6月4日下午

采访地点：江苏省南京市鼓楼区清凉山庄虎踞路64号三单元105室

记忆的浮尘落下，金银滩草原在朵朵饱满的云彩下逐渐清晰，穿越半个世纪的光阴，我们再一次听见了221基地精密仪器凿焊、运转、拼接的金属声，千军万马热火朝天劳动的号角与喧嚣声，看见了那些围绕着我国"两弹一星"伟大事业，擎起光明的灯盏，映照前方路途的人们……2021年6月4

日下午,我们在南京市鼓楼区清凉山庄虎踞路64号,见到了80岁的王大华老人。事先得知我们要来采访,夫妇两人均在家里等候我们。王大华老人身体微恙,他的爱人雷军阿姨招呼我们坐下后,热情地倒上了茶水。

南京的天气似乎比上海更加炎热,知了摩擦着薄翼在窗外树梢处练习颤声鸣叫。整个初夏,它从未感到疲倦。淡淡的中草药味弥散在房间里,辛苦的药味已成为老人生活中的一部分了。

问:您好,老前辈,您少小离家,去了遥远的青海二二一厂,一生从事了不为人知的伟大事业。请您给我们讲讲少年读书及离家去金银滩草原的经历。

答:我是地地道道的天津人。1941年6月20日生在天津。说是天津,但我自小在农村长大,父母都是老实本分的农民。家中兄弟姊妹4人,我排行老二。1959年,我考上了河北工业大学,1963年毕业。毕业后分配到青海的221基地,一去就是将近三十年。所以,这一生,最重要的经历都在青海,都在草原上。

问:前辈的故乡,让我想起了陆游非常美好的一首词:"天津桥上醉骑驴,一锦囊诗一束书。做客况当多病后,还家已过暮春初。"天津的确是一个浪漫而又有深厚文化底蕴的城市。

答:是的。无论是什么地方,游子眼里的家乡都是最美的。少年离家,远离故乡多少年。退休以后,也未能再回到天津,随着爱人雷军到她的老家南京来了。天津老家这辈子只能在梦中相见了。和我同去221基地的天津人也不少。刚才我在照片上看到你们在江阴还见到了张志强,他也是天津人。退休后也随着爱人定居江阴了。我不知道他在老家还有没有亲人,恐怕也再难重归故里了。张志强的爱人叫薛久玲,曾经是四分厂的车工,是天津技工学校毕业的。当时他们一个班的同学都去了青海,分到221基地各个分厂去了。

问:您的爱人也是在青海认识的么?

答:我爱人也是221基地的工作人员,是厂区的一名护士,我们是经人介绍认识的。相濡以沫一辈子了。我身体不好,她是护士,虽然退休了,至今还承担着护士的职责。生活中，她和我是照顾和被照顾的关系。

问：还能记得最初到达青海时的情景吗？青海与内地在自然环境和生活习惯方面迥然不同，您当时还能适应吗？

答：1963年进青海，我是在西宁报到的。在221基地西宁的驻地，调整了一两个月，主要是适应高原的气候。当时年轻，在西宁，除有点干燥外，没有其他反应。到221基地后，感觉早晚温差很大。有时太阳好好照着，人暖暖的，但高原的天，转眼无情，一阵风一阵雨，感觉又换了一个季节。在青海，天遂人愿是不可能的事，只能是我们慢慢适应它的反复无常。

问：您是我们一路走来，见到的四分厂里学历和职称较高的老人，请您谈谈自己的工作经历。

答：刚到厂里，我被分配到动力处，担任技术员工作。当时大中专院校毕业的学生，到基地以后基本都是技术员。过了两年多，调到四分厂，担任运行值长。我干了好多年的值长。你们有谁干过运行？在机房里上运行，一个班八个小时，全程监测电压、电流、水温、气温、液压等各种仪表。所谓值长就是班组的负责人，每天操心各个班组里运行的大小事。那时候的口号就是"抓革命、促生产"。厂里有人"抓革命",而在四分厂,在407车间,我们操心的则是"促生产"的工作。电厂最重要的职责无非就是保证全厂的生产生活用电,稳定发电、供电、供水、供暖,全身心投入到安全生产上。作为电厂职工,搞好安全生产和多发稳供,我认为这就是基本贡献。没有电力保障还有什么科研和生产?这是大家都明白的道理。20世纪60年代末的一些事件,也没有冲击到生产一线。逍遥派们不想上班就找个理由去玩,将机器丢下不管。我从来没有产生过这种思想苗头。整体看来,当时的青年情感质朴,境界也高,大家想得最多的,就是怎样把自己的本职工作做好。做值长多年以后,我被调到技术科,做电气技术员。几年后,又到电气车间当了主任。退休前提任为副主任工程师。弹指回首间,二十多年风风雨雨,就这样过来了。我于1992年退休,22岁时去的青海,51岁退休,回来时已是个中老年人了。哈哈,这时间过得真快啊,回南京也快三十年了,这三十年过得较慢,不知这是什么道理。美好的时光总是过得飞快,时间就像长着翅膀一样。

问:您是分配到221基地的大学生,后来成长为厂子里的技术骨干,是四分厂肩负重任的技术力量。当时像您一样大学毕业直接分到221基地的人多不多?

答:221基地初建时,和我一样的年轻人,从全国各地集聚于青海,各行各业的人都有,千军万马开展"草原大会战"。四分厂很多的技术人才都是从全国各大电厂抽调过来的技术能手。当年大学应届毕业生直接分到草原的有不少人。各个车间,尤其像技术科这样的部门有很多大专院校分来的学生。总的来说,四分厂的人员由四部分构成,一是直接从大专院校毕业分配来的学生。二是从全国各大电厂抽调的技术人才。三是部队的复转军人。复转军人在工作中一直保持着部队的优良传统,执行力很强。四是基础建设时期来的技术工人,他们什么苦都能吃,为四分厂做了不少的贡献。

问:作为"两弹"研制的动力保障单位,四分厂对电压的要求接近极端,您和您的同事们面对技术压力,是如何年复一年,克服各种困难,做到"一发三供"万无一失?

答：四分厂虽然是"两弹"研制的辅助性厂区，但重要性可以用心脏与人体的关系来形容。厂里所有的科研项目都要在电力正常供给的前提下才能顺利推进。四分厂人最多的时候，也只有一千多人。从装机容量来讲，即便是当时，容量确实微不足道，的确太小了。但麻雀虽小，五脏俱全。一个电厂所有应当具备的功能它都一应俱全，这是由它特殊的性质决定的。除了发电和供电的基本功能之外，它还承担着全厂、电厂外围539变电站的供暖、供水任务。作为国防科研的辅助部门，肩负着重大的责任。这是其他再大的厂子也无法与之相提并论的特殊属性。记得我刚到厂子时，大电厂只有一号机运行，二号机正在安装。一年多以后，二号机也投入运行了。除了发电，电厂还有独立的检修队伍。虽然我们非检修人员，也没少干机组检修的工作。工作期间，遇到了好几次故障停机。有一次汽轮机轴变形，我们采用直轴缠绕电机加热、加压法，硬是将变形的部分矫正了过来，这项工作当时还获得了核工业部的科学技术奖。还有一次，一号机组线圈出了问题，我们就自己动手更换线圈。还从上海请来了两名技术人员，指导我们的工作。遇到大的抢修，专业厂家来做技术指导，主要的工作还是我们自己完成。每年正常的大修、小修，都由我们独立完成。

问：这就是说，当时在机组运行和大修中，你们已在运行和大修中开始了技术革新？

答：当时，不要说基地了，西宁都算偏远地区，221基地保密性又那么强，我切身的感受是，如果没有"艰苦奋斗、自力更生"，如果没有"大力协同、勇于登攀"，就不可能解决遇到的大小问题。实际情况是，当时厂子里抽调、聚集了全国各大电厂的技术骨干和精英团队，为这项伟大的事业，党和政府也是举全国之力，来支撑221基地的科学研制工作。机组出现问题，大家出主意想办法，常常一个技术问题，动用全厂的技术力量，通宵达旦，集中攻关，办法总比困难多。一次故障就是一次技术革新的契机，一次检修就是一次技术革新的检验和验证。四分厂每个车间的人员是流动的，没有谁干一样工作干到老。这也是为了提升每个职工的综合能力。厂里在技术革新的氛围中形成了以老带新的传承机制。老师傅们通过大小修和抢修，在现场向年轻职工传授了专业技能和业务知识，并放手锻炼他们的动手能力。221基地是个自我完备的机体，譬如每个分厂都有自己的机修车间，有专门制作配件的车床。一般性机修和检修都由分厂或车间自己来完成。遇到大的设备检修，由总厂动力处责成机修车间和动修车间配备力量来完成。印象中，厂子里最忙活的部门就是机修车间。

问：机组中一台是上海电机厂产的，一台是苏联进口的，在运行中有没有区别？有没有"高山反应"症状？

答：四分厂在海拔3200米至3300米的高地上，机组运行和配电设备都会受到高海拔影响，比如避雷器，从内地运到空气稀薄的高原，在做预防性试验时基本上都会出现不合格现象。为此，避雷器厂家与西安高压电器厂也做过沟通，希望可以根据不同地区、不同海拔定制适合地域运行的设备，但这不是一朝一夕可以攻克的技术难题。既然厂家一时解决不了因海拔变化设备出现的问题，只有我们自己想办法解决了。譬如我们采用抽真空、做试验、调参数等办法，保证设备始终在正常状态下运行。我们还在实践中总结出来一套具体办法，松开避雷器，让内、外空气得到交换，参数就会恢复到正常范围。电厂运行一段时间之后，厂子里所有的电气试验，我们都能做。

问：有一个问题我感到好奇，就是当年四分厂与青海本地的电力部门有没有业务联系？

答：由于221基地本身的特殊性，小电厂、大电厂都是独立运行的。大电厂建起来之后，厂里电网运行稳定，基本不需要地方电力。1965年至1966年，基地有了35千伏线路，厂里还给附近的海晏县和部队供电。后来部队有了西宁的电力线路，四分厂通过部队和西宁电网联网，形成互供，对特殊情况下有可能出现的停电，有了更多保障。和地方电力部门的联系，也仅仅停留在这条线路上，其他方面没有更多的交集。四分厂承担的是国家保密单位的电力供应和保障，加上地域偏远，所以基本上是一个神秘的"独立王国"。

问：现在还是让我们回到您刚到青海的时候。您对当时221基地的气候和环境还适应吗？除高山反应外，在生活上遇到过哪些困难？

答：高海拔地区对内地，特别是南方过去的人员的身体，都会存在一些挑战。我刚到草原时，有高原反应，口干、嗓子干、嗓子痛、乏力、睡不踏实、头痛，但很快就适应了。那时候正年轻，适应性很强。1959年到1963年，是草原最艰苦的时期。电厂属于筹建之初，师傅们住帐篷、住地窝子。三年困难时期，全国都在经受困难，我们也吃不饱。在这期间，我也种过土豆。一个电工在草原上种土豆，这种情景现在说起来谁也不会相信的。刚到基地时，科室里的老同志也都还住在帐篷里。我们也住过帐篷。不过我们是最后一批住帐篷的人，很快就搬到新建的宿舍了。电厂建设阶段，也就是草原大会战阶段，整个基地热火朝天，当时最大的困难就是电力不足，经常需要压负荷，就是现在说的拉闸限电，各厂区轮流停电。大电厂建成之后，基地的动力问题彻底解决了。

问：我们在上海和江阴采访时，好几位前辈提到，那时你常常连睡觉时也抱着电话机，能给我们说说是怎么回事吗？

答：哈哈，大家还都记得这个事儿啊。运行中的设备出现故障，对我们来说是家常便饭，动力处和机修车间一年四季、一天二十四小时，随时都处于待命状态。我在动力科时，宿舍里装了电话，出现停电或者故障，电话就打到宿舍来了。有时候夜间也接到电话。一旦有事，就翻身出去处理。有时怕自己睡得沉，将电话放到枕头边，电话铃一响，第一时间就会知晓又是抢修的命令来了。所谓"响应"，就是电话铃一"响"，我们就"应"声而出。有时候变压器因超负荷而发热，每隔一个小时我们就得测量一次负荷，一点儿也不能含糊。整个晚上，就像守着自己发烧的孩子。

问：古话说："故乡遥，何日去？小楫轻舟，梦里几回。"少小离家，又是那么遥远的地方，节假日您是怎么度过的？

答：出门时间久了，节假日的概念渐渐淡去，后来干脆就没有节假日的概念了。端午节、中秋节等传统节日，都是自己简单过的。当值长时，作息时间和其他工种不同。他们都是星期天休息，而我们是按值休息。白班、前夜、后夜轮流值守一圈后，休息一班。正常作息被打乱，有时候过节了，却在岗位上。但说实话，出门远行，哪能不想家呢？家是每个人心中的根和魂。

即便再长再远的路,家和父母总在我们心上。后来,我在草原上成了家,孩子都是在草原上出生的。基地其实就是我们的家了。上班工作,下班是自己的小家,但对老家的思念从来也没有冲淡过。不过国家和厂里对我们也很好,转正以后,每年有一次探亲假。有个把月,但路途上不像现在这么便捷,一走就是十天,除去路途上的时间外,在家和父母身边还能待十来天。都是快要退休的老人了,一旦准备要探亲了,心里还是激动得不行。

问:前辈在221基地时,常年与机器和设备打交道,常年做值守工作,您有没有感觉到枯燥和乏味?

答:四分厂是一个管理体系清晰、各类分工明确的机构。我说过,这个电厂麻雀虽小但五脏俱全。我是值长,值长管理班长,班长管理班员。一个值有三十多人,一个班十多个人。有人管电器,有人管锅炉,有人管汽机,主控室监管全厂电气。还有汽机厂房、锅炉厂房,水处理、输煤、燃煤、539变电站、水厂等,大家分工不同,但面对的都是设备,都与机器打交道。有人不想与机器打交道,是不可想象的事,也是很奇怪的事。反正我没遇到过。在四分厂,不仅仅只有分工,还有协作,一旦有故障,一旦有大的抢修任务,就是车间协作,甚至是全厂协作,哪里还有什么分工!当值时,有些职工因为特殊事到不了,即将下班的班员就不下班,接着继续值。连着上两个班,也没觉得有多累。在基地多年,几乎所有的心思都在工作上。那个年代,大家的思想境界都很高,听不到谁有半句怨言。人这一生,只有做到了问心无愧,无论在什么时候,回想起来内心都会感到踏实。

问:我们在江阴采访时,见到一位前辈的工作证上特别标有一个"全"字,想问问您,这是什么意思?

答:哦,四分厂职工工作证上有"全"字的,属于线路检修人员,就是大家通常说的外线工。电力线路布满整个基地,检修工人要去各个分厂和车间检修,工作证上有了这个"全"字,才能进入其他分厂。这是保密的需要。很多厂区保密程度高,即使是电工出入都有严格的审查。记得当年我在动力处,各分厂、车间的电气设备完成安装以后,参加过验收。这才有机会进入其他厂区,一分厂就是在这次验收时去过一次。有一次在六厂巡线,就遇到了警报，事后才知道这是在做小型核试验。六厂是保密程度最高的厂区，很少有人能去。有一次，供电设备出现问题，因排查故障我才进入这个神秘的地方。不过只要是221的人，都有高度的保密意识，"不知道的不问、知道的不说"。除了巡线和排查故障，其余我们一概不予关心也不过问。亲朋好友也许会问我们厂子是做什么的，或者问我们在厂里是做什么的，这些提问我们可是有思想准备的，我们顺口瞎说，是拖拉机厂，或者煤矿，或者石油上的……说的就像真的一样，但就是不会说实话。

问：前辈，最后一个问题，您在四分厂时，印象最深刻，至今难忘的事情是什么？

答：有两件事让我永生难忘。备战时，有一次据说美国的U2侦察机飞到兰州了。科研部门、试验部门的人员都撤到湟源县。四分厂的职工是基础性保障工作，也不能将电厂撤到湟源去，无论出现什么情况，都必须坚守一线。我们接到上级通知，在厂区施行灯火管制。灯火管制有几个方面，一是直接把线路拉了。九号、十号是总厂的。一号、二号是一分厂的。除了几条特殊线路外，其余线路全拉了。厂房里的窗帘也拉上了。当时一边抓生产，一边做战备，职工除了生产运行，所有的业余时间都在防空演习、挖防空沟、做掩体，时刻提防着外敌破坏。演习警报一响，人员就紧急疏散，乘火车往海晏方向撤去。动力处就做灯火管制。我挖过猫耳洞，当时虽然气氛紧张、形势严峻，但大家的劲头十足，个个都是革命的乐观主义者。挖到两米深的位置时，开始向左向右挖猫耳洞，大家一边干活一边说笑，说炸弹下来就直接埋了，一次到位，不用再埋第二次。另一件让我难忘的事情是，1964年10月，第一颗原子弹爆炸成功的消息传来，当时我下夜班，刚回到宿舍，突然，楼道里一片鼎沸，那夜楼道里喜极而泣的欢呼声再过多少年也时刻在我耳畔。我狂奔到楼道，然后和大家抱在一起，笑在一起，哭在一起。

结束对王大华老人的采访，当我们走出鼓楼区清凉山庄虎踞路64号小区的时候，小雨刚刚下过。路面被雨水冲刷得湿润洁净，清新的空气沁人心脾，气温也凉爽了很多。我们即将完成采访任务，与各位老人告别回到青海，投入到新的工作中去。时空的距离即将再次变远，但我们都觉得他们离我们更近了，这就是心的距离。回首流年，曾在高寒、缺氧的金银滩生活、奋斗过几十年的老人们，怎能不怀念，怎能不眷恋？那些盛夏的水晶晶花、游牧天空的白云、翱翔的苍鹰和浩瀚的星河，都是他们在神圣忙碌职业生涯中被忽略的，也是人生画卷上最美的背景。曾在这里挥洒青春的岁月与汗水，无暇顾及金银滩天空的星光。在祖国繁荣昌盛的今天，他们也已然成为天空中最为耀眼的一颗颗星星。

合肥篇

臧美珍
生命中一份满意的答卷

人物简介：臧美珍，1929 年 10 月出生。1959 年 3 月进厂，221 基地四分厂工人。现定居安徽合肥。

采访时间：2014 年 7 月 15 日

采访地点：在西宁通过电话采访

  我是 1951 年参军的，1956 年转业到黑龙江北安县二机部某兵工厂（对外称"庆华工具厂"），1959 年 3 月 20 日调入 221 基地。此次调动虽然没有征求我个人的意见，但是原厂领导一说我就知道此次调动责任重大，作为一名军人服从命令是天职，更何况参与这样光荣而艰巨的工作，激动得我一夜未眠。

  在齐齐哈尔报到停留了两天，集中了一百五十人左右，又一起到了北京部里，安排我们在公安部招待所住下待命，一待就是两个星期，把大家都待急眼了。好不容易等到可以动身的命令，我们又被滞留在了兰州，因为一时间调往基地的人太多，这样又过去大半个月，我们才到了西宁。在西宁，我们被安排到西宁机械厂一边工作一边学习，主要任务是安装羊毛烘干机和石轮粉碎机，一干就是十个月。

  1960 年 2 月，我正式到了 221 基地，到现在我还记得第一天到基地的那一幕。我们是乘解放牌大卡车进基地的，一路高低不平的沙土路，不但颠簸，而且尘土飞扬。路况越走越差，气候越来越冷。等走到厂里下车时，浑身上下都是土，没有人样了。抬头一看，只见一片荒滩，四野茫茫，只有几条狭窄的土路。还算不错，带队的把我们领到劳资处报到，接待我们的领导说："好，今天来了新同志，大家一路颠簸，我们已经给你们准备好了招待所！"

所谓的招待所其实就是"干打垒"，也称"地窝子"，这在当时已经算是很好的了。两天后，通知我们去安装小电厂，我们是第一批安装人员，迅速投入安装小电厂的任务中。当时，我们十四个人住一个帐篷，拥挤得不得了。吃水也相当困难，春节刚过，寒气逼人，我们人人都扛着大棍子、洋镐、麻袋跑到麻皮河里去砸冰，然后把冰放入麻袋里抬回来，放入大木桶里，再把木桶坐到炉子（我们自己用碎砖头块垒的土炉子）上化开，吃和用都是这水。没有煤，烧的都是干草或柳条枝、牛粪等。没有电，晚上就靠一根蜡烛照明。但我们每个人都有着坚定的信念：自己动手，自力更生。小电厂"五一"要发电，大家白天工作8小时，晚上加班接着干，从晚上7点半干到11点半，累得腰疼腿又酸，饿得心里发慌。在领导的关怀下，夜晚加班期间基地供应给每人一个馍、一碗菜汤，大家吃了很满足。通过积极努力，小电厂终于在五一劳动节如期发电。

接着，安装处又接到了大电厂1号炉安装任务，1962年年底基地终于有了电力保障。有了电生活方便多了，但大家因长期吃不饱，又累垮了，多数人得了浮肿病，腿肿走不动路，大便拉血，治疗又没有药。厂领导着急了，赶紧向部领导汇报，部领导又向周总理汇报，总理看后赶紧召开紧急会议。陈毅在会议上第一个发言："我要从部队每个战士身上扣出一两黄豆来支持草原这支队伍。"会议还决定，青海省拿出牛肉、羊肉等，每人每月各供应3斤，以及相关药品。总之，在党中央亲切关怀下，在青海省大力支援下，通过各种渠道，把一批宝贵的生活物资运往221基地。得到这批物资和药品的援助之后，大家的体力逐渐恢复了，为保证完成各项任务打下了基础，对1963年草原大会战起了决定性的作用。从1963年开始，铁路从海晏县通到了厂区，全国各单位都来支援二二一厂，工程兵修通了全厂公路；西北水电公司安装大电厂2至5号炉；水道在全厂畅通；列车发电协助大电厂启动……在那艰苦的岁月里，我们战胜了各种困难，按预定计划提前两年完成了原子弹、氢弹的研制任务，我们总算是给党和国家交了一份满意的答卷！

臧美珍老人已经去世了。回首往事,真是令人感叹!在那个艰难岁月里,有些人因为实在熬不住而返乡,也有不少人为此献出了宝贵的生命!抚今追昔,臧美珍很知足,也感谢组织关怀,他曾经说过:"厂里把我们安排到合肥居住,安度晚年,我真的知足了!"

徐守仁
大电厂开始发电的那一刻

人物简介：徐守仁，1955年入伍，四年后转业到了二机部，进入221基地工作。在四分厂负责发电、变电所、电网、高压电检修工作。1992年5月，海北州接收电厂时，徐守仁负责交接工作。1994年被海北州返聘，直到海北的工作人员能够熟练操作后，于1995年回合肥定居。

采访时间：2014年7月18日

采访地点：在西宁电话采访

是的，在221基地建设中，电厂的建设对于整个工程进度起着举足轻重的作用，只要有了电，就能解决柴油机发电时间短、电量小的弊端，很多机械化设备就能使用，就能满足生产用电的需要。徐守仁说，他和臧美珍就是在这个时候赶赴221基地组建小电厂的，之后，李凯、张瑞林等人也相继而来。

臧美珍1951年参军，1956年转业到黑龙江二机部626兵工厂。1959年3月的一天，兵工厂领导找包括臧美珍在内的几个人谈话说："你们几位工作有变动，要调入新的工作单位，工作繁重，是搞尖端的，一般人去不了。你们几个经新单位工作组调查档案，符合调入条件，从今天起开始交接工作，处理个人事情，后天到齐齐哈尔，新单位工作组的同志们在那里接你们。"

和臧美珍一同前往齐齐哈尔的共有一百五十余人，他们一起乘坐火车到北京，接待他们的是一位叫陈风同的同志，经过短暂的交流以后，便把他们安排在公安部招待所，让他们随时待命。

一个随时待命让他们一待就是两个星期，大家都去找陈风同问原因。陈风同说："我知道大家很急躁，也知道大家到新岗位上的迫切心情，但现在没有车拉我们去新单位，等过段时间有车了，我们就出发。"

4月初，一百五十多人坐着火车经过几天几夜的颠簸终于到达兰州，那时候，兰州办事处正在接待和转运几千名从河南来青海"支边"的青年，他们一行人在兰州又耽搁了二十多天。

从兰州到西宁后，他们并没有立刻去新单位，而是安排在西宁机械厂学习待命。工作任务是安装羊毛烘干机和石轮粉碎机，在这一干就是十个月。

被一同安排进西宁机械厂的还有从济南军区直接转业进221基地的徐守仁。那年，徐守仁只有21岁。

1959年3月，徐守仁从济南军区转业后，直接分到了221基地。比起臧美珍，徐守仁奔赴西宁的过程简单很多，他从济南坐火车到达兰州，又坐着敞篷解放大卡车从兰州办事处颠簸到了西宁，也被安排进西宁机械厂学习待命。

虽然他们来自不同的地方，但他们曾经有一个共同的身份——军人。

军人以服从命令为天职，他们一边学习设备安装，一边待命，做好随时出发的准备。1960年2月，他们接到回新单位的通知，便乘解放牌大卡车前往221基地。

高低不平的沙土路，飞扬的尘土，越来越差的路况以及越来越冷的气候丝毫没有影响一行人前往的决心，等到达目的地时，个个浑身上下都是土，都变成了土人。抬头一看，一片黄草滩，四野苍茫，几条狭窄的土路朝着不同的方向延伸了出去。臧美珍看着眼前的一切，说道："还算不错。"

接待他们的领导说："好！今天来了新同志，大家一路颠簸，我们已经给你们准备好了招待所！"

所谓的招待所其实就是地窝子，但在荒草漫漫的金银滩，已经是很好的住处了，比起先前来这里住帐篷的人，他们算是有"房子"住的人。

两天后，作为第一批安装小电厂的工作人员，他们接到了去安装小电厂的通知，由4个刚从上海学习安装锅炉技术回来的师傅带队，分别组成4个小组，各自带领新来的人员，领了必要的工具后便投入到了紧张的小电厂安装工作中。

刚到海拔3200米的高原，大家都不适应，普遍出现头晕、头疼、流鼻血的症状。而就在这时，他们接到命令："五一"必须要发电！

有人说，高昂的情绪可以压倒一切艰辛。为了能够按时发电，大家克服人手少、劳动量繁重的困难，争分夺秒地干活。"那时候一切服从组织，组织叫干啥就干啥，还要抢着去干最苦最累的活。工作进入紧张状态，身体上出现的症状也随着紧张的工作而减轻，大家撸起袖子加油干，为的就是完成组织交给我们的任务。"徐守仁说道。

在安装小电厂时，遇到的困难很多，吃、喝、住、行全都是问题。首先是吃不饱，饿着肚子，晚上加班干活。领导关心大家，到了晚上十一点多，就给每一位加班的工人发一碗用干菜叶子泡的酱油汤，上面漂的全是虫子，就这样的汤，每人也只有一碗，外加一个小青稞馒头，想多喝也没有。尽管饥饿难忍，他们还要节约一部分粮食支援灾区，因为全国各地都在闹饥荒。

安装小电厂时，春节刚过，草原寒气逼人，为了保质保量完成任务，他们想办法克服一切困难。在14个人一顶的帐篷里，全是地铺，拥挤的空间让本来就小的帐篷变得更小。喝水只能扛着大棍子、洋镐、麻袋到麻皮河去砸冰，然后把冰放入麻袋抬回来。回到帐篷，把冰放入大桶，坐到他们自己用碎砖头垒的土炉子上化开。没有煤炭，就动手出去劈干条，捡牛粪。没有电，就靠蜡烛照明。

春节过后，也是金银滩草原狂风肆虐的时候。有一次，炊事员头天晚上发了面，准备第二天早上蒸馍馍，不料第二天天没亮大风就发了疯似的刮起来，因为伙房是用草搭起来的，如果生火必定会引发火灾，大家只好饿着肚子干活。本想着中午过了风就会停，没想到风就像是故意在刁难他们，可劲儿地刮，丝毫没有停下来的意思，无奈他们忍着饥饿继续干活。饿得大家肚子咕咕乱叫。这时，有人就说："三顿合一顿吧，晚上一起吃。"到晚上，风还是刮个不停。这时，徐守仁想了一个办法，他从外面找了一块石板支在帐篷里,在下面生了火,等石板烧热了,便把面团子打成薄片放在上面烙起来。不一会儿,饼子就熟了,大家一边吃一边烙一边说说笑笑,有一个同事说:"这是咱金银滩的风味,北京的饭店都尝不到哩。"

"那时,我们每一个人都有着坚定的信念,自己动手,自力更生。因为有着坚定的信念,也因为党员的引领作用,我们大家有活抢着干。住帐篷、咽苦水、饿肚子、战严寒,经受的苦难是难以想象的。然而,我现在回想起那时的生活,却说不出那种苦是一种什么样的苦,反而让人心生温暖。"臧美珍说道。

随着小电厂的即将竣工,基地架设高压线路的工作便提上了日程。这项任务由水电队承担。全体职工不分内外线,一起协助工作,分组分片包干赶工程。李凯所在的班负责十厂区内的高压线架设。

李凯1948年参加革命,1952年转业到某工厂成为一名电工。1959年的一天,组织找他谈话,问道:"要调你去西北工作,你有什么要求?"

"我是一个共产党员,调动工作怎么能和组织讲价钱,我什么要求也没有。"李凯毫不犹豫地回答道。

"从现在起,你就不要上班了,去做一些准备工作,回老家看看父母,安排一下家里的事情后尽快去报到吧。"领导关切地说。

李凯从报纸上看到过一些介绍大西北情况的文章,打行李时便多带了一床被子作为住帐篷的备用。

经过十多天的走走停停,李凯终于到达兰州。在兰州休整了几天以后,他们一行9人坐上了开往西宁的汽车。

汽车一路向西顺着黄河在盘山道上前进,在李凯的眼里,越往西越荒凉,沿途的山都是光秃秃的,没有树也没有草,天是灰蒙蒙的,被风刮起的沙石打得汽车玻璃啪啪响。看到大西北荒凉的生存环境,李凯感慨地赋诗一首:"西北高原风沙大,刮起满天飞黄沙;大风刮得满脸土,刮得山头光秃秃。我来西北决心大,不怕风大和土沙;发奋创建新天地,建好我们新国家。"

下午三四点钟的时候,几个人终于来到221基地的办事处报到。没过多久,他们就被安排进基地并进入了紧张的基地建设中。

对于架设高压线路的工作,李凯他们所在的水电队已经积累了足够的经验。就在他们刚到基地不久，为了满足基地建设的需要，也为了便于筹建处与厂区施工现场的联系，需要架设一条临时通信线路，领导要求他们一周内完成。为了保证按时完成任务，水电队内、外线师傅齐出动，在十几公里的线路上一字排开。30米一根电线杆，上午挖完坑，下午由两人抬一根电线杆往线路上送。最远从十八厂区扛到海晏县筹建处，再栽好。第二天就开始上杆架设线路。当时工具非常紧缺，一个班只发一把钳子和一个锤子，大家积极想办法，捡石头当锤子用，仅三天时间就把通信线路架了起来。这条线路投入运行后极大地方便了工作，发挥了很大的作用。

架设高压线路的要求比架设临时通信线路任务更加艰巨，执行任务之初，领导就曾说："配备运输设备的事你们就别想了，一律自己想办法。"没汽车，没吊装设备，从加工厂把高压线杆运到十厂区十分困难。杆子12米长，一根电线杆有150多公斤重，全是从内地新砍伐下来的落叶松，运过来时枝杈上的树叶还是绿的。当时没别的办法，只能靠人抬。大草原上没有路，坑坑洼洼，走在低处的人被压得直不起腰来，走在高处的人使不上劲，深一脚浅一脚的，加上三年困难时期吃不饱，高原缺氧，8个人抬一根电线杆都异常艰难。一天下来，只能抬两根电线杆。为了能按时完成任务，李凯带领全班同志，先挖坑，再运杆。草原的土层下是黏土和石头，又硬又黏，而高压线杆的规定坑深是1.2米，挖坑耗费了他们不少力气，但大家硬是咬着牙克服种种困难，按时完成了高压线的架设任务。

1960年五一劳动节，小电厂如期建成投入发电。但是发的电还是不够用，为了迎接1963年的草原大会战，安装队又加班加点，投入到大电厂设备的安装工作中。

安装大电厂设备时，厂领导从各处调来一些职工配合安装，但大多数人都是外行，为了按时发电，大家边摸索边学习，边学习边积累，通过勤学苦练，工作状态从开始的停滞不前向逐步推进转变。在安装1号机组过程中，干得最多的便是弯钢管。那个时候没有那么多定制的产品，钢管运来时都是一截一截的直管，粗细都有，最粗的主蒸汽钢管直径大约有40厘米，管壁厚度超过一厘米。而这些钢管都要根据设计需要手动弯。没有弯钢管的设备，怎么办？只能群策群力，采用土方法弯管。

工人师傅首先按照设计需要的弯度在钢板台上焊几个立柱，方便弯管时固定。然后为了保证在弯管时不出现死折或偏离，需先在钢管里灌满沙子。第三步把填满沙子的钢管放在炭火上烤红。最后把烤红的钢管一端固定在钢板的立柱中间，一端用卷扬机索引使其打弯。为了达到设计要求的弯度，就要反复进行炭火烤红和打弯的步骤。弯管的过程中，细管子比较容易操作，但主蒸汽钢管光往管道里灌沙子、砸实的过程就需要三四天的时间，纯粹力气活。

"那个时候，肚子吃不饱，干力气活就没有力气。怎么办，勒紧裤腰带，不能因为饿肚子而影响草原大会战。"徐守仁说。

经过艰难的摸索，总算把1号炉和1号机组两个设备安装了起来，值得骄傲的是，安装的整个过程，他们没有依靠安装公司的专业人员，全靠自己的智慧和力量。安装2号炉和2号机组时，基地领导从内地安装公司调来了一部分技术人员，带领基地职工完成安装。

在大电厂的安装过程中，最为精彩和难忘的，算是大电厂的启动发电过程。大家忙了近3年的时间，就是在等待这一刻的到来。而见证这一历史时刻的，就包括来自河南省清丰县柳格乡五成村的张瑞林。

1959年4月，张瑞林作为"支边"青年来到了青海，来到了高寒的金银滩草原。当年，张瑞林是顶着父辈们的压力报名到青海的，因为村人们一直以来延续着"在家千日好，出门一日难"的老习惯。一听说要到大西北搞农业，偌大的一个村子，除了包括张瑞林在内的五个人，没有人愿意报名。

"那时候，我也很矛盾，如果我不离开家，意味着就要饿肚子。而一旦离开家，所有的困难都要自己面对，再也没有家人给你做后盾。那个年代，全国都在闹饥荒，哪都吃不饱。但我是个男子汉，我们河南人唱的豫剧《穆桂英挂帅》中，穆桂英在国家危难的时候都勇敢果断地披挂上阵杀敌，何况我们都是正当年轻的男子汉，岂不更应该为祖国的建设做贡献。"张瑞林感慨地回忆道。

张瑞林分到电厂的时候，已经到了1961年。之前，他参与的是电厂厂房的修建工作，是一名钢筋工。到电厂以后，被安排到列车发电站上班。两台列车发电站都需要烧煤，为了保证列车发电站的正常运行，一个班十来个人，两班倒，昼夜不停地工作。

安装工作完成以后，大家就开始准备大电厂的启动发电。大电厂发电功率大，需要两台列车发电站、小电厂，以及柴油机共同作业才能带动大电厂的启动。为了大电厂正常启动，电厂所有的人在最后的攻坚阶段几乎不休息，一遍一遍地检查配件和可能发生事故的主要工序，大家的努力最终得到回报——大电厂顺利启动发电。

"大电厂的成功启动，是激动人心的时刻，标志着我们可以正常用电，很多工作也可以在夜间进行，这对于即将到来的草原大会战来说，起着决定性的作用。"张瑞林的话语中带着激动和兴奋。

从柴油机发电到小电厂发电，最后到大电厂建成发电，用了整整5年的时间。大电厂投入运行开始发电的那一刻，很多男儿的眼眶湿润了，多少个日日夜夜，多少需要他们面对的困难，他们都没有流泪，而此刻，这些铮铮铁骨男儿汉，流下了激动的泪水，这泪水是甜的，也是幸福的。

大电厂启动以后，每天需要大量的煤炭，张瑞林便被分配到卸煤队工作。卸煤队的工作量非常大，比如五十吨的车皮，在班的年轻人卸车，按规定不能超过一个小时必须卸完。因此，每卸完一个车皮，年轻的小伙子便累得满头大汗，衣服都湿透了。不停地抓着铁锹卸煤，时间久了，两只手上的血泡变成了裂口，再到后来，都变成了好不了的大血口，铁锹把上的血色和煤炭的黑色夹杂在一起，变成了黑红色，泛着被双手不停地打磨出的光。

大电厂每天耗煤量五六节车皮，每节车皮的装煤量五六十吨。最繁忙的时候，一天到货几十节火车皮，到货的车皮大小不一，有长有短。有时十几节车皮，有时八九节车皮。五六十吨的车皮，在班的年轻人卸煤，时间非常紧，全靠一台推土机和人力完成。卸煤队的工作人员每天最少得卸三趟煤，不管累与不累，只要车皮进来了，卸煤人员就必须到位，及时卸车，保证列车按时开走。

"在卸煤队工作了不久，我们全都变成了煤黑子，分不清眉眼。就连熟悉我们的人进来，都分不清我们谁是谁。"张瑞林回忆道。

1964年，基地引进了一台坦克吊车，后又引进了一台柴油吊车，这就大大解放了卸煤工人的劳动力。1968年，基地又进了一台龙门吊车，这样一来，卸煤队的工作人员只负责清理车皮就可以。不久，张瑞林就被调去开龙门吊车。

除了张瑞林，会开龙门吊车的还有他的同事尚喜峰、吴发生、陈顺堂、王震中、李海寿等，几个人倒班开，工作相对轻松了很多。

由于龙门吊车走的是轨道，每次卸完煤都必须要清理轨道，不然吊车就无法行走。1974年12月的一天，天上的雪下得比往常要大很多，同事李海寿吃完晚饭回来，看到已经卸完煤的车皮里还有一些残留，便上到吊车上准备再清理一下。而这时候的张瑞林看到轨道上撒的煤渣有一人多高，已经严重影响了吊车的运行，于是上前去清理轨道上的煤渣。由于是晚上，照明设备差，李海寿坐在龙门吊车上距离又比较远，根本看不清地上的情况。结果他将吊车开过来后便压住了张瑞林的左腿。

"多亏我当时穿的是皮裤，由于右裤腿同时绞进吊车的齿轮里将其卡死，才迫使吊车停了下来，不然，我就不只是断一条腿那么幸运了，而是早就成肉泥了。"老人豁达又爽朗地笑着说。

如今的张瑞林已经残疾了四十多年，一直工作到退休年龄才退休。对他来说，这一辈子能和221基地结缘，值了。

大电厂运行后，整个221基地白天一片繁忙，夜里灯火通明，彻底缓解了221基地的供电状况。在那段艰苦的岁月里，大电厂不但为大家带来了光亮，同时也送来了温暖。

随着大电厂的启动运行，水厂的供水量也随之加大。1961年打的几口深井，一直处于满负荷运行状态。为了保证供水量，有经验的电工师傅每天值班来保证水厂工作稳定运行。于是，李凯和其他5个老师傅组成了三个班，施行三班倒保证水厂工作稳定运行。

"那时草原的地下水位很高，每个班巡井时，需要穿高勒水靴蹚水检查。水厂修建的位置很偏，周围什么建筑都没有，人迹罕至，但水草丰美，经常有狼出没。由于水厂没有值班室，我们晚上值班时只能待在泵房的墙角。"李凯回忆道。

李凯思索了很久以后又说道："我记得1961年年底，水厂打出的深井开始陆续投入使用，可以往十八厂区供水了，但从水厂往总厂送水的管道还没有铺设。我们接到任务后便开始挖沟，挖沟需要耗费巨大的体力，那个时候大家都饿得没有力气，正好又是冬天，地冻得邦邦硬，一洋镐下去就只有一个白点，进度自然慢了很多。有一天，我们正在刨土，李觉局长来了，他披了一件军绿色的大衣，很客气地对我们说：'老师傅们在挖沟啊！'大家看到李觉局长来了，也纷纷给他打招呼。只见他脱掉大衣扔在土堆上，下到沟里说：'我刨几下。'说完拿起洋镐就干了起来，已经五十多岁的他，刨了一会儿就气喘吁吁地说：'现在国家困难，大家都吃不饱，慢慢干吧，能干多少就干多少，不要太累了。'大家听了李觉局长的话心里都热乎乎的，觉得领导能理解我们工人的疾苦，很受感动，反而干得更有劲了。"

供水系统全面打通后，草原到处一派繁忙景象。此时，从总厂到七厂等南北区域的建设已经初见规模，但通往各个厂区的路还是沙土路，麻皮河上没有桥，致使南北两岸的交通非常不便，厂领导决定打通南北区域的交通网。

陶 锋
种风景的人们

采访原二二一厂四分厂老职工的工作来得有点突然,就是人们常说的时间紧,任务急。况且,参加采访的几位同事常年在专业岗位上工作,业余时间写点诗歌和散文,大都以抒情和抒怀为主,未曾遇到过这样硬碰硬的任务。接到通知,我感到,这几乎是无法完成的任务。

西宁第一次工作碰头时,马海轶老师开门见山,说只有我们在座的几位才能完成这项任务。他还凭自己的岗位工作经验,给大家简要交代了一下如何做前期准备,如何与人物对话,如何处理素材,如何解决"众多人物、一个故事"的问题,如何处理历史事实与时代精神之间的关系等诸多现实问题。大家心里好歹有一个大线索和大概念了,至于怎样写,那就一边采访,一边探索吧。工作任务的特点,决定了我们只能一边干、一边学。

在物理层面,四分厂是目前二二一厂保存最为完整的厂区。在精神层面,由于四分厂在二二一厂的职能定位,历来都不是人们关注的焦点,还有许多不为人所知的"秘密"。岁月推移,经历过那段峥嵘岁月、内心深藏着"两弹一星"精神密码的老人们越来越少。可以说,这次对四分厂老职工的采访是一次抢救性的挖掘,刻不容缓,时不我待。如果不及时把那些虽然未经雕饰却熠熠生辉的故事记录下来,经过岁月的风吹雨打,这些人、那些事会风化水蚀在时间的走廊里。伟大的精神,如果缺少了具体而生动细节的描述,就会显得苍白。伟大的历史,如果缺少了普通人坚韧而无私的奉献,就会显得单薄。我们的责任就是找到二二一厂四分厂还健在的老人们,将他们在青春岁月中亲自经历的那段往事讲出来，我们代为记录，将那些已经显得零碎和渺茫的故事作为"两弹一星"精神的有机组成部分，用心灵之笔描绘出来，留给未来，留给更加年轻的人们，让他们在重温中获得力量，在征途中获得启迪，担负着伟大的使命，在缔造和平和幸福的伟大事业中，走得更稳健，走得更高远。如果我们不把他们的事迹记录下来，呈现给社会，展示给人民，于公于私我们都寝食难安！

2021年5月中旬至6月初，在两个多星期面对面的采访中，我们一行数人，采访了大约22名原二二一厂的老同志，往来于四分厂和西宁二二一厂小区之间，辗转至上海的浦东，江苏的张家港、江阴和南京，一路走来，感触良多，感慨万千。

他们是一群忘我牺牲的人。20世纪50年代末，他们响应祖国号召，告别美丽的江南水乡，挥别父老乡亲，毅然决然地掉头西去，在遥远的高原腹地工作生活，除了勇气和决心，还需要更大的忍耐和坚持。许多人真的是献了青春献子孙。比如在火车上生产的徐爱侬，比如爱子18岁因病离世的钱玉英，比如被龙门吊车轧断腿的张瑞林……

他们是一群任劳任怨的人。自古忠孝难两全，他们毫不犹豫，选择了对国家的忠诚，对事业的敬重。他们不计个人得失，把"我是革命一块砖，哪里需要哪里搬"的革命精神发挥到了极致。他们无怨无悔，只有一颗为祖国为人民的忠心，一个个像无名的螺丝钉一样在各自的岗位上默默坚守，默默奉献。他们当然有遗憾，那就是在事业和家庭的两难选择中，牺牲了亲情，亏欠了自己的老人和孩子。

他们是一群幸福而平凡的人。采访中年龄最大的是居住在江阴的韩一平老人，今年已经92岁。怕自己在采访时说不清楚，老人家专门手写了四页纸的手写稿。开始的时候，老人照着稿子回答大家提出的问题。但回忆到深处，老人索性撇开稿子，侃侃而谈。情到深处，老人不时擦着眼角的泪水。胡玉宝是乡音无改鬓毛衰的江阴人，二二一厂几十年的生活洗礼，他的吴越腔调似乎没有一点改变，现在依然还是爱打桥牌，他说："现在的生活习性还是在二二一厂时养成的，这辈子都不会再改变了。"

他们也是一群孤独的人。采访中我们得知，徐爱侬、陆玲芳、索桂芝、谢仲铨等老人老年失伴，大多数独自生活。满头银发的姚玉芬告诉我们，因为和儿女长期不在一起生活，感情也变淡了。她先是陪伴自己的母亲住在当地的养老院，老母亲去世了，就将自己也安顿在养老院。他们赋予岁月活力和快乐、青春和年华，岁月赠予他们寂寞和孤单，也许，这也是生命之于时间的本质和真相。

他们更是一群种风景的人。因为他们的工作和劳动，他们的奉献和牺牲，才铸造了"两弹一星"的伟大丰碑。让那些磨刀霍霍的敌人，不敢再对我们龇牙咧嘴。他们就是国之重器背后那些默默支撑的力量。他们就是和平、安宁的使者。正是像袁宝福、吕钦祥师徒等这些默默无闻的前辈们通过一生的努力确立的精神品质，感动、感染、感召我们，不忘初心、牢记使命，将自己的生命坐标建立在热爱祖国、无私奉献的大坐标之中。二二一厂已静默多年的四分厂无疑是一道亮丽的爱国主义教育的风景线。而他们正是这道风景线中最耀眼的光芒，最动人的情节。

在河南殷墟出土的甲骨文大多记载着上古时祭祀和战争的信息。无论是竹简史书，或者是青铜铭文、帛书，还是田野考古出土的文献，都说明在殷商时代以前的华夏古人，就已经把祭祀祖先神明与军事战争看成维护国家疆土统一的首要大事。《左传·成公十三年》里面记载：国之大事，在祀与戎。这是说国家的重大事务，在于祭祀与战争。祭祀既是仪式，也是本质。我们建立爱国主义教育基地，缅怀先辈的业绩，这也是具有红色意涵的"祭祀"，意在纪念先辈，激励后人。只不过"祭祀"的对象不再是神明和自然力，主要是英烈和楷模。中华文明之所以数千年传承不朽，与我们承继和担负的精神内核有必然的联系。二二一厂既是过去式的，又是当代式的，原子城纪念馆是国家的历史，是人民的历史，是中华民族的集体记忆，是我们宝贵的精神财富。

我为能承担这项艰巨的工作任务而感到莫大的光荣和自豪。

杨玉婷
我和四分厂

从容才无畏

赴上海和江苏江阴、张家港、南京对二二一厂四分厂退休职工的采访工作已经结束三天了，采访工作组建立的微信群也已经安静了下来。回到西宁以后的第一天，我在家休息，房子依旧还是那么大，衣服还是要自己洗。回到西宁以后的第二天，我去上班了，工作积压了很多，电脑依旧很卡。今天，我在西宁打了一天的羽毛球比赛，目之所视似乎都是我打不过的人。

不对，这是采访之前的我，这是十天前的我，抱歉，我需要重新来一遍。

赴上海和江苏江阴、张家港、南京对二二一厂四分厂退休职工的采访工作已经结束三天了，采访工作组建立的微信群也已经安静了下来。回到西宁以后的第一天，我在家休息，床睡着比宾馆里的舒服多了，衣服也可以自由地洗。回到西宁以后第二天，我去上班了，办公桌上的陈设和电脑桌面的文件夹依旧都是我熟悉的模样。今天，我在西宁打了一天的羽毛球比赛，目之所视都是一片欢乐的海洋。

没错，短短十天光景，我就收获了一个更加积极、乐观、可爱的自己。

其实，在此次采访期间，我个人一直处于被采访的状态，尤其我的父亲，每天都问我今天采访了哪些人，有什么收获吗？我感觉自己高考的时候我父亲都没有这样关心过我的动态。鉴于此，在采访工作已经告一段落在西宁整理文稿的间隙，我要官方回复一下亲朋好友的关心。当然我知道这不是对我个人的关心，而是对自己有亲朋好友参与二二一厂"两弹一星"精神传承出一份力的这一可炫耀一下这件事的关心和关注。

大概一年之前，我和女儿瑾瑜误打误撞，走进了青海省美术馆。我们沿着旋转的楼梯一层一层地往上参观，一直到最顶层，发现最顶层并不是艺术品陈列馆，而是爱国主义教育主题展厅，里面有玉树大地震期间的救援图片，也有关于二二一厂的前世今生，有图片有实物有影像，甚至还有实景的还原。那些艰苦卓绝的生活场景和热火朝天的劳动场面令人感慨万千，我几乎什么都不用讲，就让瑾瑜自己去看去体会就行了。走到一面墙跟前，瑾瑜驻足良久，墙上有一张飞机图片，然后有一位戴着眼镜脸颊瘦削的老人肖像，那是"两弹一星"二十三位元勋之一的郭永怀先生的简介，其中包括他最后英勇牺牲的具体情节。瑾瑜才八岁，她肯定理解不了有人会在飞机坠落前的几秒钟还能想到并精准地做到保护一份文件，现场是那样惨烈，而装有实验数据的文件却被完整地保存下来。我还是不说话，静静地看着她也看着那面墙，这些画面和文字的刺激是强烈的，展览现场只有我们俩，除了投影播放的纪录片片段发出的旁白声以外,没有任何多余的声音。瑾瑜轻轻地叹了一口气，看了一眼满眼都是泪的我，看了一眼那位慈祥的老先生，说："妈妈，这些人如果生活在现在就好了，他们就不会受那么多的苦了。"多善良的女儿啊，我内心立即泛出一股暖流，蹲下来，抓着她的手，很郑重地跟她说："宝贝，你错了，是他们主动、自愿地过这样的苦日子，做出了这么大的牺牲，才有了今天我们的好日子啊！"

瑾瑜心里应该有遗憾，以为他们都已经不在了，不能当面向他们壮烈的一生致敬了。我当时也是这么想的，如果能够时空穿越，真想走到他们跟前说一声谢谢。我万想不到有一天，我会和不止一位二二一厂工作过的老人面对面，握着他们的手，听他们讲当年的惊心动魄和九死一生。当我们还没来得及就他们的付出以及他们接受我们的采访表示衷心的感谢时，他们却拉着我们的手一遍又一遍地说感谢，感谢你们大老远的来看我们。每次从采访者家里走出来，我们团队里就有人哽咽，有的甚至在要求绝对禁止采访录像期间发出抑制眼泪鼻涕喷涌而出而大口呼吸的声音。就这样，一路上一遍遍地倾听感动，感动倾听，惹得我们采访组负责撰稿的每一个人都压力山大，这要是写不出来或者写得不够好，不能将他们的故事还原到位，不能将他们的精神传承下去，那，那将是多么难以想象的辜负啊。

说到采访这件事，我感觉自己是很不专业的，当然我本人确实也不是专业的，单位抽调我参加这么有意义的一件大事我起先也是惊得一塌糊涂。我心想，自己一定要拿出百分之百的专注来跟上大家的步伐。但是一上阵就发现自己太业余，好在业余的也不是我一个人，因为我们完全不像是采访小组，而是一群探亲小组，记者和被采访人就像一家人一样其乐融融的。一开始带队的马海轶老师还有意地先跟老人套近乎，说我们是从您的第二故乡青海来看您的老乡，希望老人不要对我们这群突然上门叨扰的陌生人心存芥蒂，更希望采访能够顺利。结果发现老人们在采访之前就把我们当作了真正的亲人，尤其当他们看到我们手机里拍摄的四分厂厂址的照片时，脸上都是兴奋和喜悦。他们想不到在花甲耄耋之年，还能看到曾经工作了三十年，离开了三十年的厂房、车间依旧跟当初一模一样，然后回忆的话匣子就像摁了启动按钮一样，一下子就打开了。

我们采访的老人都来自四分厂，就是基地的自备热电厂，他们中间有大夫、有仪表维修工、有锅炉工、有车工、有财务科长、有文工团骨干……根据他们的回忆，我们看到了一个不一样的四分厂和不一样的"两弹一星"精神。此次我们采访的绝大多数人，都是1964年年底进厂的，我对1964这个数字很敏感，那一年我的父亲刚刚出生，每当听到老人提起进厂的月份，我就默算着当时我父亲才几个月大。我父亲还是个小婴儿的时候，我面前的这些精神矍铄、侃侃而谈的老人就已经背上行囊兴高采烈地踏上西去的列车，那趟闷罐子列车要行驶三天三夜才能将他们送到大草原的边缘地带。这几天我每晚做梦都在坐火车，那列火车似乎没有目的地，就在一路往前狂奔，我不知道自己将要被带到什么地方，有对未知的恐慌，也有对新世界的憧憬，我想那就是他们坐在火车上的心情。我知道群体是可以被感染的，一个人的心情就是全部人的感受，只是在采访中我非常想知道个体的最细腻的心境究竟是怎样的。我反复地想，在不同的人身上寻找不同的答案，但是很遗憾我没有找到，不过我想没找到并不是不存在，只是他们的记忆还是被时间冲淡了，被人生的起起伏伏淹没了。那时的他们都才高中毕业或者大学毕业，风华正茂青翠欲滴的时候，也是他们的心最敏感、最柔软也最脆弱的时候。我想,他们一定有割舍不了又装不进行囊的一本书或者一把扇子吧;我想,他们一定有白天见面不好意思多说几句话,睡前拼命回想白天那次见面细节的异性同学或者朋友吧;我想,他们也一定留恋着儿时乱转的弄堂和恩养他们的父母吧。

这列火车听不到这些,它只会沿着铁轨轰鸣着往前奔走,火车载着他们穿越了无数个山洞,一直走到树越来越低、草越来越密、天越来越近、云越来越白的地方,没人知道自己能够在这里待多久,十天?半个月?半年?

不,是三十年。

火车终点站西宁到了,西宁到基地大草原还有一百多公里路程,221基地几乎是与世隔绝的最佳藏身之地,基地四面环山,隐蔽保密,平均海拔3200米,高寒缺氧,水烧到80℃就沸腾,四季离不开棉衣。最先迎接他们的,是各种高原反应,何况是直接从上海、江苏过去的他们。接下来的采访,我们都觉得他们会不断地重复当时所吃的苦、所受的罪,可令我们惊诧的是他们都说基地条件很好,不苦。他们说不苦,我们心里却叫苦不迭:我们就是想用你们所经历的苦难来映衬你们创造的奇迹有多么的辉煌,您说不苦。住哪?"干打垒"。啥是"干打垒"?一半在地上一半在地下的地窝子。那还不苦?啥?就因为单位里把办公楼的厕所腾出来给你们几个女学生当宿舍你们就觉得条件很好啦?吃的呢?酱油膏。啥是酱油膏?面不熟就只能生着吃。喝水呢?洗漱呢?啊?一年回家探亲才能好好洗个澡?啥叫比你们师傅们当年好多了?跟现在比呢?为啥不能跟现在比?孩子都因为工作原因生在火车上而夭折了,爱人因为职业病早早去世了,什么叫挺知足的?

他们确实没有撒谎,他们真的很知足。在四分厂,他们说无论生活上还是生产上,跟同事们相处得亲如一家。有人要结婚了,没有新房,有单身汉二话不说把自己的地窝子腾出来找另一个单身汉"同住"去,几个同事过来在地窝子的顶棚糊上一层装水泥的袋子就算是精装修了,新人把所有的婚庆仪式都浓缩在玻璃纸装的喜糖里。有同事的孩子生病了,厂里唯一的大夫会陪着这家人跑到北京看病,因为病情紧急而路途遥远,还有的同事会连夜给孩子做了一身新衣服,以免孩子撑不住而没有新衣服上路。在张家港,我们采访到的一位陪着母亲接受采访的核二代,他说他轻易不敢到二二一厂四分厂退休职工的聚会中去,因为他小时候谁家的饭都吃过,谁家的床都睡过,如今自己大了，面对那么多自己曾经的衣食父母，感恩不过来，欠的情谊太多太重。在工作中，他们是一个完美无缺的合作团队，任谁有任何心事，只要进入工作角色，那就是一颗螺丝钉，只有岗位职责没有其他。四分厂是一个集供水、供电、供暖的自备电厂，把深井水、生活用热水、强大的电流送到了科研、设计、生产车间、试验场、部队岗哨、职工医院、食堂、宿舍，为当时科研攻坚大会战，提供了坚强的后勤保障。这里可能没有什么惊天动地的故事，但是基地每一个惊天动地的故事都离不开他们默默的支持。有人说二二一厂记录着当年在这里默默无闻、与世隔绝、艰苦创业的 221 人埋藏在心底几十年的秘密，而四分厂则是比这个秘密更深的秘密，比他们的默默无闻更默默无闻，甚至连他们自己都觉得自己的付出微不足道。

就我们见到的这 19 位老人来看，他们的近况都很好，我跟瑾瑜以及很多人的遗憾或许能从他们目前健康快乐以及丰富多彩的晚年生活中弥补一点点。我们见到一对原来在四分厂就玩在一起的好哥们，他们两位也是一同接受的采访。一位说你话多，要不你先接受采访；一位说你才话多，你慢慢接受采访，我先到旁边房间等着你。结果分开采访期间俩人话一个比一个少，我们采访到的内容少得可怜。后来采访结束了，两位老人和我们唠家常的时候，哎呀那叫一个故事连篇妙语连珠精彩纷呈，什么过年前半夜偷偷烤牛肉干带回老家啊，单位为了改善伙食让职工拿着猎枪去打猎啊，草原上"狼多肉少"自己的女同学偏被对方抢了去啊，等等。其中一位还曾参加过文工团演出，到现在还带着二胡去广场上给大妈伴奏。另一位更了不起，上班的时候老婆孩子都在老家，自己一个单身汉没啥事儿就研究桥牌，现在的水平近乎职业选手了。看他们一边调侃对方一边回忆当年的趣事儿，我们这群旁听者都被深深地感染了。明明是蹚过生死河流的人，却能够将最珍贵的记忆保存得如此完整，将苦难的部分都化作了珍珠，撑开了他们的心胸，用积极乐观的生活态度照耀着身边所有人。

什么才是有意义的人生？乱世出英雄。可是没人希望自己出生在乱世，反正我是母亲，我十分抗拒我的孩子生活在乱世，就算她在乱世可以成为一个英雄，我也宁愿她在太平盛世做一个平头老百姓，安安稳稳地过完她的一生。经过这些日子的采访，我也能够感觉到团结一致的群体拥有可以扭转时代的巨大力量。他们可歌可泣的并不是那巨大的力量，而是在那种巨大力量的面前可以守住本心，可以内化出自己的人生意义，他们的人生意义，就是我虽然蹚过生死的河流，但是我依然热爱生命、热爱和平、热爱国家，珍惜自己身边的一切，可以拥有一份平常心，可以坦然从容地微笑着面对自己的一生。

给予越多自己越富足

我不认为借助于节假日匆忙打卡一个城市会有多大的收获，与处心积虑相比，我更喜欢和某个陌生城市的不期而遇，比如因为此次采访而结识的南京。在南京住的地方恰好在秦淮河畔，没有理由不怀着拜谒的心情去流连一番。人虽多，风情却不减，处处都是靡颜腻理的江南女子，婉约含蓄的少了，却也拉近了人与人之间的距离。南京有一种飘在云端的贵气，也有一种和所有劫难冰释的和气，仿佛故事都是别人的，熙熙攘攘都是外来的。真正的南京，其实正闲坐在一株硕大的梧桐下，一手摇着一面蒲扇，一手擎一碗酽茶，颤颤处坠落一颗蒲公英的种子，悠然地看日出日落，只是无人与之谈笑人间的沧桑巨变。

可惜只有两天时间，还没来得及品读出更多，就来到了机场。在宾馆住的最后一晚，因为贪恋秦淮河畔温婉怡人的空气，我将窗户打开了，没想到两只蚊子顺着给空气流通的窗口登堂入室开始了它们的饕餮之旅。而我在氧气充裕之地却犯了傻，与两只蚊子鏖战半宿，等我最终坚持不住败下阵来损失也不过是两个凸起的包。早知如此还不如早早喂饱了它们我好酣睡在秦淮河畔，说不定还能在梦中化为佳人和才子相会。早起赶到机场的我浑浑噩噩，要不是有团队伙伴可依，我很可能将自己走丢在机场，就像机场那些丢失了主人的行李。

将自己捆绑到座位上之后，飞机还没有起飞，我就进入了混沌。醒来时，飞机还在机场，只是属地变成了青海西宁。哦，我到家了，打了一个盹儿，如此简单便捷却又如此落寞空寂。听了十几天三天三夜坐着火车到西宁的故事，遥远的戈壁滩，神奇的大草原，颠簸的大卡车，马兰花沙棘果青稞面，这些故事如云烟一样的不真实。我睡醒了，秦淮河畔的香甜醉人置换成了高原地区的清冽透彻。我追着众人的脚步，走出机场，看到了湛蓝的天和洁白的云，刚才匪夷所思的不真实感瞬间变成了逻辑吻合情理相宜：啊，这就是他们摇晃了三天三夜后所看到的一切。强烈的紫外线令人忍不住擎起手盖在眼眶上方，浮肿的脚踝踩着坚实的地面，衣领裹得紧紧的还是冷，明明是视野开阔的户外，感觉却比车厢里还闷。没有任何欢迎仪式更没有任何的归属感，这群陌生人就这样和一个陌生的城市见了面，简单地交接以后，他们被带去了那个代号221的工厂。在未来的三十年，他们将成为彼此的一部分，不可分割相互成就，他们以游子的身份走进了青海扎根在草原，留下自己的青春和热血。走的时候呢？有这样一句话，出自莎士比亚的《罗密欧与朱丽叶》，年少时的我或许不会相信，采访之前我也不会相信，这句话虽然是形容爱情的，用在这里却非常合适：我给你的越多，我自己越富有。

　　我们一行人，跨越半个中国找到他们，从茫茫人海里将他们分辨出来，再从他们中间将他们一位一位地分开来赞美和歌颂，如此大费周折如此不遗余力，无非是想解开一个更大的秘密，他们是凭借着什么完成了自己的使命，他们又是如何在异乡创造出属于他们的功勋和业绩，以至今时今日，他们都已在耄耋之年，这片被赋予过神圣光环的土地依旧对曾经的他们念念不忘、依依不舍。

　　如今的原子城，曾经的二二一厂，再曾经的金银滩，按照时间的轴线每天都在变化着，按照经度和纬度，又似乎从来都没有变化。在1957年到1993年之间，这里收纳过一个民族的希望，汇聚希望的地方总是充满了坎坷和脆弱，对于一个个肉体凡胎来说，则是被希望的力量裹挟吸纳而至的英雄。

　　什么英雄，不就是一个热电厂的工人么？我们不承认自己是一个英雄，啥事迹也没有，就本本分分地工作，那个年代的人，谁没有穷过，谁没有苦过，只有没有受过伤的人才会讥笑别人身上的伤痕，我们看到了今时今日的中国，我们何其幸运了。是，有些人在困难面前寒盟背信，那些人没有信念没有信仰，他们才是真正的可怜可悲之人。

　　我从小就偏爱老人，以前不知道为什么，今天忽然明白，是老人身上有比糖果更加诱人的恩赐，就是那些朴实无华的做人的道理。人生是如此漫长，生活中处处都是未知的挑战，至今我都会不时地感到不安和慌张。而从容坦然的他们，比教科书上的白纸黑字更有生命力和说服力。这趟出行回来，我不停地在反刍，他们的精神如此富足，意志如钢铁般坚毅。在他们该安逸地享受晚年之时，他们依然关心人类、关心文化、关心全球政治。他们的眼界如此宽广，羽扇纶巾，谈笑间灰飞烟灭。他们，是如此得让我向往。只是今天，我还是有些迷茫，我一次一次地起笔，一次又一次无可奈何地合上笔记本。难道必须要经过一模一样的青春，才能同他们汇合到同一处温润的河流，我个人目前所经历的一切，都比同期的他们幸福百倍，是我拥有的太多致使我感受不到生命的厚重和粗粝吗？不，我不甘心，我还要细细追索。

我和他们一样，都是电力工作者，本职工作都是供电，只不过他们为"两弹一星"的科研项目而供电，服务对象不同罢了。不，不对，他们当时根本不知道自己在为谁服务，只知道要保障供电，和我们是一样的。当他们说起自己在大草原上为保障供电而夜以继日时，没有任何人觉得自己身后还有退路，就像倒下的多米诺骨牌其中之一，每一个都是最关键的一环，没得选不能退。这种感觉，我没有。我，或许能将"人民电业为人民"挂在嘴边，却没有真正地挂在心间。我虽敬佩那些在一线辛苦工作的同事，他们跋山涉水巡线，他们顶着酷暑接线，他们艰辛的付出我看在眼里，也心疼也感触，而自己却始终拿不出百分百的诚意全心全意地投入自己的工作，总在计算和衡量，总在斤斤计较，总在打量四周。选择的多才导致人的焦虑，因为我给了自己太多的选择，今天工作多少、工作多久、工作多好，焦虑这些比工作付出的精力还要多，如果像他们那样勤勤恳恳专注工作无问西东，那我也会有万家灯火因我而明的欣慰和自豪吧。

还有就是面对苦难时的抉择。人生在世，免不了要遭受苦难，无常是常。所谓苦难，周国平说，就是那种造成了巨大痛苦的事件和境遇。苦难和幸福看似相反，但是它们有一个共同之处，就是都直接影响灵魂，苦难对灵魂的影响还要更大一些。尼采说凡是打不垮我的都将让我变得更加强大，说的也是这个。虽然我目前没有遇到能将我击垮的苦难，可我的灵魂亟须强大，为了我自己也为了我的家人。我焦虑，焦虑苦难来临自己抵挡不住，最后获悉的唯一办法，竟然是经过苦难的淬炼来促使灵魂变得强大。人生就像一个道场，即便足够幸运一世富贵荣华，也免不了还有一死，而人在道场修炼的终极意义就是用来面对退出道场这个现实。我相信，当年刚下火车那群懵懂的青年，并不知道自己将要经历什么，而他们恰到好处地运用了以苦难为历练道场这一真谛，所以才有了今时今日仙风道骨般从容不迫的他们。做人，实在应该简单些，对别人的要求低一些，对自己的追求要高一些。

在我眼里熠熠生辉的老人，是真正的明星，因为他们代言了一个时代，他们令一片陌生的大草原成了一个令无数人瞻仰的原子城。在那个年代，要抵达一个城市都是不容易的，更何况他们是凭空建立一座城，改变一座城甚至竖起一个民族的脊梁。在当代，他们的精神仍富有勃勃的生命力和创造力，我对自己能够如此亲密地接触他们感到荣幸。如果我不能借助他们的光芒提升自己的维度，那就相当于丧失了一张不用经历苦难就能升华灵魂的幸运卡片，这才是真正意义上的打卡吧。

很久以来，我一直觉得自己是个滥竽充数的人，这不是因为我在人群里的平凡和平庸而发出的自卑之言，而是每每看到、听到、读到人类文明发展进程中某些人、某群人所迸发的百折不挠的勇气和无与伦比的创造力时自己最由衷的敬佩：妈呀，他们怎么做的？我合该被淘汰出局才是。我自己有时在面对同类所创造出的伟大工程时会震撼到灵魂深处都在颤抖：天啊，这是我所属于的文明创造出来的吗？我何德何能与之以同胞同族相称啊。通过这次采访之旅，我也希望能够破解心中的疑虑，你们到底是怎么做的？结果是我看到了一个又一个平凡可爱的人，他们不过是把最质朴的行动汇聚在一起，将自己像火柴一样燃烧了起来，那璀璨的光和热就是人类最强大的潜能，而那些牺牲和付出，却是最值得我们铭记于心的。莎士比亚说得对，给予越多自己越富足。那么我们，还在犹豫什么呢？

多余的心疼还是疼

外出采访回来，我就一直让自己待在书房，感谢我的母亲，因为她所以我可以两耳不闻窗外事，读小学的女儿放学回来就安静地坐在我旁边，坐得不耐烦了就噘着嘴离开，走开之前赌气似的顺手合上我的笔记本，下次进来依旧很热情地喊着妈妈。放在以前，我可没有这样的待遇，是熠熠生辉的"两弹一星"精神让我也跟着闪闪发光。再加上我不停地刻意夸大我的工作意义，比如这两天三位器宇轩昂的中国宇航员不停地出现在电视新闻和手机公众号里，我就跟我妈科普，"一星"就是人造卫星，1970年发射成功的，"东方红一号"。比如我女儿这些日子迷上漫威电影，有一个桥段是钢铁侠冒死将一颗发射到城市的核弹送入了太空，我立即加入旁白：咱们国家也有这样的核弹，第一颗就是妈妈写的这个二二一厂制造出来的，那时候你姥姥才一岁。

现在，只要我开着电脑工作，我母亲每隔一个小时就蹑手蹑脚地到书房给我换一杯热水。我女儿在外头跟同学咋吹的牛我就不提了，仔细审度了一下，我好像也并没有夸大其词。我暗自得意，一向在家人群里低调安静的我几乎每天都在群里分享我的工作进度，只要我分享，底下就是一群点赞的，好像我成了家里已经冉冉升起的明星。

我这个明星今日似乎因为周末而文思枯竭，坐在书房看着书架发呆。我的书房藏了近千册书，说"藏"有点夸张了，千册书里既无古籍又无善本，自己花钱买来的为主，也有朋友送的，一本一本保存得倒也完好。想当年经过精挑细选的书架现在看来如此笨重，每一个书格又深又高，空间利用率不到三分之一，搁置不下我就开始往前后上下拓展堆放。书房连着阴台，阴台设计的是放洗衣机和晾衣架，很早之前买的一个连带小书架的书桌放在了阴台的左面，竟然很合适。女儿学习的地方就被安排在那里，她的书也摆满了小书架，一年级的时候需要跪在凳子上才能够着桌面，写作业的时候正对着玻璃窗，窗外远处能见蓝天、白云、大山、楼群，近处能一览整个小区的院景，为了不忍受一边写着作业一边看着别的已经写完作业的小伙伴在她眼皮子底下疯跑，她养成了迅速写完作业争取第一个下楼玩的好习惯。自从书房被她霸占以后，书房再没有我写字的地方，只好移到餐厅，将饭桌给霸占了。家里吃饭就在客厅吃，不过好像大部分人家吃饭都在客厅。因为脱产在家写作，也就是要当几天全职作家，在餐厅明显就不行了，我妈要看电视，鱼缸要打氧，厨房操持的时候噪音更重，来到瑾瑜的书桌前一看，桌面跟琳琅满目的杂货铺子一样，我才懒得给她拾掇，就拖来了电脑桌坐在新鲜绵软的小沙发上，如果再有一只横卧在怀的猫，那就惬意到极致了。

再来说我的书架，因为不在书房看书和写字，我好像很久都不曾和我的书待在一起了，每次买了新书找地方一放，取阅也都是几分钟的事儿，谁没事儿老在书架前站着。因为这次写作，我和它们对峙了好几天，一直克制着重新分类排放的冲动。比如余华就分散在了三个书格里，比如成册的书两本在书架上一本在酒柜里，比如历史书里混了一本《西方现代思想讲义》，比如女儿的一本童话故事不知道什么时候塞到了加西亚·马尔克斯的《霍乱时期的爱情》和《百年孤独》中间。克制是必需的，因为我知道手里正在进行的是一项十分要紧的工作，哪怕是文思枯竭只能对着一行一行的书发呆，我也不会将其他的不相关的工作塞到我的工作计划中去，尤其是这种费心费力的。我并没有因为任何事情自豪过，我的家人也没有为我如此骄傲过，这件事儿我必须拿出全部的诚意做好，不给自己留下遗憾的机会，而我要做好这件事的全部底气和勇气，就来自于我面前的这些书。我要将自己和它们关在一起，好让自己在工作时始终怀揣着敬畏和敬仰，对历史、对真理、对英雄、对前辈。我们此次采访见到的每一位，因为他们经历过伟大的时代和事件时拿出了自己最专业的精神完成了历史使命，因为他们在接受比生死更为严峻的考验时所做出的无畏抉择，因为他们在褪去繁华后能够坦然收起所有的荣光安居一隅与世无争，都比我书架上的任何一本书更加深邃，更能够触及人的灵魂。我几乎是怀着敬仰和崇拜之心去诉说，很多段落几乎都不用构思，从来没有为我该怎么去写而纠结，就把我看到的转化到笔端，什么刻意的升华什么系统的总结什么精心的修饰，根本没有必要。

  闭上眼睛，有一幕忽然在我脑海里浮现，前两天，有朋友在体育馆打羽毛球比赛，我去观赛助阵。那是一个能容纳上万人的专业羽毛球馆，9点整比赛正式开始，现场主持人要求全体起立，对球馆高悬的五星红旗行注目礼，奏唱国歌。我这才注意到，有一面巨大的五星红旗悬在几十米的球馆上空，我赶紧丢开椅子站了起来，并往场地中央走了几步，等待着国歌响起。好久不曾参与过这样的仪式，当国歌前奏从四面八方汇入场中央，我被震撼到全身的汗毛都乍了起来。我注视着五星红旗，她是那样的神圣又是那样可敬可爱可亲，她的光芒笼罩着十几亿中国人，覆盖着九百六十多万平方公里，她好美啊。瞬间，我最近通过采访和查阅资料获悉的那些片段就像投影一样在半空中浮现，和国旗交相辉映。或许不通过挖掘不通过追索，没人知道二二一厂四分厂经历过什么，吃过什么样的苦受过什么样的伤，内心埋着多少不能说的委屈，但是此刻，我发现，五星红旗知道，她知道。而所有铸剑昆仑的人也知道，五星红旗一直似母亲一样慈爱地看着他们也守护着他们。

原来一直以来，爱是相互的，付出是有回应的，他们是幸福着的啊。我们所理解的苦难和艰辛，是不存在的啊。我们所有的心疼和怜惜，都是多余的啊！想到这里，我开始泪如雨下，谢谢你啊，我的中国我的母亲！他们不是漂泊的游子，他们不是孤军奋战。他们并没有被"保密制度"束缚，他们一直都是自由自在的灵魂，他们一直都是徜徉在母爱中最幸福的孩子啊！

国歌毕，赛场开始沸腾，我久久地注视着国旗心绪难平，那投射在半空的影像里开始人头攒动。他们抱着胳膊扛着铁锨，穿着大棉袄戴着大棉帽，吹成黝黑色的高原脸上堆满了笑容。他们和五星红旗一起，俯视着我们，俯视着现场一个又一个将幸福写在脸上的中国人，他们眼角的盼睐似天外的极光一样，美不胜收。

他们真的值得拥有

还记得，第一天到省公司参加"两弹一星·电力传承"采访组的会议，我轻飘飘地最后一个进入了会场，看到系统里好几位重量级的写作高手都在，想着将被委派的工作应该就是打个杂、串个场，几乎没有将自己和传承"两弹一星"精神挂上什么关系，来之前甚至都没打听过具体要参与什么工作。落座之后，猛然听到二二一厂听到四分厂，好半天才反应过来大概要干什么，等我一边听会议主持人、青海省电力公司党建部文化处处长史瑛介绍，一边抓紧时间看桌面上放着的工作方案。慌乱中，忽然听到史处长喊我的名字，她说："小杨，你有主持人的经验，又是省作协会员，你负责写四分厂的解说词吧。"

我赶紧点头，不敢提出什么异议，因为我什么异议都提不出来，我连四分厂是干什么的都不知道。紧接着，马海轶老师开始发言。他除了是国网公司企业文化的专家，还是青海省作协副主席，无论从哪个角度来说，他都是我非常信赖的师长。听他一席话，我才懊悔自己太大意，没有提前跟他沟通一下，不然，我一定会带着百倍的虔诚和充分的资料复习来参会。四分厂解说词，好，我可以的，四分厂是一个热电厂，厂子就在海北，不就是大量看资料吗？没问题，我一定尽全力完成这项工作，这可是"两弹一星"精神啊，内心升腾起无边无际的使命感。

会后第二天，兴冲冲的我便和采访团队的两位老师从西宁出发一起奔赴海北，这两位师傅一位是纪实文学写得游刃有余的陶锋陶老师，一位是海北公司该项工作的联络人吴程强。第一站，我们要去吴老师联络的专门做原子城旅游开发的一家旅游公司负责人那里寻找四分厂的资料，我们伫站在人家办公室门口，磨了一个小时，得到的信息是：四分厂太过普通，啥看头都没有，他们的旅游线路没有考虑过四分厂，也就没有做过相关资料的收集。

吴老师让我们不要气馁，我们下一站要去采访的两个人，都曾在四分厂工作过，他们对四分厂一定有了解。于是，我们来到青海宁北发电有限责任公司，见到了我的第一位采访对象：杨幼军。他目前岗位是公司党群工作部党务工作者，1993年高中毕业的他，刚好赶上当时海北州浩门电厂招工，进入浩门电厂以后才知道，他们要工作的地方是二二一厂四分厂。四分厂在二二一厂撤点销号以后由浩门电厂接收继续运行使用，但因为运行机组与浩门电厂不一样，有一批四分厂老职工以返聘的形式留了下来，他们要在两年内发挥传帮带的作用，将杨幼军他们培养成合格的电力工人。我的第一次采访过程虽然非常狼狈，但还是大概搞清楚了四分厂的主要作用，跟我现在理解的电厂不同，这个四分厂想当年不单单发电，还要供热、供水。从杨师傅那里，我得到了一些很珍贵的信息和很感人的故事，但是采访时间有限再加上我第一次采访经验不足，拿到的资料实在太少。采访结束后，杨师傅带我们去了四分厂。

不知道是3200米的海拔导致的高反，还是车坐得久了，我的身体开始出现异常，整个人精神恍惚，头蒙蒙的，很不舒服。我和杨老师坐在一辆车里，他坐在副驾驶带路，我坐在后排，只听他远远地指着一个砖红色的大烟囱说："看，那就是四分厂。"到了大门口，我们连车都没下就进了院子，杨师傅是这里的老职工，自从开展党史教育工作以来，他经常带慕名而来的参观者参观四分厂，跟门口的保安比较熟，车辆可以直接驶进四分厂大院。车进来以后，我的直觉是进入了一个20世纪50年代的影视基地，建筑物的风格和结构以及大院墙上醒目的标语都保存得非常完整，这里已经被国家命名为博物馆，这里的一草一木都将受到文物的保护待遇。我晕乎乎的和陶锋老师一起跟着杨师傅进了主楼，看到了已经被封条封起来的办公室，看到了锅炉车间,看到了运煤的通道,看到了一号、二号两台机组,看到了主控室,看到了摆放出来的一些工器具和仪器仪表。最让我难忘的是我看到当年的 QC 小组会议记录,记录的时间是 1984 年 10 月,那一年我还没出生。我用手机拍了几张记录发到我所在的海东公司输配电运检中心工作群,让他们欣赏一下三十多年前就有的 QC 小组活动记录,记录的字迹那么工整,讨论过程那么详细,甚至还有精密的工器具设计图。我轻声念了一下参会人员的名字,那一刻我知道,他们才是这个空荡荡的四分厂真正的主人,没有他们,整个四分厂就是一个普通的热电厂而已。

为了让参观人员有一个更直观的视觉感受,四分厂所有工作岗位上都配置了一个硅胶人,所有硅胶人的原型都是根据当时能找到的跟四分厂有关系的人复制的,工作的时候什么姿势,穿着当年深蓝色工作服的硅胶人就是什么姿势。我好歹也是电力职工,进入这样的工作氛围还是比较熟悉的,主控室值班人员正在接听电话,运行班组人员正在查看表计数字,两台机组旁边最为热闹,好多人都围着它们俩打转,这可是四分厂左右两个心房,发生一点颤抖都不行。虽然我看得新鲜,但是走一圈下来,我还是对四分厂一无所知,所有能看到的东西就在那里,一看就知道他们在忙什么,还用解说吗?至于背后的故事,旅游开发公司都没有资料,哪里还会有呢?

我勉强将四分厂的历史了解一些,带着更多的疑惑回到了西宁,泡在图书馆两天,四分厂的厂址面积和厂房设置查到了,其余的,还是一头雾水。解说词真的写不出来,没想到我参加这项工作的第一件事就是跟领导撂挑子:解说词难以完成,非常抱歉。还好,史处长非常理解这份工作的难处,告诉我说四分厂解说词另行安排,你就把对杨幼军师傅的采访整理出来即可。

谢天谢地,我简直如临大赦。接下来,我的工作就是跟随采访组开展了一系列的采访工作。如果不是采访过杨幼军师傅,对寻访 221 基地老人的工作我不会那么积极和热心,我太想亲自见一见杨师傅当年的师傅们了,他们对工作那么热忱和忠诚,他们身上似乎有一种神奇的力量可以化腐朽为神奇,后来我才明白那就是我们苦苦探索的"两弹一星"精神的本源。我将四分厂完全丢掉了,我只想快点见到人,听他们亲口说一说当年的故事,那种迫切感变成了奢望,所以当我跟随马老师带队的采访小组从西宁曹家堡机场出发到上海开展寻访工作的时候,我本人还处在震惊当中,完全不敢相信我已经走在了拜访他们的路上。也就在那个时候，我才注意到团队里除了像我这样负责采访撰稿的记者，还有一位来自海北供电公司的将来要担任四分厂解说员的蔡易杉，我们称呼这位活泼可爱的小女孩"蔡姑娘"。

在上海，我的第一位采访对象是殷应赓老人，同时，我也见到了钱玉英、索桂芝等多位安置在同一小区的四分厂退休职工。我自认为是做足了充分的心理准备的，但是那点儿心理准备就像是拿着美工刀上了激烈的宇宙大战现场，我的心理防线一下子垮了下来，一下子紧张到嗓子都冒烟儿了。要是知道我的人生当中有这么一件事儿等着我去做，我从小学一年级就应该练习如何做一个合格的记者，我能写出来吗？我能写好吗？惊慌失措到极致是后悔，后悔当初那么轻易地接受这项工作。我以为四分厂的解说词我写不来，写一个人还是可以的吧，尽管马老师一再鼓励，我的信心还是不足，笔尖还是颤抖，表面上跟大家一起从容地工作，其实内心早就兵荒马乱得不成样子。他们怎么可以把自己身上发生的那么伟大的故事讲得那么从容？他们怎么可以平平淡淡三两句话就把一屋子人说得泪水涟涟？他们怎么可以把自己的付出和收获的比例调配得那么失衡？他们怎么可以将自己的丰功伟绩混合到"保密制度"里准备随生命一同归去而毫不惋惜？我很难过，很惆怅，都是对自己能力不足产生的强烈不安导致的。就在此时，蔡姑娘接到从西宁发来的解说四分厂工作任务。没有人比曾经尝试过撰写四分厂解说词的我更了解这项工作的难度，而我当时正陷入自我怀疑、自我纠结、自我否定的情绪里，完全不敢搭茬，全然不敢给她任何意见。就当时我们采集到的信息对于解说四分厂，依然有很大的难度，况且我已经在撰写四分厂这件事儿上失败过。参加工作那么多年，我还第一次直接将分配的工作还给领导。我想着，这项工作怎么着都不会再回到我手里，一定会考虑别人，反正不可能再由我这个逃兵来完成这项工作。

或许是因为太害怕自己完成不了采访撰写工作，笨鸟先飞吧，所以在采访途中我就开始整理录音等资料，常常在宾馆整理到深夜，有感而发后，写出来一篇，胆战心惊地让马老师看一下，结果获得马老师的认可。他告诉我最擅长写啥样的就写啥样，不要尝试去跟其他老师比较，本来就希望大家写出不一样的风格来，这样将来汇聚在一起作品才丰富才具有可读性。有了马老师的鼓励，我有了信心，回到西宁后顺利地将我负责的三位老人的故事写完。还好，我有连续四年定期练笔的习惯，所以成文比较快，交稿也比大家早一些。这个时候，四分厂解说词六千字的骨骼有了，史处长鼓励我，让我再尝试一次串一下四分厂解说词。我答应试试，但是心里依旧没底。

史处长将初稿发给我后，一整天我都没敢打开看，我好像一点也回忆不出四分厂的样子了，怎么写呢？当我终于有勇气开始工作的时候，猛然发现四分厂早已不是一个月之前我去过的那个空荡荡的厂房，而是我见到的那些可爱的老人们心心念念的家。解说词初稿里提到一个地方，我就立即想起某位老人提到的事件，我根本不是在写解说词，我就是将我一路见过的那些老人请回来，站在原地，给我们讲当年的故事，几乎不需要纠结和酝酿，顺着讲解路线一串到底，因为就我一个人串，而且考虑到讲解的情绪和时长等问题，解说词的内容对于四分厂的故事就像冰山一角。不过，就丰富四分厂解说词这项工作，我等于还是完成了。

今天下午，我再回头去看我已经写出来的文稿，最后一次找找语病错字之类的，准备定稿以后上交。通看一遍后，我心底又泛起了涟漪，这些句子还是太弱了，这些段落还是太浅了，整篇文章还是太嫩了，百篇千篇也不足以支撑起四分厂在我心中，在国人心中千分之一的分量。所以我必须再写这一篇手记，来缓解自己内心的内疚和不安。因缘际会，我参与了如此有意义的工作，能力还是太有限，只能希望将来每一位阅读者，能够发挥出自己最大限度的想象空间，将对人类最高的敬意和赞美，都送给这些老人、送给四分厂、送给221基地，他们真的值得拥有。

庞子麟
穿越时空的那一束光

接到"两弹一星·电力传承"项目组采访任务通知是在5月份。祁连春光初现,是最好的季节。经过漫长的冬季孕育,八宝河沿边上的龙鳞白杨,开始吐出悠悠的新绿。最喜欢祁连春天的样子,植被在沉默的休眠里初醒,依旧安安静静没有喧闹。一点一滴从冬季或枯黄或银白简约的调色板上出发,渲染山峰、河流、草甸、天空的颜色,偷偷地变得清晰明亮、色彩斑斓起来。生命挣脱了枯黄、银白单调的桎梏,接纳春季鲜亮活泼的绿,开始呈现朴素清秀而又妩媚动人的样子。而我更喜爱从多彩的明亮中,万物透出的勃勃生机,这是一种冲破冬季休眠势不可挡的巨大力量。

5月12日,采访工作启动。采访组一行六人,兵分两路,分头开始采访的前期准备工作。5月17日,我们开始对二二一厂四分厂安置在西宁的老人们进行采访。

采访的第一站是青海省电科院的退休职工赵顺德老人。5月18日上午,我和邹建华、樊清山在城北区小桥一个居民小区,采访了李瑞普老人。他们都是青海省电力公司已退休的老职工,工作期间曾接受任务到过二二一厂。回忆中共同的感受是二二一厂戒备森严,进厂执行任务前经过了数次严格的检查。工作中不和陌生人说话,始终零交流。一切沉默,都源自二二一厂职工们渗透到骨髓里关于国防建设保守秘密的庄严承诺。二二一厂的神秘与神圣,在我心底间一点一点强化。想着后期采访的二二一厂的亲历者们,将带着我们怎样重温那段鲜为人知而又伟大神圣的历史呢。

时间像斜阳拉长的影子,在期待中仿佛夜色也是那么漫长,所有的未知都是锁。穿越岁月的篱笆,那些手持钥匙的人们,即将带着我们,打开时光已经生锈的锁,与已逝的岁月久别重逢。

带着这种期待和盼望,5月19日清晨,我们走近了二二一厂青海安置点杨家庄221基地小区。采访到了四分厂403车间的运行工徐贵新、张瑞林,化验员孙怀宝,看望了卧病在床的杨新民等几位老人。早晨时阳光明媚,流动的空气中全是清新明亮。午后,几朵云彩飘挂在了远处的天边,像草原上走散的羊群。起风了,摇曳着杨家庄二二一厂安置小区楼前的树叶沙沙作响。还有一些凋零的叶子随风摇曳而下,轻盈地停留于地面之上擦拭孤独。放松的风划起自由的舞步,带着树叶归于树木根系的安静处。让它们随春泥、随雨水、随时间的流逝,回到枝头上感应生命的再一次轮回。

采访当中,年轻的小蔡哭了,小樊也哭了。小蔡说看着老人们,就想起了自己的爷爷奶奶。老人们温和善良,一生经历无数次坎坷,听他们讲述过去的故事,看着他们饱经沧桑的眼睛,就忍不住地眼泪往外溢。所有人的心情都不轻松,老人们在门口频频挥手告别的样子定格成一组组画面挥之不去。我们带着那些年代久远却依旧鲜活的故事,带着思考、震撼、温度和情感,和杨家庄的老人们一一挥手告别。我油然明确了自己承接的使命,感受到身体里的每一个细胞都开始在熟悉的幸福环境里,开启了一场心与血脉联袂征程的逆袭。强烈地渴求想要寻找幸福日子最初的本源,沿着这逆向探索征程的路,迫切寻找心与血脉想要到达的地方,看最初的风景。看五六十年前激扬的青春里的坚强,重温那些没有装饰、没有雕琢的高亢豪迈的生活场景。然后和他们并肩牵手,感受拂晓挤进门缝阳光的温度,感受沾满霜花三叶草端的坚硬,还有冻在帐篷地面上拔不下来的鞋子的冰凉。寻找凝结于他们眉间从不言败的坚毅力量,寻找真正震撼心灵与血脉的电石火光。这与廉价的赞美与激进的口号无关,采访当中,老人们无数次的哽咽和眼泪让我明白,真正以生命为曲谱写歌的承载,是赞美和口号完全无法驾驭和擎起的重。

比如被龙门吊压伤的体肢,被焊锡灼伤的眸子,还有出生在火车上尚未足月戚然离世的孩子,以及那个心脏骤停在17岁的少年之殇……浸含着泪水后绽露的,依旧是淡定慈祥的笑容。精神的力量无须扩张只是浓缩的表达,在浑浊的眼泪里、在嘴角的微笑里。那种撕扯灼痛的感受，让我一度在采访的镜头下，无法控制溅落在笔记本上成串的泪滴，模糊了书写记录下的一行行字迹。

我想让每一个让我热泪盈眶的故事还原，想让本源处的光明映照每一个后来者的路途。包括心灵、血脉、根源与历练需要的坚韧力量！

5月底的西宁已入初夏，公园里郁金香或许也盛开得正艳吧，视觉的盛宴装点着城市人们的衣食盈余和生活富足。金银滩草原上的马莲花、水晶晶花，也都开了吧！在平展展的草原上，马莲花始终是初夏草原上最美的风景。天宇之下，牧歌羌笛，那是游牧民族的天堂。对于从南方零海拔地区来到高原的建设者们来说，这是多么短暂的绿草时光，又是多么珍贵的山花季节！在二二一厂驻地扎守，二三十年漫长的光阴里，海拔3200米的高地上，草原牧歌的辽远他们感受过几回？草原覆天蔽日的雪花、呼啸凛冽的戾风他们又经历了多少次？

金银滩草原一年十个月的霜冻期，对盛开的马莲花的赞美、眷恋、钟爱说明了一切。美好的夏季总是转瞬即逝，长时间的莽原枯黄与夹杂戾风的银白在一起，兼并了草原春秋两季，漫长的冬季，山花在休眠、草木在休眠、山泉也在休眠。驻地上的每个人，他们的四季都在心里，在信笺中。春季，他们熟悉的迎春花儿开了。鸬鹚在雨中陪伴穿着蓑衣的父亲，乡愁停驻在船头的烟云之上。屈子河畔的龙舟飕飕的桨，划过水面溅起浪花扑在身体上一阵阵清凉。淅淅沥沥的冬雨，淋湿着巷子里青石板的小路，还有阿婆坐在门前剥豆时的古今故事……

时间在空间上，做了灵魂与海拔高度的交错跨越。

荒原、荒原、荒原。这里是一望无际只见雄鹰盘旋苍凉的荒原。

空旷辽远的草原之上，时间是1958年，二二一厂四分厂驻地上，一台小型的柴油发电机的启动，首次划破了草原夜色的漆黑。让会战于草原千军万马流淌的汗水，在灯光照耀的胛背上熠熠生辉。这片神圣的土地上，一边是夜以继日的建设厂房，一边是众志成城的砥砺预防。1960年初，容量为1500千伏安的小电厂建成投运。1963年，两台均为12000千伏安的机组安装调试完毕，大电厂正式投入运行。隆隆的机器声在金银滩草原上，开始了将近半个世纪的运转。

运行、检修、维护是他们首要的重点工作，军事防御的工作同步跟进，开挖防空洞一刻未曾滞缓。白天连着黑夜的快节奏，从零起步的自力更生、艰苦奋斗，使他们不再有时间让初到草原的思乡情绪过多驻留于心头。需要做到的，是认真完成一次值守、一次检测、一次校对、一次夜半的装卸、一次螺母与螺钉以"丝"为单位精密揣度的紧扣。谁能想象，"丝"精准的契合就是百分之一的毫米尺寸，他们凭借超强的技能技术，完成了比机器加工还要精准的尺度。他们明了"知道的不说，不知道的不问"保密制度后面蕴含的神圣职责。他们遥望着故乡的方向，与荷立碧池、芍药争艳、竹影梅风的季节，一天天相望着同期度过岁岁年年的光阴。在金银滩草原海拔 3200 米的高地，高原的劲风让他们曾经细嫩的肌肤有了古铜的、黝黑的颜色。二二一厂四分厂，来自祖国四面八方的"超级电工"们就在这座空前绝后的厂房里磨砺创新、艰苦奋斗、自力更生、自强不息。他们是祖国炽烈胸膛里孕育出的孩子，肩负着职责、保守着秘密、成就着事业。

艾米莉·狄金森的几句诗行跃然于笔端。在时间的河流里，一次次地走近年轻的他们，我知道这是跨越时间与时空的神奇聚合。

如果记住的就是忘却，我将不再回忆
如果忘却就是记住，我多么接近于忘却

我想你了，可是我不能对你说
就像开满梨花的树上，永远不可能结出苹果
我想你了，可是我不能对你说
就像高挂天边的彩虹，永远无人能够触摸
我想你了，可是我不能对你说
就像火车的轨道，永远不会有轮船驶过
我想你了，可是我真的不能对你说
怕只怕
说了，对你也是一种折磨

小雨唰唰，滴到天明。5 月 26 日至 30 日，上海市虹口区的每一天，似乎都会遇上或大或小的一场雨。薄雾时时笼罩在这座发达城市的上空，青翠欲滴的树木点缀着城市雨中的风景。

我们在上海浦东新区西营路、花木路，杨浦区国和路先后见到了殷应赓、谢仲铨、徐爱侬、索桂芝、陆玲芳、朱贵福、袁宗福老人。白发的殷应赓老人握住我们的手，激动地说："青海老家来人了！"瞬间让我们泪盈眼眶。青海、金银滩、二二一厂这些名称，在建设者们的心中，早已是魂牵梦萦的符号了。少小离家，他们是故乡的游子，暮归故里，他们也是金银滩草原的游子呵。

殷应赓老人曾经是二二一厂四分厂财务科科长，这位大半辈子与数字打交道的老人身上，却充满了文人的气息。面对原野苍茫机器轰鸣的二二一厂，他曾写下，"朔风凛凛白云飘飘乐在云间开基业，机器隆隆乌金滚滚引得明珠照万家"这样一副对仗豪迈的楹联。草原"朔风凛凛"艰苦的工作环境，和殷应赓"引得明珠照万家"的无限豪情跃然纸上。

记忆驾一叶扁舟，沿追溯的河流来到20世纪五六十年代的草原上。换下了硕大工装的青年殷应赓，在机房外不远的草地之上，看霞光染红的天空出神遥望。时间就驻留在天空中曾经飞翔的羽翼之间，夹带着高原上独有的劲风，消失在天边的云端。厂房上空，依旧有袅袅的炊烟升腾，与天宇接壤，变成薄薄的轻若蝉翼的纱，然后融化于蔚蓝之间。大漠孤烟在书生意气的殷应赓心中，迸裂出更为大气豪迈、波澜壮阔的诗句。多年以后回归故里，老去的时光流年里，这样的生活、工作场景，在他心中积淀了更加富足的创作源泉。

有一年和老友们在游览岳阳楼时，他触景生情吟诗作赋，留下"四化未成人竟老，登楼犹抱范公忧"的诗句。胸怀梦想与事业的殷应赓在岁月匆匆的流逝中，有壮志未酬的诸多感慨。退休以后，他主动和二二一厂的老职工们在小区的社区做一些力所能及的服务工作。没有报酬、没有福利的社区工作，他们依旧做得认真仔细、一丝不苟。"只要活着，就要做对社会有用的事情"，这是他从未改变过的内心深处最真实的话语，蕴含着无法比拟的精神力量。

建在浦东新区西营路的二二一厂"两弹一星爱国主义教育基地"展览馆，是他最引以为豪的地方。展馆里所有的展出品和图片资料，殷应赓都再熟悉不过了，那里留有他青春的足迹和战斗的痕迹。

跨越五六十个年头，我看着邂逅于时光隧道里的青年殷应赓，他意气风发。我再看眼前满头银发的殷应赓,岁月的磨砺留给他的,是豁达和更多的和蔼可亲。年近八旬的他在和我们接触的两天时间里,一直彬彬有礼笑容可掬,对生活的热爱和激情从未减退。在比对的灵魂里,我对可敬的老人只能仰视。无论是青年殷应赓、暮年殷应赓,都为我们树立起了积极向上的精神尺度与标杆。

  谢仲铨,他是二二一厂四分厂的一名大夫,出诊对他来说就是工作常态。儿科专业的他,却曾无数次地出现在产房里,出现在人员受伤的车间里,出现在护送病人的奔波中。从最初的手足无措、尴尬窘迫到后来的娴熟利索,由一个专科大夫成长为一名综合能力很强的全能医生。在我们走访的过程中,很多人都会提到他。提到他们心目中亲切的"谢大个"种种难忘的记忆时,我们似乎更清晰地看到了他曾经的尽职敬业。谢仲铨一生的岗位从未有过调换。有口皆碑解除他人忧痛清泉般高洁的医德,抚慰了身边的每一个患者。直到霜染两鬓回归故里,他仍然是照亮患者心路的那束明亮灯盏。

  还有,还有!喜欢唱歌的索桂芝、瘦小坚强的陆玲芳、经历坎坷的徐爱侬,每一位老人都有那么多自成风骨的感人故事,每一个故事都让我们控制不住自我而泪流满面。柔弱瘦小的女性身体里蕴含能量巨大的耐受力,在所有故事里不断萌生、爆发、释放出坚韧绵延的力量,使我们一次次感动着、震撼着。即便一切的过往都已随风而逝,然而岁月留给她们饱经沧桑后无限的淡定,则更成为让他人敬仰的丰茂人生。那是索桂芝相濡以沫、相敬如宾的爱情,是"小陆子"坚守的天真烂漫和"我不哭"的坚强,是徐爱侬失去孩子悲戚的长夜,是远离故土的青海高地,是漏风漏雨的地窝子,是夜半的巡视检修,是痛失伴侣的撕心裂肺。哪一次跌倒后的爬起不是饱含着热泪的跨越和坚韧!再柔弱的肩背,也要挑起责任和担当,这一直是她们不曾改变过的坚持和信仰。

  没有人想过回头,没有人想过做逃兵!

  这些娇小玲珑的江南女子们,骨子里蕴藏的力量,成就了她们不亚于男性的忍耐和坚持。她们是父母的孩子,丈夫的妻子,孩子的母亲。她们要成为父母心中引以为傲的女儿,丈夫身边挑起工作和家庭重担的妻子,孩子眼里言传身教堪作楷模的母亲。

  在上海浦东新区的二二一厂安置点小区,当我们再见到她们时,昔日的风采在岁月蹉跎中已渐渐流逝。芳龄不再韶华远去，岁月留给她们的是满头的银发，和面容上刀刻般的褶皱。每一道褶皱里都有一段故事，她们的人生就是一本千回百转的书籍。书的目录里有春的向往、夏的炽烈、秋的沉积与冬的静蕴。她们不强化人生生存的严酷，她们解读峥嵘岁月的词语就是"这就是人生"。沉淀在记忆深处的，更多的是对金银滩草原的眷恋和感恩满足。她们驻留在故事里的一串串眼泪，在我们的眼眶里疯狂打转，我记得有本书上说"眼泪也要说话"。岁月的潮汐起起落落，经历过的往事，均化作了一种力量，叫作坚强。支撑着她们也指引着我们，向着前方的路途，一直不停地行进、行进。

城市的街口，闪烁的红绿灯总是让一部分人行走，一部分人停留。浮尘伴随夕阳的影子落在橘色的黄昏里，匆忙交错的步履和呼啸而过的汽车一样急促。疲惫的神情在小贩的吆喝中驻留，舒缓属于黄昏时刻自由散步的人们。一天的忙碌过后，他们相向着、相背着扎入熙攘喧嚣和车水马龙中去了。此时，街市的华灯初上，夜真的来了。

街市两边灯晕的周围，有细小的蚊虫上下翻飞，白昼的忙碌与延续蛰伏在夜色中睡着了，夜色包容着一切又孕育着一切。案头采访笔记在橘色台灯下逐渐梳理成型，已是深夜，我拥着他们的故事睡去。窗外一辆辆汽车的呼啸声，在夜色苍茫中渐渐地、渐渐地变远、变小……

朱贵福老人祖籍天津，1964年分配到四分厂工作。从普通的一线技术人员成长为车间主任、劳资科长，"没有组织上的信任、同志们的帮助我也做不到那么好。一辈子做了该做的事，做了喜欢做的事业，是我最大的欣慰。"老人家衣着整洁，讲话时语速匀称、思路清晰。采访他时很多闪光的语句，都在他的口述中驻留于我的笔记本上。"我和哥哥朱贵升一生都从事了国防建设事业，应了小时候父亲说的话，儿子就是为国家养的。"两弹一星的成就，不仅仅属于二二一厂。国家全力以赴，从人才配备、技术支撑、生活补给等各方面予以最大的支持。全国人民节衣缩食支援建设，包括草原上一千多户搬迁的牧民，为国防建设弃家舍业，他们都很了不起。这是全国人民凝心聚力共同取得的伟大成就。

他是一个浑身充满正能量的人，精炼的语言呈现更多的不是自我，而是集体和国家。而当我们提到有关他自己的话题时，他一再表示，这只不过是尽了一个职工该尽的本分。但与国家、全国人民、金银滩的牧民比起来微不足道，国家和全国人民的付出更应该铭记。

无私奉献之后，思想和境界如此纯净豁达。像荷塘之上轻盈点水的蜻蜓，静静地煽动着薄如蝉翼的翅膀不为人知。只把馥郁的焦点置于满池的荷花、荷叶之上。从见到他的那一刻起，对他的敬重，随着他的叙述持续加码。老人家富有独特精神气质的魅力，超越了一切能付诸于笔端的文字之美。

5月30日，天气晴朗。我们结束了上海为期五天的采访，转道江苏张家港，采访钱玉英老人。大伙儿拎着行李箱几经辗转到虹桥火车站。经过几道安全检查、健康筛查之后，乘坐虹桥至张家港的列车。连续多日的采访和整理稿件，大伙儿每日几乎工作到深夜。列车在铁轨上飞驰，轻微的摇晃中倦意袭来，依着窗户边上看风景中的江南。道路两旁以水杉、香樟树占领绿色主阵地的屏障中，夹竹桃、木芙蓉卓荦鲜丽的花朵在缱绻的睡意里模糊成一片。

张家港市杨舍镇东莱村套北小区，这是一个老旧的小区，小区的建筑大多是三四层的小楼房。钱玉英老人居住的小楼白墙青瓦，很有江南的气息。院墙正面墙壁上有镂空的窗户，可以看到院里的景色。院门处，一口长满青苔的老井，井水清澈见底。卧室里，老人的床铺挂着白色的帷帐，让舒软的床榻典雅而古朴。采访老人的过程中，因为老人模糊的记忆中一个需要核实的话题，我偶然电话采访到了她的儿媳妇——二二一厂新一代的建设者张亚静大姐，我和大姐在电话里聊了有半个多小时。

青砖的瓦房、孝悌的家风、坎坷的经历、优秀的儿媳儿孙，所有的元素和话语簇拥着对这两代女性共同的解读。脑海里"良好的家风、坚韧、牺牲、传承"这样的词语呼之欲出。老人曾一度在失去孩子的悲伤中承受过撕心裂肺的痛，还有呼啸风雪中无数次巡线抢修的残酷。但她和上海采访过的老人们一样，始终选择了默默承受，然后扛起。工作、家庭无论遇见多大的坎坷，都要擦干泪水，让心房透进一缕绚亮的光。

采访中张亚静大姐对我说，回想起来，对于已是博士后的儿子，自小从未有过说教。她只是做好自己，实际行动和亲力亲为才是孩子最好的教科书。在二二一厂工作之外的所有时间里，陪伴她度过的都是书籍，汲取智慧养料的何尝不是这良好的习惯呢。

她们从不刻意而自然表露的言传身教、尊老爱幼、坚韧顽强而又积极向上的人生态度，在潜移默化中激励、影响着下一代自觉传承发扬。是的，这

应当也是她们在二二一厂那些岁月中的人生收获,这种收获光芒足以照亮自己和下一代的人生。

精神矍铄的韩一平已 92 岁了,住在六层没有电梯的楼房里,却依旧上下自如。头发花白、温和可亲的吕钦祥。一直和病魔做抗争的胡玉宝。几十年风风雨雨在一起,至今依旧是好朋友的胡玉宝、张志强,采访时年近八旬的两位老人依旧相互调侃、爆料不断。身体抱恙的副总工程师王大华,和妻子雷军阿姨携手一生、相濡以沫。

江阴至南京的采访,我们走近了二二一厂曾经的锅炉工、钳工、检修工、护士、工程师、技术员……在他们的故事里我们悄然流泪,飞快地把他们的语言记录在采访记录本上。感受他们从事着保密国防事业的幸运、愉悦和自豪,感受着生命之美在空旷、辽远、寂静草原上孕育生长产生聚变的力量。

劲草在脚下蔓延、疾风在耳畔呼啸,落日拉起银河与星斗,黎明捧走了朝阳里的霜花。我守不住自己穿越时光隧道迈进的脚步，在二二一厂四分厂，我在汽机车间监盘，严厉的师傅就在身后一遍又一遍指导我的操作。在锅炉车间出炉渣，火红的炉渣炙烤着我的臂膀隐隐作痛。在化验室里做试验，一个参数一个参数地核对，熬红了我的双眼。在冰天雪地里巡视线路，不远处山冈上那绿幽幽的狼眼里透着阴冷的光，和我对峙了整整一个黑黢黢的晚上。在抢修的夜半，我拨通了王大华的电话，尽管他已经连着上了两个夜班没有休息，可这棘手的故障哪能离得开他？我抱着生病的孩子，在漫长的拂晓，等待盼望着谢大夫的到来。没有产房、没有大夫、没有被褥，我将孩子生在冬天四处透风的火车车厢里……我抡起了十几斤的大锤，敲碎一车皮煤块，在寒冷的风里光着膀子，依旧汗如雨下。我在沟壑里挥动铁锹做防御工事，消息说美国侦察机飞抵兰州上空，防御的警笛已拉响数次。我给父母写信、给孩子写信，我思念的泪跌在信笺上印出一朵朵浅灰色的梅花。我捂着满手冻裂的口子，在寂静的夜里，思念的泪水打湿了枕头。我颤抖的双手，抚摸着孩子永远安静了的冰凉额头与手臂，撕裂了心肺与少年的他诀别。我盖着两层棉被，在严冬中的地窝子里依旧冻得瑟瑟发抖。我把地上捡到的豆子放进嘴里压饿气，饥饿已伴随我那么久了……

结束了上海、张家港、江阴、南京为期13天的采访，回到西宁后，从开始撰写稿件的那一刻起，沿着时光隧道行进的我，遇到了孙怀宝、索桂芝、小陆子、谢大个、朱贵福、王大华。我在寂静的草原上遇到了他们，我们牵着手，没有寂寞和孤独。我们和更多的伙伴走进灿然的时空光影中，走向金银滩草原的地平线。

我知道自己又一次开启了新的旅程，这是一次真正的心灵的修行之旅。在笔记本电脑上虔诚地敲上第一行字的时候，文字的灵光再也没有离开过我。从朝阳洒进房间第一缕光线起，一直到星斗满天的夜空。我一直就这样默默地放逐着自己的灵魂，在逆向时间的隧道里穿行，找到20世纪五六十年代年轻的他们。我总能在光束的引领下，毫不费劲地和他们走在一起欢笑、流泪，也歌唱。在繁星挂满天幕的深夜里与他们各自休眠，清晨来临时看他们走进我键盘的方格，只和他们做每时每刻的陪伴。忘记了日子、忘记了朋友和家人、忘记了吃饭。很多的时候，我恍然也忘记了自己的存在。二十多个日夜，我只和他们的那些青春岁月、动人故事陪伴在一起。

站在窗前，听风吹过城市上空，拂动着树梢的万千叶子，在风中恰似风铃般的灵动翻转。我舒展疲惫的手臂，想起了余秋雨的一句话："大树上如果没有一片叶子，敢于面对风的吹拂、露的浸润、霜的飘洒，整个树林便成了没有风声、鸟声的死林。"不经历风雨的洗礼怎么能成就参天大树、成就一片灵动的森林呢！在他们的世界里，我接受了艰难困苦、顶风冒雪的精神洗礼之后，听到了筋骨拔节生长的声音。这种强劲的成长来自灵魂深处，带着力量的升华……

清灵的鸟鸣声推开拂晓淡紫的天幕，一个字一个词一组句子，成群结队来临了，在我与他们相处的时间里。他们没有停顿，与时光永恒融为一体。清凉的露滴或来之树干，或来自昨晚唰唰的一夜雨。露珠依旧在树叶的血脉处停留，我知道沿着树干褐色的根系，它将萌发出树木伸向天空源源不断的强劲力量。

樊清山
一段难忘的日子

2021年7月4日,周日,下午5点25分,给马海轶老师发了关于钱玉英的采访录《虽然道路艰辛可我不曾掉队》。关掉电脑,长长呼出了一口气,像放了气的气球一样。我靠在沙发上,手里握着手机,等待马老师的消息。过了十分钟,他回复:"清山,收到,很好!下周找个时间清稿。"心中的一块石头落地了,三个采访对象近两万字的初稿完成了,等于给这次采访有了一个交代。三位采访对象都是我敬重的老人,内心一直悬着的是,怎样才能将他们的故事写好。现在初步也有了一个结果。

闭上眼睛在沙发上休息了一会儿,起身洗漱,换了一件自己喜欢的裙子,去公园散步。是不是每个双鱼座在重要的节点,都会制造一点仪式感呢?反正我是这样。两个月的采访、写稿告一段落,呼吸着公园里的木香、草香、花香等各种香味,回想这段时间以来的所见所闻,内心的感动,精神上的收获,就像回放的电影一幕一幕浮现在脑海。

5月中旬,到西宁城北区李瑞普爷爷家采访,刚到家,还没有开始采访,李瑞普爷爷的老伴周奶奶给我们拿橘子、倒水,忙来忙去,热情地招呼着我们。周奶奶拿起一个橘子,塞到我手里说:"孩子,你吃这个橘子,橘子可甜了。"82岁的周奶奶就像我的姥姥一样,一定会把最好的东西留给孩子们吃。周奶奶给我拿橘子的瞬间,我想到了姥姥,而她在五个月前去世了。

姥姥生前,曾经历过丧夫之痛、丧子之痛、丧孙之痛……上有老,下有小,在那样艰难的岁月中,她当起了家里的顶梁柱,操心一大家子人的吃喝,供儿女们读书上学。上海采访时,遇到了徐爱侬奶奶,因工作紧张,错过了回上海老家生孩子的时间,将孩子生在了火车上,孩子得了新生硬皮症,不久便去世了。张家港采访时,遇到了钱玉英奶奶,她18岁的儿子,因高原病也命陨草原。她们的经历和姥姥的经历很像,当我看到她们时,好像看到了自己的姥姥。因此,采访她们时我一点也感觉不到生疏和隔膜。

她们在生活中经历了生离死别,经历了种种伤痛。但她们面对祖国的召唤,义无反顾奔赴高原,默默地支撑起了伟大的事业。时间过去了,岁月斑驳了,她们也已到了耄耋之年,但是她们心灵依旧纯粹,境界依然高洁。

采访过程中,我屡次被她们的事迹所打动,最后我主动向马老师请求写这两位老人的事迹,我觉得我有义务和责任写好她们的故事,让她们的故事流传下去。怎样将她们生动和传奇的故事写出来,对于我来说是一个新的课题。之前有看书、写东西的经历,这次完全不同,她们生活中经历的痛苦和磨难,我还能理解。但她们在守护光明历程中,经历的曲折、攻克的难关,作为90后的我是不能想象的。这次采访过程是我接受教育的过程,也是经受洗礼的过程,把她们的故事讲好,对于我来说是一个重大的考验,也是一份特别的荣誉。

我们这支采访队伍,堪称超级组合。带队的马海轶老师是有四十年创作经历的著名作家。陶锋老师、庞子麟老师、杨玉婷老师,都是省作家协会的会员,他们都有数十年以上的创作经历,还有作品结集出版。而我是没有写作经验的"小学生",这次写作的压力很大,责任也很大。我丝毫不敢懈怠,怕拖大家后腿。我暗暗下定决心,要做到像我笔下的主人公——钱玉英奶奶一样:"虽然道路艰辛,可我不曾掉队。"

之前没有写过报告文学,第一次写并不轻松,采访结束后,马海轶老师多次进行指导,从文章的结构到叙事的逻辑,从文字的色彩到时代的特征。陶锋老师也从刻画人物的性格、情节的构思等方面给了恳切的建议。动笔之前我反复听录音,连他们的语音语调都不放过,他们的每一个讲述都是新鲜的、生动的、珍贵的,我一边听录音,一边琢磨思路。但到真正动笔写的时候,并没有想象中那么顺利,写了删、删了写……身为数学老师的妈妈看着我干着急,时不时找出她上学时的语文课本给我看,纸质都发黄了。还时不时给我满上杯中水,给我切上一盘水果……

7月2日,采访写作组开会,一见面,庞老师对大家说:"看大家最近都瘦了。"问我瘦了几斤?我开玩笑说:"家里伙食好,瘦得不明显!"写稿子的这一个多月里,爸妈换着花样给我做饭,每天晚上10点都会加餐,这一个月的待遇堪比高考冲刺前,即使这样,我还是瘦了5斤。写稿子是个脑力活儿,晚上写到十二点多,脑子特别兴奋,导致失眠。连续几个晚上没休息好,爸爸说,我女儿的眼袋快耷拉到脸蛋上了,他默默地去药店给我买了脑心舒。每天晚上睡前都会叮嘱我喝一支,补补脑。这一个月里,我几乎切断了所有的社交,朋友约饭不去,家人外出不陪,连家人一年一度的户外野餐也没去。

这次采访写作过程中,我感受到了221人的汗水、爱情、信仰。

江阴采访时,见到了身体硬朗的韩一平爷爷,他已经92岁了,他见证了筹备建厂到二二一厂销号的全过程,参加了1958年开始的基地大建设,亲眼看着一片荒芜的草原成为新中国核事业的基地。在此期间还经历了苏联撤走专家和"三年自然灾害时期"。在他的讲述中,个个都是拼命三郎,厂区白天繁忙一片,夜里灯火通明。他们都有一个共同的心愿,那就是干好自己的本职工作,让中华民族挺直脊梁。

上海采访时,见到了80岁的索桂芝奶奶,当她回忆起青年时代的故事时,脸上洋溢着幸福的笑容。她结婚时条件有限,没有举办婚礼,回上海探亲,爱人带她去看哈哈镜这件事情,让她记了一辈子。奶奶的这种纯粹和达观深深地感染了我,我暗暗许诺,也要和索桂芝奶奶一样,为事业奋斗一生,为爱情不改初心。

西宁采访时,遇见了我笔下的主人公张瑞林爷爷。82岁的张爷爷说的一段话让我铭记,他说:"我是一名普通工人,没什么文化,更不懂科学研究,但这一生能和221联系在一起,为祖国的国防事业献出自己的一分力量,感到很光荣。虽说吃了一些苦,但我无怨无悔。我们这一代人是从旧社会过来的,都受过吃不饱穿不暖的苦,中华人民共和国成立后才过上好日子。我虽然不是党员,但我以党员的标准时刻要求着自己。"这就是信仰的力量。

这也是我能顺利完成这次写作任务的动力和精神源泉。关于他们的采访已经结束一个月了,但他们的形象、他们的语言深深地扎在了我的内心深处。

人生漫长，道路曲折。如果我在人生道路上遇到了困难，希望也像他们那样不怕困难、勇往直前。如果我在工作生活中遇到挫折，希望也像他们那样积极乐观、豁达通透。

马海轶
精神解码

原二二一厂四分厂

2021年4月4日,我随国网青海省电力公司"两弹一星·电力传承"党性教育基地项目组来到位于221基地以北1.5公里处的电厂遗址。这就是名为"四分厂"的火力发电厂。四分厂是221基地首先建设的单位,建成后承担着整个基地十八个厂区的供电、供水、供暖任务。可以说,四分厂是整个基地的开端和基石。杨幼军先生是该厂停运前的最后一批职工之一,据他介绍,四分厂占地22984平方米,人员最多的时候,达到1500人左右,按生产功能编号,从401至407,共七个车间,分别为电气车间、汽机车间、锅炉车间、机修车间、三供车间、燃运车间、化学车间,还另设机关等后勤部门。现在,还能看到机房内两台容量分别为1.2万千瓦的汽轮机组,是当时四分厂"大电厂"时代的主力设备。这两台发电机组分别于1963年2月、1965年4月投产运行。二二一厂销号撤厂后,电厂于1993年5月5日整体转入地方管理,继续为海北地方经济发展和各族人民生活服务。14年之后,于2007年5月正式关闭。以第一台机组投运的时间计算,两台机组结伴运行了44年零4个月,也就是三十七万九千五百六十小时,夜以继日,风雨无阻。在1963年春天时,如果它还是一位朝气蓬勃的青年,那么,在它退役时,已是垂垂老矣,白发丛生。于是,我在手机写字板上写下这句话:

时光已远去,墙壁也斑驳,机组已静默,四分厂默默停泊在时间永不止息的流动中。厂房遗址像一位饱经沧桑的老人站在草原的腹部和雪线附近,形影相吊。轰轰烈烈、生机勃勃的时代走远了,低温、寒冷、饥饿和大风暴也已成为往事,四分厂迎着高海拔劲捷的风孑然独立的厂房已然成为青海大地形貌、风力和人心的有机构成,成为时代的见证,青春的雕像,挺立的姿态,奋斗的形象。是热爱和奉献之后依然深切的眷恋和追忆。

在四分厂,我随手拍了外景和内景,还拍了立在机组、值班室等多处与真人等大小的一组硅胶人像,以《工友篇》为题发了朋友圈。与四分厂遗址有关联的作家朋友张旻在图片下留言:"图七,让我想起一段往事。多年前,我们集团接收了唐湖电厂,对方的附加条件要把二二一厂四分厂捎带上。2013年,集团把它规划成本系统的红色教育基地,我那时候在厂里搞企业文化。领导要求在厂房内放几个硅胶人像,把当年的工作场景复原出来,让我找几个工人摆个工作姿势,拍他们的前后左右照片,让厂家按照片制作硅胶塑像。当时我就端着相机像马老师在硅胶塑像面前一样拍那位硅胶塑像的原型。如今塑像的原型也已经脱发了。"哦,我注意到张旻在这个留言中的最后一句话"如今塑像的原型也已经脱发了"。他实际上想表达的是时间,白驹过隙的时间,逝者如斯的时间。塑像的模特正在老去,而塑像所塑造的真正原型如今又在何处呢？我站在塑像身边，写下如下句子：

当我们来到他身旁，驻足停留，想伸出手来，却握不住任何一段时光，握不住贯穿时光的任何一缕风。曾经值守在机组旁的那位年轻师傅呢？曾经在梦中也怀抱着电话的那位工程师呢？在数到一万之后再也记不得自己一生总共焊接过多少个电缆头的那位女青年呢？在密集的数字和账目之间写下七律的那位财务科长呢？带着七千名基建大军来到草原的那位出版社职员呢？那位怀揣着使命，以雪水就着干粮，走遍全厂各个角落的外线工呢？那些在草原奉献了全部青春和年华、铸造了擎天巨剑、为我们储存了精神财富的人们呢？他们如今可否安好？

寻访曾在四分厂工作过的老同志的工作早在 2020 年冬天就已经开始了，我们在青海、北京、廊坊、淄博、上海、合肥等安置基地尚健在的二千一百多位二二一人中，筛选、确认、联络到 66 位曾在四分厂工作过的老同志。其中有年届 92 岁、1958 年建厂初期就来到草原的韩一平先生，也有见证基地从柴油机、小电厂到大电厂建设全过程的孙怀宝、张瑞林、袁宝福先生。还有献了青春献儿女的徐爱侬、钱玉英两位老人。拜访四分厂之后，我们抽调公司六位员工，其中包括一位中国作协会员、三位青海省作协会员，两位企业文化专责组成采访写作组，从 5 月 17 日开始为期二十天的首期采访工作，先后在西宁、上海及江苏张家港、江阴、南京等地，拜见、采访了 19 位老人，录制了 2000 分钟的音视频资料，在现场收集、采写资料近十万字。在完成采写任务之后，采写组成员杨玉婷抑制不住内心的感动，还写了近万字的采访手记，她这样说：

我们一行人，跨越半个中国找到他们，从茫茫人海里将他们分辨出来，再将他们一位一位分开来赞美和歌颂，如此大费周折，如此不遗余力，无非是想解开一个更大的秘密，他们是凭借着什么完成了自己的使命，他们又是如何在异乡创造出属于他们的功勋和业绩，以至时至今日，他们都已在耄耋之年，这片被赋予过神圣光环的土地依旧对曾经的他们念念不忘、依依不舍。

在我眼里熠熠生辉的老人，是真正的明星，因为他们代言了一个时代，他们令一片陌生的大草原成了一个令无数人瞻仰的原子城。在那个年代，要抵达一个城市都是不容易的，更何况他们是凭空建立一座城，改变一座城甚至竖起一个民族的脊梁。在当代，他们的精神仍富有勃勃的生命力和创造力，我对自己能够如此亲密地接触他们感到荣幸。如果我不能借助他们的光芒提升自己的维度，那就相当于丧失了一次不用经历苦难就能升华灵魂的幸运卡片，所以，这次寻访本身才是真正意义上的打卡吧。

二二一厂从 1958 年建厂至今已逾六十年，参加了两弹研制的科学家、工程技术人员、普通职工有的已魂归大地，依然健在的人们随着基地的撤销被安置到全国各地。当年，由于基地的特殊性和条件限制，未曾留下声像资料。据二二一厂最后一任厂长王菁珩回忆："1990 年 11 月 17 日，第一批集中安置在淄博的人员准备撤离。在离厂之前，厂里给他们上了最后一堂'保密课'。我们再三叮嘱离厂职工，保密工作仍是我们一生中永远要牢记的，不该说的不说。"所以，尽管两弹研制基地解密了，而关于这件大事更为生动的细节，近乎传奇的故事，只有深藏在当事人的内心，随着岁月的流逝，知晓这一"密码"的人将越来越少。在江阴遇到原四分厂老人郭宗仪先生时，他感慨道："1994 年销号撤厂时，安置在职职工 4924 人，目前健在的已经不到一半，只有 2100 多人了，大约每三天就有一位老人辞别人世。"因此，我们的寻访之旅的意义和价值陡增。它不再是一件普通的工作任务，或者开始的时候，仅仅是一件普通的采访任务，而当我们见到这些老人，倾听他们的叙述，让我们重温岁月风云，让可能永远消逝的历史细节得以再现时，这项工作理所当然成为一种光荣的使命。

上　海

5 月 23 日，我们结束了西宁杨家庄二二一厂安置小区的采访工作。休整一日，25 日从西宁到达上海，开始第二单元采访工作。5 月 26 日，上海大雨，我们拜访了二二一厂离退休人员上海管理处，确定了采访名单，与接受采访的各位老人取得联系。新华社于 2021 年 6 月 15 日发表了题为《不

朽的功勋　闪光的精神——访习近平总书记关心的二二一厂离退休职工》的通讯，其中提到了上海浦东新区上钢社区。这里集中安置了40户80余位二二一厂离退休人员。我们第一站就是在这里。5月27日，天气晴好，我们来到西营路114弄小区门口，有一位老人，以玉树临风的姿态站在大门口。我对负责联络工作的清山姑娘说："他一定是我们正在寻访的老人，他也是正在等待我们的老人。只有221人，才有如此挺拔的气质，才有如此庄重的风貌，历经岁月风蚀而不改其风骨。"车在门口不好停，进入院内，我和清山重新回到门口，果然，他就是殷应赓老人。没等相互开口，我们的手已紧紧握在一起。采写组成员子麟描述我们在上钢社区的采访时写道：

27日清晨，上海市浦东新区西营路114弄小区门口，梧桐的树荫隐住一边的门楼，投下一片斑驳的树影。和管理处做了对接工作的殷应赓老人，在小区门口等待着我们。老人穿着白色衬衫、黑色长裤，精神矍铄。他也是我们要采访的221基地四分厂的老人之一。大伙儿带着摄影器材及笔记本等，随着老人往小区走。老人家一边招呼大家去往小区党员活动室，一边不无遗憾地说："你们来得晚了些，有些老人已经过世了。"说到这些时老人神情凝重，我的心情也变得沉重起来。采访任务沉甸甸的分量，再次凸显。做好四分厂老电力人的采访，听他们讲述过去的故事，用文字的形式，抢救性还原和再现221基地四分厂的历史，不仅仅是我们此行该认真完成的工作任务，更是义不容辞的责任和使命。

2021年6月15日新华社的报道中还提到由80位二二一厂离退休人员与上钢社区共同创建的两弹一星爱国主义教育基地。创建之初，展馆只有20多平方米，设施简陋。在浦东新区的支持下搬迁改造，现已扩建至1000多平方米，参观者已逾16万人次。这个特殊的展馆内有老同志自发捐赠珍藏多年的历史照片、证书、纪念章等，有的老人还自费到青海基地征集史料，义务做接待和讲解工作，纪念馆先后近10名义务讲解员均为二二一厂的老人。采访的间隙，我们在殷应赓老人陪同下，参观了纪念馆。我们到纪念馆时，朱孔阳老人正在回答上一拨参观者的提问。得知我们从青海来，他激动地说："哦，老家来人了，你们自己再看看，我要接待青海老家的人啊。"纪念馆筹建期间，有35位二二一厂老同志撰写了55篇回忆录和散文，于2004年6月正式结集编印。书名为《红柳——献给为核武器事业做出贡献的上钢人》，简洁的序言首句就点明了《红柳》的意蕴："红柳以发达的根系，扎根在西北的大地上；《红柳》以生动的事例，凝结了厚重的历史。《红柳》是一本薄薄的书，红柳有深深的根。"应我们要求，陆玲芳老人在接受采访时，让我们看到了这本书。在《红柳》的封二空白处，写着"送女儿丽丽，2004年10月15日"的字样，并分别签着庄起路、陆玲芳的名字。庄起路是陆玲芳的爱人，也是二二一厂的职工，已于多年前去世。陆玲芳老人特别交代："你们只能看看，不能带走，这是我们能留给女儿的不多的纪念物了。"

我们继续听陆玲芳老人追忆青海岁月。她语速很快，就像青年时代的日子。但每说完一个句子，她都要等待采访者将这个句子写到本子上。两个句子之间，就像被遗忘的时光，或被大风刮过的山冈，全是静寂和荒凉。窗外是上海乳白色的阳光。透过玻璃，还可以看见一棵桑葚树。树枝上站着一只百灵，老人回忆的两个句子之间，它会清脆地鸣叫。每当它鸣叫，屋顶墙角吊尘上挂着的一只长脚蜘蛛总要不安地颤动。老人们生命中最闪光的段落都是在青海草原上度过的。退休回到城市之后，随着时间推移，记忆存储卡里的内容越来越淡，越来越少。但"青海""草原"，还有"杨家庄""小楼"这些名字却越来越闪亮。大风，风雪，风沙，漫长的火车路，不断地转车，也都还记得清清楚楚。在回忆中，老人们重新回到大会战的那些日子。回忆的段落之间，我在陆玲芳的名字下面写道：

博尔赫斯在他的小说《门槛旁边的人》中说："谁都知道，每一代人中都有四个正直的人，秘密地支撑着天宇，并在神面前证明了自己当之无愧。"他还说："但是人海茫茫，湮没无闻，相见不一定相识，何况他们自己也不知道身负秘密使命呢？"陆玲芳老人和当年与她一起到青海的同伴就是茫茫人海中的湮没无闻者。今天，她坐在我们面前，但她从前不知道自己身负的秘密使命，直到如今，她甚至还不了解自己曾经建立的伟大功勋。任何时代，都要有人，有正直的人来支撑。人类的时间和空间主要由他们创造的物质和他们的精神所构成。人们在创造这个时代巨大的物质财富时，必定受精神的启迪、信念的激励和理想的鼓舞。当擎天巨剑在共和国铸剑人的手中横空出世时,这是惊天动地的大事业。今天,当我面对饱经沧桑但异常平静的前辈们时,回想两弹一星及其精神生成的历程时,回想如同草原上格桑一样普通、戈壁上沙砾一样普遍的人们时,首先想起的就是秘密支撑天宇的、在茫茫人海中湮没无闻的那四个或千百万正直的人。

小时候,我在课本里见到过"好儿女志在四方""我要做昆仑山上一棵草"这样的句子。后来因为工作,我数次翻越昆仑山巅,这才知道,做那个地方的一棵草并不容易。大风刮过昆仑,山上每棵草都在自言自语"哎呦,真是太难了"。采访徐爱侬老人时,她的第一句话就是:"我是徐爱侬,上海人,好儿女志在四方,那年,响应国家号召,我从上海坐火车到兰州,然后转车到西宁。我愿做昆仑山上一棵草,所以又乘车去了二二一厂。"显而易见,为这次采访,老人在心理和语言两方面都做了准备。她用这两个句子开头,也是一种身份的自我认证。我也总算历经半个世纪,找到了当年课本上这两句话的正版。老人从第一次招工,告别上海,讲到遥远的地方。从401车间的师傅讲到104车间的爱人。从城市里长大的孩子讲到生在火车上的孩子,再讲到脖子上挂着钥匙的孩子。讲到失去孩子的往事时,她多次停顿。大家停下记录的笔,陪着老人默默掉泪。我必须得写下一句话,才能让这段令人窒息的安静和停顿过去啊:

徐爱侬看着金露梅盛开,看着银露梅盛开,然后从她们中间走过。徐爱侬看着昆仑的风雪降落,看着祁连的风雪降落,然后在风雪中走过。这是一个美丽的地方,天蓝得清澈,阳光如水一样明亮,伸出手似乎能拂过白云。站在星空下,能够谛听到宇宙渺远的声音。这也是性情乖张、反复无常的地方,高峻的雪山,昼夜不息的大风,突然降临的暴风雪,又高又远的雪域。他们在这儿生活,在这儿工作,在这儿出发,在这儿归来。

"我们一起去的四个小姑娘住在'干打垒'的地窝子里,四分厂的领导很关心我们,说小姑娘住在这里会有狼或者其他野兽,不安全。就把办公楼的厕所腾出来让我们住。那会儿年龄小,贪玩,下班以后我们就大声唱歌,厂子里的领导说，这些小姑娘下班也不睡觉，开心得不得了呢。"5月28日，我们还是在浦东新区西营路114弄小区党员活动室，采访了索桂芝老人。她深情回忆了青春年华和青海岁月。我们问到老人目前的生活状况。索桂芝说，不想麻烦别人，不想麻烦到孩子们。二二一厂的老人们都对孩子们有亏欠，现在不想拖累他们，都是这样想的也是这么做的。至于个人的生活，国家对我们很好，满足了。唯一的遗憾，就是丈夫得病去世得早了些，没有看到今天。唉！人的一生不可能一直都顺顺利利的，不可能啊，这就是生活，就是人生。说完这些话，她深深叹息一声。老人还说经常想起二二一厂，连做梦也是年轻的时候，也是草原上的情景。采访结束后，小樊姑娘向老人建议："奶奶到青海再看看去吧。"老人再次深深叹息："很难了。"我在老人的叹息中，记下当时的一点感慨：

他们每人肩头都有一份担当。关于亲人和朋友，关于生命和奉献，关于热爱和责任。因为他们的工作，中国最特别的一片草场亮了。因为他们的劳动，中国最特别的一座工厂也亮了。他们守护在机组旁，行走在巡线的路上，一守就是三十年，一走也是三十年。被青春点燃的光芒中，是安详的老人，欢乐的童年，是怒放的雪莲和盛开的春天。光芒中，是所有的付出和流逝的年华，是所有的鲜花和珍贵的荣誉。在创造了人间独一无二的伟大物质的同时，他们用心描述了延伸在他们心灵中高远的精神历程。

"1964年10月16日15时，我们在新疆罗布泊附近的沙漠上进行了首次地爆核试验，爆炸当量为2万吨TNT。当时全国人民都在为这个事情欢呼雀跃，我当然早就忘记了刚分配时的遗憾，非常兴奋，但也知道自己和真正的生产部门相距甚远。每次在小楼看到草原上来的人都很崇敬羡慕，很想到生产一线去做点实事。"殷应赓先生曾是四分厂的财务科长。但他还会写七律，这是一般的财务科长没办法比的。1984年11月重登岳阳楼时，他写道："四化未成人竟老，登楼犹抱范公忧。"但1984年的殷先生刚过不惑之年，尚年轻，这句子未免有故作老成之嫌疑。但时至今日，装或者不装，他的确是老了。他在接受采访时，白色衬衫穿得板板正正，但口袋里赫然装着一张百元大钞。录制视频的青年发现了，要求殷先生作为老财务人员，管理一下自己的财务。

殷先生一边拿出钱来，一边说："这钱本来是要给你们买冷饮的，但你们硬是不让我买，只好装在口袋里。"听到"冷饮"两个字，我们顿时感到上海的夏天已经很热了。汗流浃背中，我在笔记本上写上这几句话：

多年前，看过一部关于"两弹一星"的纪录片，也是众多见证者、亲历者讲述的故事。故事取名《铸剑昆仑》，这个片名自有深意。中国神话传说中的许多铸剑神手都来过昆仑山，铸剑师旦融就是在昆仑山中寻得梦寐以求的绝世寒铁，用三年的时间铸成了傲视天下的神剑巨阙。巨阙是兵器，但我们没有见到用它来杀人的传说。而古代关于铸剑和拥剑神游的故事，都充满了优雅和孤傲的意味，充满了牺牲和奉献的精神。"剑"从来就是一种隐喻或荣誉，当它出鞘杀人之时，剑的精神就消失了。今天，我们面对殷应赓——共和国万名"铸剑师"中普通的一员，他们的初心就是对祖国炽烈的爱，是对民族的侠肝义胆，但最终的目标是和平。所以，对每位老人的采访结束时，无一例外，都会看到源自国家的尊严和荣誉，看到化剑为犁的理念。

在采访朱贵福先生时，因为堵车，我们比约定的时间晚了几分钟。我们见到老人时，他正急切地等待着我们。老人慈眉善脸，身体健朗，热情豁然。采访过程中，大家始终被老人的热情所感染，所激励，轻而易举，我们被带入了那个时代的氛围和火热的生活。采访结束时，大家与老人依依不舍，有一位女孩抹着眼泪，与老人相拥而别。我向老人表达敬意时，他说："这都不算什么，我们只不过做了自己本分内的事情。为'两弹一星'做出牺牲和贡献的人太多了，草原上的牧民兄弟为了国家，甚至告别了自己的家园。现在我们叶落归根了，不知道他们是不是回到家乡了。"晚上整理完采访笔记后，我在"朱贵福"的名字下面写道：

与朱贵福们到来的方向相反，世居在那片草地上的1700多户近9000名牧人带着帐篷、酥油桶、马靴、《格萨尔王传》以及所有的喜怒哀乐，赶着近27万头牛羊和马匹，舍弃故土，一步一回头，翻过一道又一道山冈，远迁他乡。这支队伍中的许多牧人正如诗歌中所说："翻过最后一道山冈，再也没有回来。"在这种牺牲面前，国家和民族的概念更加清晰。朴实而善良的牧人第一次在国家利益和个人情感之间进行了选择,与那些远渡重洋、以身报国的学子相比,牧人的选择似乎更加艰难。从此以后,故乡真的就"在那遥远的地方",只有梦中才能见到。我以为,这次悲壮的离别和默默的迁徙是另一个同样重要和生动的故事,我们期待着重归故土的人们能说点什么,譬如异乡的风暴、艰难的生活、长夜的思乡。我要告慰这支队伍中的每个人,国家没有忘记你们,上海一位老人也没有忘记你们,所有与这片土地有关的人们都不会忘记你们。

2021年5月29日,我们在浦东新区花木路500弄132号,见到了85岁的袁宝福先生。"1959年3月22日,我坐火车先到的兰州,当时兰州到西宁还不通火车,通车是1959年年底的事。在兰州待了12天,欣赏了小西湖、白塔山那些景区的风景。3月26日到了青海西宁机械厂。12月份回家探亲回来不久到了二二一厂四分厂403车间。干过电厂安装、锅炉检修等工作,最后一直干钳工到退休。和其他招工入职进厂的人不一样的是,我是二机部以工作调动的形式进入二二一厂的。当时我已经是有七年工龄的老工人了。"哦,老人的记性真好。负责担纲采访的杨玉婷问老人,到草原上时,有没有高原反应。老人摇摇头,那时年轻,什么苦都吃得了,不知道什么叫高原反应。玉婷继续启发提问,干活不累吗?晚上能睡得着吗?老人再次摇摇头,不累,只有在抡大锤时,才感到有些气短心跳。采访笔记上这句话的后面,我接着写道:

"两弹一星"精神在袁宝福为代表的普通员工身上,体现为一种高度。而这种高度首先是突然升高的地理海拔,一切的困难和问题都来自于这个高度。在这个高度,任何的选择都极其困难,在这个高度上,我们见到从柴油机开始逐渐升高的架构,见到四十年如一日始终稳定的电压。见到站在这个架构背后的袁宝福,见到一个群体、群体的背影、群体的雕像。这种高度不再是含糊和抽象的概括,而是可以用他们的年华和青春进行换算的结果。这种精神也体现为一种长度。我们第一次可以把环绕基地的线路和无数的焊接点作为标尺来丈量一种精神的长度。乘上去青海的列车,袁宝福的身影离上海越来越远,离温暖的家和所有的亲人越来越远,但距离自我的信念和人生的目标越来越近。六十多年之后，当我们再次来到他们身旁，可以肯定，他不再是原来的他，这种在风雨和创造的历程中完成的洗礼有永久的不可替代性。这种精神还体现为一种温度，整个时代的体温，它穿越时空，承载着共和国的能量，行进在不断隆起的时代。这种精神也是一种厚度，在这种厚度中生长的不仅是奇迹和惊叹，也是整个民族生机勃勃的肌理和基于未来的关怀。这种精神当然体现为一种硬度，最初与之相当的是钢铁、技术难关，当钢铁被折服，难关被克服，岩石被穿透，煤块被燃烧之后，没有什么事物的硬度可以作为这种精神的陪衬和比喻了，"两弹一星"精神的质感和挺立的姿态就是由这种硬度决定的。袁宝福等老人平实朴素的叙事为我们领略和体悟"两弹一星"精神的深刻内涵提供了鲜活的证词。

张家港

2021年5月31日，我们结束了上海的采访，乘动车前往张家港采访钱玉英老人。采访组所有的人都是第一次来这里。事先获知老人身体不好，随儿子住在城郊。为方便采访，我们也住到靠近老人的地段。当晚，我在微信朋友圈里说，天黑地偏，不见张家，不见港啊。第二天，我们通过其儿子，在张家港市杨舍镇东莱村套北小区家中见到钱玉英老人。与传说不同，老人精神健旺，谈吐自如。但无论如何，你无法相信眼前这位身材瘦小的老人就是当年四分厂那位有26年工龄的女电缆工啊。故事从1959年钱玉英22岁时进入221基地四分厂参加工作开始。如果你去过四分厂，目力所及仅是这个电厂的一部分。另一部分如蛛网般的电缆深埋在地下。以四分厂为中心，辐射到221基地的十八个厂区。一个电缆工，要挖电缆沟，安装电缆架，敷设电缆，要钻阴暗的管沟，要抬几十公斤重的电缆，电缆头与电缆头衔接处需要切割和绑扎，手上没有一把子力气不行啊。电缆故障24小时都有可能发生，排查故障点一查可能就是一宿，种种因素制约着女职工介入这项工作，即便到了今天，电缆专业分工已很细密，但无论哪个环节，依然是女职工甚少涉及的领域。但在电厂筹建初期，就有一位身手敏捷的女青年，常常负重前行在草原漆黑的夜里。风雪与她相伴，跟在她身后不远处的狼与她为伴。

对于一位女电缆工来说,每一次出工抢修都是对生命极限的挑战。深一脚浅一脚,就这样走了 26 年,她由一位青年走成了老年。

握着老人关节突出的手,轻而易举,就能体察到她经历的全部岁月。她

的丈夫、妹妹、妹夫、儿子、儿媳及孩子的岳父、岳母都是 221 人,这是一份光荣榜,说起来至今还让老人激动不已。采访前,我们被告知,老人第二个儿子的生命永远留在了草原,尽量不要提及这件往事。但老人在叙述中自己没能绕得过去。可她叙述的重心明显不在儿子因严重的高原反应猝发的心脏病以及他年轻生命的消失。老人反复叙说在抢救过程中,厂里的关怀和情同手足的同事姐妹们的关切。一位姐妹还为不满十八岁的孩子做了全新的衣服,说万一孩子在路途上没了,你给孩子穿什么呀……老人继续叙述:"我退休了,我还能做一些力所能及的事情,譬如陪伴爸爸妈妈,伺候公公婆婆,譬如照看孙子孙女,可老伴儿走了,爸爸妈妈走了,公公婆婆走了,孙子孙女也长大了,自己变成了没用的人……"

我知道,老人的面前有录音和录像设备,它们全开着,老人的每句话都被记录着。可我,还是想在笔记本上记下老人所有的回忆。生怕落下一个语气一声感叹。但我写着写着,泪眼朦胧,无法继续。好在我就在门口,离开

采访现场，平息了自己的心情，再次回到门口，聆听老人讲述。直到结束，我都无法在笔记本上再写下一句完整的话。这是"献了青春献子孙"的又一个原版。将它作为故事或传奇听时，我们何曾真正动心动容过？它却是老人们内心永远的痛和无法释怀。而这类令人扼腕叹息的事情当年在整个221基地上并不少见。我的同事杨玉婷在四分厂已经成为文物的发电机组前给前来参观的人讲完这段故事后说："今天，我们留下了四分厂，留下了这些宝贵的文物作为伟大事业的见证。我们尽全力记下了在这里工作的每一个人的姓名，以此来缅怀他们的业绩，来感受电力前辈们热爱祖国、无私奉献的精神，并将这种精神在电力事业中继续传承。与此同时，我们也不能忘记那些曾陪伴父母，最终留在草原的年轻生命，这里距离天空最近，这里距离天堂也最近，愿他们安息。"采访结束后，在拍摄老人的功勋章和纪念章时，我发现并列摆放在一起的一枚纪念章，上面的名字是张晔，正是钱玉英的爱人，同为二二一厂的职工。哦，钱玉英是张家的媳妇啊！于是，我在当天的朋友圈又写道："我们来张家港，即使见不到港，能见到张家就心满意足了。"

江　阴

到江阴已是晚上了。采访组到宾馆休整，准备明天的采访。我和清山到定波新村拜访联络人。我们找到小区，找到楼号，正在路灯透过树叶形成的斑驳中辨认要去的单元时，三楼有人从打开的窗户探出头来大声问我们："你们是不是从青海来的？"哦，说明他一直在打开的窗口不断向外张望，等待着我们啊。接头的关键词是"青海"！我俩同时应答：青海。引得过路的行人回头注目。这就是郭宗仪先生。他曾在四分厂做过十二年的外线工。在他的工作证上有一个醒目的红色"全"字，表明他可以在基地十八个分厂自由出入，因为从四分厂出发的电力线路分布在十八个分厂的各个关节。四分厂主厂房外墙上还能看得见当年书写的一个标语："站在最前线，保卫毛主席。"郭先生清楚地记得当年组织人在墙上写字的场景。一个小小的儿童床贴着墙面挂在空中，汽机车间鲍国海站在上面写字，儿童床要调整和移动四次才能写成一个字。我问郭先生，鲍国海先生现在何方，郭先生说："他目前住在江宁，参加当地书法协会的一些活动，他的书法可以的。"（回到宾馆，我在前期联络梳理的名单中没有见到鲍国海先生的名字，说明我们曾经错过了许多人，也说明我们正在错过许多人）郭宗仪先生还补充道："我看到过他拍的电视和照片，那几个字还清晰可见。"

在郭先生热情帮助和主动联络下，我们在江阴先后见到并采访了韩一平先生、吕钦祥先生、胡玉宝先生、张志强先生、姚玉芬女士。韩一平先生年届92岁，为方便采访，节省时间，郭宗仪先生建议让吕钦祥先生到韩一平先生家里来，在电话里还特别交代，必须要有人陪着来。胡玉宝和张志强两位先生住得较远，他们身体还健朗，郭先生要求他们结伴到我们的宾馆来。而姚玉芬女士在养老院已经多年了，因防疫要求，我们无法去养老院采访。姚玉芬在要不要接受采访之间动摇时，郭宗仪先生不容分说，说你在原地等着，我来接你。他骑着电动车，直接将姚玉芬老人从养老院接到宾馆来。走出郭先生家门时，我内心感慨，时间就是一个口袋。没有内容的人生就是前心贴着后背的口袋。而苦难就是石头，沉甸甸的。在口袋里越积越多，越来越重，人们就带着这份沉重，负重前行。而欢乐就像一朵一朵棉花。人们需要多少欢乐，才能塞满人生这只口袋，才能平衡自己的头重脚轻，不至于被路途上的大风轻易刮走？

从柴油机发电到小电厂，然后建起两台1.2万千瓦机组构成的大电厂，这是四分厂的历史主线。但这不是准确的事实描述。92岁高龄的韩一平先生1958年底到221基地报到，先参与了基地建设工作，后进入四分厂财务科，任第一任财务科科长，可以说他是四分厂历史的活字典。老人家在接受采访时说："电厂建设历经三个阶段，建厂初期，那时整个十八厂区生活和建设施工用电全靠一台大功率柴油发电机组，安装在总厂粮店那个位置，即电影院对面。随着各项工程的陆续展开，这台柴油发电机组渐渐支撑不住了，为了保证基地施工进度和将来的科研生产用电的需要，上级决定先动工大电厂的基础建设工程。1959年9月，大电厂建设破土动工了。那时的动工仪式很简单，筹建处李信主任宣布：大电厂动工开始。没有剪彩，也没有鞭炮，李信主任挖了第一锹土，基地最大的单体工程项目——火力发电厂就开始动工了。但当电厂主厂房建到十二米高时，工程停了下来，因为基础施工，主要是混凝土框架结构施工所用的机械用电量很大，而当时各种机械设备还没有进厂呢，现有的发电机容量远远不够用。经周总理批准，先将大电厂工程暂时停下来，建一座小电厂，满足大电厂建设用电需求。为了加快小电厂工程的进度，集中精力办大事，当时由好几个单位共同完成了这项工程。小电厂建设的成功，为大电厂建设施工顺利进行创造了条件。"现在，我们按韩一平先生的叙述将电厂建设的历程重新描述一遍：柴油发电机组，大电厂建设（未完成），小电厂建设，大电厂建设（续建）。采访开始的时候，我认为老人"先大后小"的讲述可能属于口误，但讲到电厂主厂房建到十二米高时，老人的回忆成为电厂传奇的有机组成部分。二二一厂历史的页码里，是大电厂催生了小电厂，小电厂反哺和养育了大电厂。这个模式在中外电力建设史

采访现场　右一为韩一平，右二为吕钦祥

上也是绝无仅有的孤例。

韩一平不仅仅是四分厂建设的见证者，也是 221 基地建设的参与者。最初，他供职于上海联合出版社。该社后改为人民教育出版社。先在上海，后来到了北京。哦，从大城市到大城市，真是"春风得意马蹄轻"的经历。1958 年初，响应国家劳动教育号召，韩一平成为上山下乡大军中的一员。劳动教育工作结束时，他没能返回原岗位，经历了一段焦虑的等待，他接到单位通知，要他到二机部报到。当时他不知道，自己的人生轨迹已发生了重大改变。他接受的第一个任务是去河南招工，然后带队到青海。他首次从河

南清风、内黄、驻马店三地招收了1000支边青年，然后作为专员，带着清风方面的1000人奔赴青海。两列闷罐列车，1000基建大军，从河南不能直接到青海，只能到兰州。兰州下车后，他们辗转换乘了卡车和长途汽车继续跋涉，道路之狭窄山路之崎岖前所未见，车辆行驶时要不停地避让对面来的汽车。这也是他本人第一次到青海，他和所有支边青年一样，内心充满忐忑。韩一平在经历路途颠簸和内心较量的同时，还要管随行大军的思想工作和衣食住行。在人类历史上，这是一次微不足道的小小迁徙，但在韩一平的人生历程中，这是一场波澜壮阔事业的开端。在前后招收的七千建设大军中的绝大多数，在完成基地基础设施建设任务后都回到了家乡，但韩一平留在了草原，一直到1981年退休，整整23年。感叹于韩一平先生的经历，我在笔记本的空白处写道：

任何伟大的事业，都要由有理想、有信仰，热爱祖国、无私奉献的人和人民来认识、响应和投入。只有他们的参与和认同，才能促使一块土地真正意义上的诞生。大地修路，云端铸剑，在青海大地，"两弹一星"事业如此，青藏铁路建设如此，电网建设事业亦如此。韩一平是共和国的修路人和铸剑师中最为普通的一员，但他和他们勇往直前、无悔坚守所创造的精神财富，成为我们今天事业发展的文化底蕴，也是我们创造新的辉煌的力量源泉和不竭动力。更为重要的是，庄严地行进在高原上的每一列车，不断升空的宇宙探测器，比比皆是的超级电厂，世界一流的特高压电网，不仅搅动了停滞不前，而且确定了进一步拓展的方向，对于千年寂静的高原来说，这是一个启蒙和召唤，因为它最终必须汇入人类先进文明的恢宏合唱。每一条通向远方的路，每一支深入太空的箭，都会沿着时间的方向为自身的价值所在提供更多的佐证。但随着时间的推移，人们必定会淡漠那些修路的人，那些铸剑的人，他们的姓氏，他们的表情，他们的声音，他们的幸福和痛苦，他们的理想和追求。需要我们记录和还原，尤其是还原精神的部分。我们既要修一条道路，坚守一条传递能量和光明的路，造福当代，铸一柄剑，守护家国，保卫和平，还要将他们造就的精神传承给未来，这就是我们今天工作的全部价值。

我们在江阴，还采访了袁宝福老人的徒弟吕钦祥先生，采访了胡玉宝先生、张志强先生、郭宗仪先生、姚玉芬老人。梳理采访名单，在上海，我们错过了蒋云开、周萍娟夫妇。在江阴，因故未见到武瑞清先生。无锡近在咫尺，但我们无缘见到陆松珊先生。虽然我们无论见到多少人，他或她其实讲的还是一个故事，讲的是20世纪五六十年代的时代风云，讲的是那个时代的青春往事，讲的是在四分厂的难忘岁月。而这些建设、守护过共和国这座最为特殊电厂的前辈们，看似与高精尖的国防事业并没有直接联系，但精神血脉与"两弹一星"的精神图谱一脉相承。他们的故事就像草原上一条又一条小溪流，向着同一个方向流淌，最后汇聚成为一条巨大的高原内陆河——追忆之河，远行之河，奋斗之河。作为当事人、参与者、见证者，他们从工作生活的点滴说起，每句话都折射出国家、民族、正义、选择、命运、情感、时代风尚、价值皈依等重大主题，同时，我们还从他们讲述的字里行间看到自尊、寻求、正义、勇气，以及牺牲、忍耐之后的达观和依然纯粹，看到他们对传统美德一以贯之的坚持和弘扬。所以，我们珍惜每一位老人说过的每一句话，即使这句话被所有的老人反复说出。这也是"两弹一星"精神内涵的反复印证和不断确定。我们遥祝这次没能见到的老人们健康长寿，我们期待与见到的和没有见到的老人们后会有期。

2021年6月3日，采访了姚玉芬老人后，作为工作安排的内容之一，采访组成员还相互进行了采访，工作结束后，天已黑尽。作为长江源头的客人，我们去五公里之外的长江江阴段张家港港区码头去拜访长江。到码头时，一场雨正在头顶生成，大风让整个码头动荡不安，气温很低，作为采访组带队，我提到"失温"这个词，于是大家默默向黑沉沉汹涌前行的长江水挥手告别，结束了江阴之行。夜不能寐，在"江阴"两个字的后面写道：

多年前，曾写过一首题为《原子弹落在广岛那一天》的短诗，其中一节是："三十年后／旧话重提／父亲愣愣的／没有爆炸过原子弹／甚至没有什么广岛／他一生只有过两头牛／一头黄牛／一头黑牛／黑牛总比黄牛懒"。当时的想法是，无论现代科技发展到何种程度，世界发生了多大的变化，可落后的民族以及人民又是怎样呢？我企图把原子弹第一次使用于人类残杀这样的大事情有意和父亲犁地、黄牛黑牛、保长逼债这种琐小的事情对比，产生一种效果。四分厂动工建设之时，新中国已诞生十年了，但和平尚未到来，依然面临着邻国"保长逼债"的局面，还要承受被强人"教训""毁灭"的讹诈和欺辱。我们的采访正是将这个现实作为背景，通过四分厂前辈一段又一段朴素平实的故事，再现了一代人独特的精神状态。那段已经消逝或正在消逝的岁月，通过亲历者和见证者从容而亲切的回忆和叙述，得以重现。我们从中看到，共和国的万名"铸剑人"行走在20世纪50年代末的风云变幻和飞沙走石中，行走在埋名隐姓和别妻离子的孤寂中，埋首在核子的奥秘和掩体的冰凉中。在他们至今仍然单纯的激情面前，整个时代最令人神往和敬仰的部分复活了，我们从而再次理解了塑造历史和被历史塑造、支撑理想和被理想支撑的全部意味。而构成"擎天巨剑"的材料中，他们的精神才是最坚韧和持久的部分。这些默默支撑过我们天空的无名人，永远不会比某个明星著名，但明星永远不会比他们更重要。他们义无反顾的选择和矢志不渝的追求构成了那个时代的内在特征。而时代的特征主要由人的特征决定。

南　京

2021年6月4日，大雨之后，天气晴好。我们一大早出发，到南京采访。连日工作，精神倦怠，无心欣赏江南夏日的连绵绿海，两小时车程，数次入梦。梦中还是老人们的声音。韩一平说："那年，我从河南带了1000人，到基地一看，一片一望无际的荒草滩（美丽的金银滩也埋名隐姓，隐去了自己的美丽容颜，在人们眼里，变成了荒草滩），大家傻眼了，我也傻眼了。大家一致认为是我欺骗了他们。哈哈，我也是第一次来这里啊。"吕钦祥说："我的愿望就是到班组工作，到班组工作多好啊，还可以学技术。我个头矮小，比较适合在狭窄的场地工作。"胡玉宝说："刚进厂，我个子比较低，师傅将我带到一个较高的阀门跟前，看我够不够高。师傅看我能够得着，说，那就这样了。"姚玉芬说："青海气候不好，花草树木长得慢，孩子长得也慢，个子比城里的孩子矮一头，体质也差一些。而且是东一个西一个的，就这么混过来了。"郭宗仪说："电厂是二二一的心脏。电厂完了，一切都完了。"

午时到达南京。二十六年前,我曾来过南京,那时的样子早已忘记,今天我们得重新打量。但我们没时间相互打量。午后到虎踞路64号,采访原二二一厂四分厂高级工程师王大华先生。王大华先生是天津人。生于1941年,1963年毕业于河北工业大学,当年分配到221基地,1992年退休,随妻子(原二二一厂护士)回南京定居至今。在青海工作29年,在南京退休定居29年。两个29年之后,许多事情都记不得了,但许多人他还记得。我给他看了一路上采访的老同志的照片,他说认不出来了,但名字熟悉。还能说得上关于这些熟悉的名字后面的一些逸闻趣事。他就是那个下班睡觉时也抱着电话机的人,时时刻刻处于待命状态,随时准备接受新的任务。王大华先生离开二二一厂时,该厂已接近销号撤厂。他目睹过一场又一场的欢送会和离别场景,在锣鼓喧天、鞭炮阵阵中,有的握手挥别,有的抱头痛哭。221人在完成他们的历史使命后,在此一别,各自天涯,汇入茫茫人海,从此音信渺茫。王大华先生说,有的人可能这辈子再也见不到了。当天,我在微信朋友圈发了采访王大华先生的照片,将老人命名为"中国超级电工",点赞的人比平时增加了一倍。那天晚上,我在秦淮河璀璨的灯火映照下写道:

前期采访结束了,我们在前辈们的追忆中,再一次看见那贯穿四季的沙尘、日夜奔走的狂风。看见在这前无古人的事业中,创造历史的人们就在烈日的焦点和风暴的中心。看见他们亲手修建的厂房,亲手架设的线路,沿着草原涌动的山脊,从新中国的期待和人们和平安宁的梦境中蜿蜒而来,越过自然和技术双重的海拔,到达我们的视野和世界的目光。在前辈的叙述中,那座已经成为文物的建筑重新焕发生机,像一棵在勇气和心血的沃土里长大的树,也像一柄在信念和劳动的火焰中铸造的剑,刺破青天,惊醒古老洪荒的寂静。在点亮二二一厂、为伟大而特殊使命提供能量的历程中,四分厂人的承诺就是最平凡的守候,他们的使命就是最持久的追随。在先辈们的叙述中,那座被汗水浸泡和风雪洗礼的电厂,注定要被时代和历史永久铭刻,这是他们用信念、心血、汗水铸就的丰碑,他们塑造了这一工程的体量、身姿和电网辐射覆盖的里程。穿行在回忆和现实之间,追随他们生命和热血而来的新时代光亮,带着激情和信念,进入这片土地生长的季节。

再访四分厂

2021年7月6日，再访四分厂。在四分厂门口，重新打量这座为共和国"两弹一星"事业提供能量的特殊工厂，回想我们见到的曾经将青春年华奉献在这里的老人，回味他们在这里经历的每一个平常而特殊的日子，重温他们对自己的事业一以贯之的敬重和持之以恒的热爱。我坚信，这座工厂不再像众多的退役者，最终将淹没在历史洪流之中。它的物理形态或许不能永久站立在高海拔性情乖戾的风吹日晒中，而它的精神形态将永远挺立在时代的传奇和我们的内心。遥想当年，这里曾经有近千名职工，穿着工装，戴着安全帽，每天通过这个大门，早上是来接班的人，晚上是来换班的人。在千人队伍中，我似乎看见了在卸煤时失去了左腿的张瑞林，看见了锅炉工徐贵新，看见了钳工袁宝福和他的徒弟吕钦祥，看见了带着1000支边青年奔赴在路途的韩一平，看见了守在电缆焊接点上的钱玉英，看见了一代"我愿舍家卫国"的电力工人。

从这里出发，继续往前走，在大门至照壁之间，经过原驻军部队营房的遗留，回想当年，日夜守护着电厂安全的战士，站立在每个重要的关口。几十年之后，他们才知晓曾经为共和国的"铸剑"事业站岗放哨，今天再也无从知道他们的名字，但经过他们曾经站立的地方，似乎还能感觉到笔直的身姿、庄严的神色。继续往里走，隔着一片草地，能看见四分厂的食堂和幼儿园曾经的位置。当年上下班路过这里的职工，能远远听见孩子们游戏和唱歌的声音。转眼间，孩子们长大了，接过爸爸妈妈手中的扳手和焊枪，接过安全记录和运行日志，也接过他们的信念和信仰，继续守护着电厂。张晔、钱玉英夫妇的儿子张晏龙就是在这个幼儿园长大的，儿媳张亚静也是这个光荣队列中的一员。她在电话那端说："我也是二二一厂的职工，从1978年到1986年，16岁到25岁。我最美的花样年华，都留在了青海金银滩草原上。"

往前走，就可以看见世界工业史上独一无二的四分厂冷水塔。经典的冷水塔都是双曲线型的，这是从结构、经济、效果等多方面考量和比较的结果。但四分厂的冷水塔是方形的。当年美国始终警惕新中国的核研制，经常派U—2侦察机入侵我国领空，监视和干扰我们的核试验。老人们记得，有一段时间，二二一厂上空常常看到美苏的飞机。电，是开展核武器研制工作的基础。美国将一切可疑电厂作为重点打击目标。为了迷惑敌人视线，更好地掩护核试验工作，四分厂的专家们集中智慧，结合高原的气候条件，进行了技术创新，将冷水塔外观改为方形。它能正常发挥通风冷却的核心功能，夏季正转降温、冬季逆转化冰。它还发挥隐蔽和掩护功能。如今，它站立在我们面前，优美的双曲线幻化为棱角分明的立方体，简洁的造型、稳定的结构，矗立为冷却塔建筑史上的绝唱，也成为共和国从铁桶般的封锁中突围的具体见证。

往前走，来到404机修车间。与第一次来到这里有所不同，这里陈列的不再是冰冷的机床，而是221人自力更生、艰苦奋斗精神的生动写照。为满足科学研究和试验要求，二二一厂必须要建立一个发供一体的完整电力生态。为解决大小设备"国外不卖给，国内买不到"的困扰，二二一厂必须要有一个机械加工、零部件制作功能齐全、运维一体的生产运维系统。机床珍贵，是全国人民从一粥一饭、一针一线中省出来的。人才难得，车间集中了当时在设备制造方面尖端的技术工人。现在，再次穿行在机床之间，感觉到的不再是车间退役后人去屋空的寂静，而是重新置身于那个闪光的岁月。机床与机床之间，站着耐心研磨的师傅，还有聚精会神的徒弟。他们正在加工一个配件，正在修复一个零件，一次不行两次，两次不行三次……而当我走出车间的大门，迎面而来的还是那些迟迟不愿离开的师傅们。时间已经到了

20世纪90年代初期。二二一厂已销号撤厂，电厂也移交给地方政府。但曾在车间与机床朝夕相处的四分厂老人，怕新来的员工不会使用机床，主动留下来，将技术传授给年轻一代。杨幼军的师傅是山东人，他儿子不远千里赶来，接父亲回家。但师傅一边抚摸着机床，一边指着围在现场的杨幼军们说："这么些好东西，可不能毁在这些娃娃们手里，我得把他们教好了，才能放心离开。"在这近乎执拗的守护中，我们轻而易举就能体察到，他们守护的正是心中不灭的责任和信仰。听杨幼军说，404车间的这些设备，如果通上电，至今还能正常运转。我期待有一部电影，电影的第一个镜头从这些曾为伟大事业服役的机床开始。某个早晨，灿烂的阳光洒遍车间，机床焕发生机，重新运转，昔日重来，机床旁，站着耐心研磨的师傅，还有聚精会神的徒弟……

往前走，是办公楼，经过财务科，这里不再是一个空空的铺满灰尘的办公室，我看见年轻的韩一平、殷应赓分别坐在不同的时间里精打细算。他们了解每一种原材料生成的价格，他们掌握每一度电生成的价值。往前走，走进汽机车间的管道间，走进由管道间改建的展厅。左侧是一些书籍、资料、大型设备零件，中间是一些电表、电话、防毒面具、显微镜，右侧是磨煤机、钻床、开关等。再次见到它们，仍然是一些陈旧的物品，仍然是早已冷却的铁质，也是在稀薄的空气里生锈的时间。但我同时还看见四分厂时光的切片、历史的容颜，看见一代人曾经沸腾的激情，以及他们矢志不渝的坚守和坚持。打开一张绘制精美的管道图，相当于打开了无数个不眠的夜晚。在图纸审核一栏中，我看见了一个熟悉的名字，张志强慎重签名的情景如同昨日。我也看见胡玉宝在灯光下伏案编程的剪影。正是他，编写了化学水处理的最后一次运行规程，设计了最后一次水处理设备的图纸。当年遗留下来的旧资料、老物件，静静沉睡在这里。我们已经无从知晓这些老物件具体的来历和它们背后的故事，但我们知道每一个老物件背后，都有一个与青春和奉献有关的故事。

再往前走，就是汽轮机房。这是整个221基地的动力之源，也就是电厂的心脏部位。两台机组，完成了历史使命，已静默多年。但关于它们的故事却完好地保存在四分厂每一位职工的记忆中。二号机组产于苏联卡鲁斯基汽轮机厂，属于抽气式汽轮发电机组。刚刚装好，苏联专家就撤离了，根据苏联政府指令，将所有的机组说明材料也带走了。四分厂的前辈们，在没有操作说明的情况下，不眠不休，硬着头皮咬着牙，将这台机组的使用和维护工作拿下了。当我第二次与机房内的硅胶人相遇，已经能完全认出他们，并能说出他们的名字。这位站在机组旁的职工，就是我们在上海见到的朱贵福师傅，1964年毕业于上海市劳动局第三技工学校，学的是钳工，分到407车间，从事热力工程自动化，工作是检测维护各类仪表，如流量表、温度表、压力表等，后来又担任了十几年自动班的班长，最后调到汽机车间。每到一个新的岗位，朱贵福就像一个小学生一样，从头学起，边学边干，边干边学，从不放弃。他从上海出发到草原时，还是一个刚刚脱去稚气的青年，父亲唯一嘱咐他的话是："男孩儿就是为国家养的。"到了四分厂不久就入党的朱贵福，用一生的实际行动，兑现了父亲对他的叮嘱，他一辈子都把党的话放在心间。与朱贵福并排站立的女职工，就是青年时代的索桂芝。

从汽轮机房到主控室的这条走廊，是四分厂的老前辈经常要走的一条路。四分厂单独运行，需要24小时值班来维持电压稳定。师傅们经常在这条走廊来回穿梭，检查设备、查看数据。虽然四分厂是发电厂，但在当时，电是稀缺资源，四分厂的前辈们都舍不得用电，自己节省一点，其他一线厂区就可以多用一点。所以，晚上检查设备的时候，师傅们都是手里提着一盏煤油灯，在这条走廊穿梭。哦，煤油灯照亮的不仅仅是这条走廊，而是整个221的夜空和前辈们前行的道路。现在，轮到照亮我们了——我们的方向，我们的前程。在主控室，站立着一位接打电话的硅胶模型，他的原型叫王大华，正是我们在南京采访到的那位老人。1963年毕业于河北工业大学，风华正茂时来到草原，做了多年的值长，全程监测电压、电流、水温、气温、液压等各种仪表，等于各个班组车间的运行情况都汇集在他面前的面板上，工作期间全身心投入，遇到紧急情况还要立即发出准确的调整指令，这要求他对几乎所有车间的运行技术有全面的掌握。王大华，用他的努力和刻苦，将自己修炼成电厂的一部分，将自己的人生节奏融入设备平稳有序运行的节奏里，逝水流年，整整29年，一个又一个不眠之夜，孵化出大草原一次又一次美丽的日出。

四分厂的故事是这座建筑成长和塑造的历程。建筑的基础和材料是"中国超级电工"们青春的付出和生命的奉献。而这座建筑的风格和气质与"两弹一星"精神同源同构。所有的回忆，所有的讲述，所有的记录，是对二二一厂历史和电厂建设人物群集的敬意。每一位老人的回忆再现了一座电厂——壮观的物质现象诞生的始终，表达了一种精神——"两弹一星"精神生成和凝聚的全过程。回忆中的每一个细节都充满了磁性和张力，是前辈们在岁月的风雨间值得回味的体验和收获，充满了激情，充满了创造的律动。这些存留于时光和生命行距间的诸多感喟与沉思、欣慰与收获，值得我们永久珍惜。而我们的叙事，以前辈们的精神境界立意，以他们的平凡人生结构，以时间和事件发展为线索，写实与表意并行，典型集合，聚焦呈现，从不同层面、不同侧面再现四分厂前辈热爱祖国、无私奉献的"两弹一星"精神。

设备区是我们对四分厂纪念和缅想之旅的终点。四分厂正式退役已经14年了，设备区地面已长满牧草，与草原连成一片，羊群在草地上流连，像是一个不真实的梦境。端子箱、变压器、电缆头，在风雨侵蚀下面目全非，通向基地四面八方的线路踪迹全无，所有的故事在此结束。而设备区钢铁构架挺立和向远方张望的姿态，以及不远处沿着涌动的山脊蜿蜒而来的特高压线路，风雨兼程，已然远行，像是另一个故事的开头，也像是指向未来的路标。

新的旅程在此开始，新的故事早已开篇。

后　记

在中国共产党成立百年继往开来之际，怀着对"中国共产党人的精神谱系"的崇高敬仰，更是希望从谱系中汲取信仰信念的力量，国网青海省电力公司围绕"两弹一星·电力传承"党性教育基地组织了专业的采访写作团队，以面对面聆听西宁、上海、张家港、江阴、南京等地定居的二十多位221基地四分厂老人讲述的方式，深入挖掘史实，记录动人往事，讲好精神故事，最终形成了这部近二十万字的书稿，让历史与现实对话，让信念与力量在这里重塑。

采访和创作工作一路走来，形成作品，收获就像越滚越大的雪球，远远超出了当初的预期。没见到老人之前，采访组惴惴不安，怕已到耄耋的老人记忆支离破碎，珍贵史实不能准确呈现，怕因时间有限老人羞于表达、口述不清理不出头绪，于是在采访前精心准备了采访提纲。在采访提纲的引导之下或许能够拿到一些固定的信息，但这种程式化采访内容太过单调，还有可能会打断老人的思路妨碍老人的讲述，以至于不能结合每位老人特殊的经历以及工作岗位的不同而描绘出不一样的面孔。采访组内心的惶恐和焦虑很快被老人们积极的配合和激情的讲述一扫而空，他们在"隐姓埋名"时藏在内心的热血依旧在沸腾，很多老人带着烙印在身上的"两弹一星"精神依然在各地发光发热。在他们早已融进骨髓的回忆里，一个又一个生动的故事被串联在一起,犹如夜空中最闪亮的星系,既可净化人的心灵又可在茫茫夜色中指引赶路人回家的方向,有几位老人大段大段的口述录音直接转换成了文字用在文章当中,韩一平老人已经92岁了,在采访前一夜手写了一份采访稿,苍劲有力的钢笔字和散文诗一样令人心旷神怡的优美词句,无一不显示出老人对那段激情岁月深切的感怀。采访团队中有三位女同志,经常在采访现场抹眼泪,在进入后期创作时难掩激动之情纷纷写出了自己参与创作的感悟,这些文字也一并收录在这本书中。

对于采访写作团队来说,能够在赓续传承老一辈电力人的事业中做出自己的贡献,既神圣又光荣,但是因为种种原因,对于尽善尽美地还原那个时代,写出与"两弹一星"精神相匹配的文字,还存在很大的差距。在后期校稿时,参加采写的杨玉婷感慨地说:"如果早知道生命中有这样一项工作等着我,从刚出生起就应该玩命儿练习写作。"其实,这也是"两弹一星·电力传承"团队所有人的感受。

《解码四分厂》的内容由历史记忆和时代情怀两部分构成,贯穿始终的线索只有一条,那就是延伸在四分厂前辈心灵中高远的精神之路。采访的过程,是我们沿着时光的方向重新体验和感受的过程;是我们沿着电力前辈的心路历程,被感动和净化的过程;也是眺望四分厂输电线路远去的方向,向老一辈致敬的过程。我们的工作,就是让他们创造的传奇,他们刷新的数据,他们骄傲的名字,永远标注在地球第三极的风雪之巅,标注在一代人的记忆中。随着日月的推移,他们所昭示的品格气质将更加出类拔萃,不同凡响,值得我们永远珍惜。采访写作组的每一个成员都付出了巨大的努力。

接下来的日子,写作组正式进入创作阶段。这期间数次召开创作研讨会议,经过50天日夜兼程,阶段性完成了创作任务,形成了第一稿。从8月开始,经过近三个月的不断打磨和修改,甚至数易其稿,部分人物补充采访,重新写稿,形成了目前呈现给大家的这部作品。这些文字的情感资源,无疑首先来自于四分厂的前辈们,来自于他们大无畏的英雄气概,来自于那些优秀的钢铁,来自于精神的感召,来自于作者对电力前辈由衷的敬意,也来自于作者特殊的阅历和诗性的气质。作者陶锋从风华正茂的年月开始,先后生活工作在风雪祁连和瀚海柴达木,用整个青年时代光荣地见证了大电网进入海西,青海全省户户通电,电力天路从日月山启程,途经漫漫瀚海,跨越茫茫雪域，一路穿越高山大川，飞架裂谷天堑，勇往直前的壮丽行程。加上他小说家善于架构和缜密严谨的气质，赋予文字以历史感、时代性、传奇性兼具的品质。作者庞子麟长期生活工作在海北电力，温良敦厚，坚韧执着，有多年报告文学写作的经验。她主动承担任务，日夜兼程赶稿，采访素材经过她的梳理和重构，字字显示往日氛围，句句重现时代风云。作者杨玉婷聪慧敏捷，自由奔放，多年来倾心于历史追溯和心灵探究，她的文字立意高迈，结构严谨，叙事生动，感人至深。她本来是从海东公司借调来为四分厂写解说词的，但她说，不见人怎能说事啊，于是她参加了采访，为我们贡献了具有阅读和欣赏价值的美文。采访团队中担任"剧务"和联络工作的樊清山姑娘一路辛劳有加，参加采访时，听到感伤和动情之处，默默陪着采访对象流泪，采访结束，她擦干眼泪，主动要求承担写作任务，当时我略有犹疑，因为她没有任何写作经历。但她的坚决和恳切让我无法拒绝。事实证明，即使没有经验，凭着浓烈的情感，她也能让人物形象栩栩如生，跃然纸上。常彬姑娘是采访团队中的重要一员。在采访的日子里，她在上海、南京当地统筹借调了两支专业拍摄团队，有力支撑了我们的工作。每天，无论多么晚，她都会将采访素材按后期剪辑制作团队要求，下载传送到西宁。采访途中，她的自信和优雅，成熟与活泼，诗情画意的内涵和温婉飘逸的外在，深深感染了我们。6月的最后一天，她在工作群里突然向我们挥手告别："各位老师，上午好。因故我不在原公司工作了。曾经的相识相知相伴记忆犹新。我们一起共事的项目足以品味一生，也可让他人羡慕一生，感谢公司让我和各位老师有这一段缘，今天轻轻地和大家说一声再见，也满心地期待再见。我是你们永远的常某。"常彬姑娘在前行的路口，向我们挥手，还不忘提起我们共事的项目。这位90后女孩，一定是在采访途中，被90岁上下的祖辈们非凡的经历和精神境界所感染，在特别的叙事氛围中，先是惊讶和惊诧，然后是感动和感慨。无论过去多少时光，我们也会记得一起工作的这些日子，因为它是我们用汗水、泪水和心血擦亮的日子。

全书按采访时间和顺序结构。徐贵新、赵伟利、谢仲铨、袁宝福、吕钦祥、胡玉宝、张志强等七位人物由陶锋执笔，殷应赓、徐爱侬、韩一平、姚玉芬、朱贵福、张亚静等六位人物由杨玉婷执笔，孙怀宝、索桂芝、陆玲芳等三位人物由庞子麟执笔，庞子麟还参加了朱贵福、钱玉英、王大华三位人物的初稿撰写，樊清山参加了张瑞林、徐爱侬、钱玉英三位人物的初稿撰写。全书由马海轶策划、结构、统稿和修订。

特别要提到的是，我们对四分厂老人们的寻访工作受到了海北州委书记、"两弹一星"精神传承人班果同志的关注。他在百忙之中始终关心着采访的进展。6月2日，在刚刚结束全天采访之后，笔者接到班果先生的语音留言。他表达了对这次采访的关切和欣慰之情。他说："现在，我也是二二一厂的一员。作为'两弹一星'精神的传承者，我们有责任、有义务将老一代人的家国情怀、奋斗精神传承下去。而传承的前提是要将存贮在老一代人生命中的精神矿藏和生动细节挖掘出来，记录下来，讲好故事。我非常看重你们组织的这次采访。期待通过你们的采访，让我们一起感受六十多年前老一代电力人在'两弹一星'事业中那段激情燃烧的历史。这也是'两弹一星'精神的重要组成部分。采访工作极具价值，功莫大焉，希望早日目睹到工作成果。"

班果同志的鼓励，中共青海省委组织部副部长、两弹一星理想信念教育学院党委书记、院长务国强同志的关切，两弹一星理想信念教育学院党委副书记、常务副院长毛玉金以及副院长张海旺同志的期待，国网青海省电力公司杨勇董事长、钱庆林总经理、毕红卫书记、辛志刚主席、林以东书记对该项目的重视，以杨道勋主任率领的项目策划、建设团队始终如一的支持，是我们持续做好前期采访、资料整理、文稿撰写的重要力量源泉。现在，让我们以本书的结集出版为契机，追寻红色火种、传承信仰之光、守护精神家园，进一步传承实践发端于青海大地的"两弹一星"精神，为在青海高原构建新型电力系统示范区，建设好国家清洁能源产业高地做出新的贡献。

著　者
2021 年 12 月　西宁